Ingrid Noll
Die Apothekerin

Ingrid Noll

DIE APOTHEKERIN

Roman

Büchergilde Gutenberg

Lizenzausgabe für die Büchergilde Gutenberg
Frankfurt am Main und Wien
mit freundlicher Genehmigung des
Diogenes Verlags, Zürich

Umschlaggestaltung Iris Momtahen, Mainz
Druck und Bindung
Graphischer Großbetrieb Pößneck GmbH
Printed in Germany 1997
ISBN 3 7632 4692 4

Für Gregor

1

Außer dem Familienmotto »Über Geld spricht man nicht, man hat es« und einem unerklärlichen Dünkel hatte meine Mutter keine Güter von ihrem Clan geerbt. Meinem Vater gegenüber verhielt sie sich im allgemeinen devot; in seiner Abwesenheit konnte sie sich allerdings gelegentlich zur Größe eines Tyrannosaurus aufpumpen. Uns Kindern wurde das erst in jenen Tagen klar, als mein Vater ohne ersichtlichen Grund derart aller Fleischeslust abschwor, daß er zum Vegetarier wurde und missionarisch auf seine Familie einwirkte. Allerdings gestattete er uns aus Gründen des Wachstums und der Barmherzigkeit ein wenig Lyoner Wurst, ein Ei am Sonntag oder ein paar Krümel Hackfleisch an der Tomatensoße.

Wenn sich andere Hausfrauen um vier Uhr nachmittags eine Tasse Kaffee kochten, bereitete unsere dicke, kleine Mutter eine wahre Fleischorgie für sich, mich und meinen Bruder. Es war der einzige Fall von Kumpanei, den man ihr nachsagen konnte, und er bereitete uns abscheuliche Lust.

Wie beim Verschwindenlassen einer Leiche mußten alle fleischlichen Überreste beseitigt werden, bevor Vater heimkam. Weder Knochen, Schwarten und Fettklumpen noch Düfte oder schmierige Teller durften von unserem heimlichen Verbrechen Zeugnis ablegen. Zähne wurden geputzt, der Mülleimer entleert und die Küche mit Zitronen-Spray in den Stand der Unschuld zurückversetzt.

Aber ich war im Grunde eine Vatertochter und litt unter meiner fleischlichen Untreue. Hätte seine Wandlung sich nicht ein Jahr vor dem großen Trauma meiner Kindheit zugetragen, ich hätte mir die Schuld daran gegeben.

Auch mein Vater liebte Sprüche, wenn es um Geld ging. Wir erfuhren früh, daß es nicht stinkt und auch nicht auf der Straße liegt und daß es die Welt regiert, aber nicht glücklich macht. Meistens murmelte er aber: »Geld ist kein Thema.« Er gab es nach Gutdünken aus; als mein Bruder mit elf Jahren Klavier spielen lernen wollte, wurde anstandslos ein Konzertflügel gekauft, der noch heute das Wohnzimmer meiner Eltern füllt, obgleich nur acht Monate lang auf ihm herumgehämmert wurde. Andererseits bestand Vater darauf, daß ich mir Geodreiecke, Leuchtstifte, Haarspangen und Tennisschuhe vom Taschengeld kaufte. Selbst meine Mutter wußte nicht, wieviel ihr Mann verdiente, ging jedoch von einem Spitzeneinkommen aus. Da Geld kein Thema bei uns war, mußte sie gelegentlich in verschlüsselten Andeutungen ihre Forderungen vorbringen. Zu meinem Abitur wiederum schenkte mir mein Vater ein kleines Auto, das sich eigentlich mein Bruder gewünscht hatte.

Schon früh hatte ich gelernt, daß elterliche Liebe durch Leistung erkauft werden kann. Meine Eltern waren stolz auf meine guten Zeugnisse, auf meinen Fleiß und meine ersten Erfolge als Hausfrau.

Es gibt Fotos von mir, auf denen ich mich als Gärtnerin betätige, mit Strohhut auf dem Köpfchen und Gießkanne in der Hand. Mein Vater hat mich auch als Köchin aufgenommen, die mit einer großen karierten Schürze diverse Sandkastentorten zierlich mit Zahnpasta dekoriert, und last but not least als Krankenschwester. Alle Puppen und Teddys liegen hingestreckt auf meinem Kinderbett, gigantische Verbände aus Klopapier um ihre gebrochenen Glieder. Manche leiden an Masern, mit roter Kreide ins Puppengesicht gepunktet. Ich erinnere mich an ein einziges Mal, daß dieses Krankenschwesternsyndrom Anlaß zu einer elterlichen Auseinandersetzung gab: meine leidenschaftliche Mund-zu-Mund-Beatmung eines nicht frisch verstorbenen Maulwurfs.

Damals bildete ich mir noch ein, der Liebling meiner Familie zu sein: ein fleißiges, nettes Mädchen, das bereitwillig seine kleinen Kopftücher trug. Auch als ich in die Schule kam, erfüllte ich alle Erwartungen; eine interessierte Schülerin, die später vor allem in den Naturwissenschaften brillierte. Schon mit zehn Jahren sammelte ich Pflanzen, preßte sie und legte mir ein Herbarium an, das ich immer noch besitze. Alles an mir und meiner Habe mußte säuberlich und wohlgeordnet sein, mein Zimmer war mustergültig aufgeräumt, meine Spielgefährtinnen suchte ich nach meinem Ebenbild aus, meine Regenwürmerzucht im Keller war hygienisch von den gelagerten Äpfeln abgeschottet.

In der Gesamtschule stieß mein leistungsorientiertes Verhalten dann keineswegs mehr auf die Gegenliebe der Mitschüler. Meine Eigenart, wichtige Sätze in den Lehrbüchern gewissenhaft mit einem Lineal und gelbem Leuchtstift anzustreichen, wurde lächerlich gemacht: Sie sprachen von streberischer Vergilbung. Vergeblich mühte ich mich um Freundinnen. Das permanente Lob der Lehrer verschlimmerte nur meine Lage.

Als ich zwölf Jahre alt war, passierte es. Während einer kurzen Pause verließ die Lehrerin den Raum, und auch ich eilte auf die Toilette, die ich aus Nervosität viel zu oft aufsuchte. Anschließend wollte ich zurück ins Klassenzimmer, doch die Tür ließ sich nicht mehr öffnen. Mindestens ein Dutzend Kinder stemmte sich von innen dagegen, man hörte unterdrücktes Flüstern und Gekicher. Eigentlich geriet ich nicht besonders schnell in Panik, aber an jenem tristen Januartag war mir schon den ganzen Morgen jämmerlich gewesen, und nun konnte ich die Tränen nicht mehr unterdrücken. Mit aller Kraft warf ich mich gegen die graugestrichene, verkratzte Holztür, die mich von allen anderen trennte. Der Unterricht fing in wenigen Minuten wieder an, ich hätte nur auf den Gong warten müssen, und alle wären beim Eintreffen der Lehrerin mit Unschuldsmienen auf ihre Plätze gehuscht. Aber ich nahm die Situation allzu ernst und einen Anlauf.

Die Tür gab nach, als hätte man sie niemals zugehalten, und ich schoß wie eine Kanonenkugel über die Schwelle. Ich spürte noch eben, daß die Messingklinke in meiner Hand hart anschlug, dann krachte ich auf den grünen Linoleumboden, und fast gleichzeitig trat die Lehrerin ein. Meine Feinde wirbelten wie Irrwische auf ihre Stühle.

Natürlich wurde ich befragt. Ich erzählte nichts, Verrat hätte man nie verziehen. Bald herrschte wieder Ruhe, aber ein Junge fehlte. »Axel ist hinausgetaumelt«, behauptete meine Nachbarin. Die Lehrerin schickte einen Kundschafter los, der aber unverrichteter Dinge zurückkam. Schließlich ging sie selbst auf den Flur, rief, begab sich sogar zu den Bubenklos und kam ihrer Aufsichtspflicht gebührend nach. Schließlich meinte einer, Axel sei wohl nach Hause gelaufen, weil er befürchtete, ich würde ihn anschuldigen. Da er ständig einen Grund fand, die Schule zu schwänzen, erschien es glaubwürdig.

Vier Stunden später wurde Axel gefunden. Wie man bei der Obduktion feststellte, hatte ich ihm die Türklinke mit aller Kraft in den Schädel gerammt. Unglücklicherweise hatte er gerade durchs Schlüsselloch gespäht, als die anderen unvermittelt die Tür losließen. Axel hatte sich ins Landkarten-Depot geflüchtet, wahrscheinlich aus Angst vor Bestrafung und benommen durch einen scharfen Schmerz im Kopf. Er war an einer massiven Hirnblutung gestorben.

Es gab eine polizeiliche Untersuchung, an die ich mich kaum erinnere. Als die ersten, mehr oder weniger anonymen Zettel auf meinem Platz lagen, ließen mich meine Eltern die Schule wechseln. MÖRDERIN stand auf ausgerissenen blaulinierten Papierfetzen.

Mein Vater betrachtete mich gelegentlich sehr lange, mit Tränen und unendlicher Müdigkeit in den Augen.

Man nahm mich von der Schule und steckte mich in ein Mädchengymnasium, das von Ursulinerinnen geleitet wurde, und ich verhielt mich angepaßt und artig. Bloß nicht auffallen, war meine Devise. Im übrigen gab es keine Feindseligkeiten gegen mich; der Mord an Axel hatte sich nicht herumgesprochen, denn meine neue Schule lag in einer anderen Gemeinde. Ich galt als etwas langweilige

Musterschülerin und war es zufrieden. Das änderte sich erst, als ich sechzehn wurde und eine unbestimmte Sehnsucht nach einem männlichen Gegenpol in mir wuchs.

Die Erinnerung daran plagt mich jetzt, wo ich hier liege und nicht fort kann, Tag und Nacht.

Man hat wenig Ruhe in diesem Krankenhaus, wo man selbst in der ersten Klasse wider Willen im Doppelzimmer liegt. Ich kann hier nichts Vernünftiges lesen. Die permanenten Störungen durch das Pflegepersonal, das ständige Fiebermessen, Tablettenschlucken, mangels anderer sinnlicher Freuden, das Warten auf schlechtes Essen, das mehr oder weniger unfreiwillige Belauschen fremder Besucher – das alles preßt die Tage in ein starres Korsett. Früh löschen wir das Licht. Ich erzähle wie Scheherezade immer speziellere Details aus meinem Leben; dagegen hat Frau Hirte, meine Bettnachbarin, wohl keine Intimitäten zu berichten. Bei einer alten Jungfer ist weder ein aufregendes Liebesleben noch ein richtiger Skandal zu erwarten. Sie liegt in der Heidelberger Frauenklinik, weil man ihr die Gebärmutter entfernt hat. Es sei bloß ein Myom, behauptet sie, eine harmlose Geschwulst, die aber Beschwerden mache. Ich denke, es ist Krebs.

Gut, daß mir Pawel die Fotoalben gebracht hat. Ich sehe sie mir häufig an, eine echte Alternative zum Lesen. Gelegentlich zeige ich sogar meiner Nachbarin einige Bilder. Mit ihren achtundfünfzig Jahren und dem bläulich getönten Haar ist sie ein krasser Gegensatz zu mir. Sie bekommt fast nur von einer noch älteren Frau Besuch, die hauptsächlich über ihren Hund und eigene Krankenhaus-

erfahrungen redet. Wenn Pawel bei mir am Bett sitzt, betrachtet Frau Hirte ihn nicht ohne mattes Interesse; während wir leise plaudern, stellt sie sich schlafend, aber ich bin sicher, daß sie bei meinen Besuchern ebenso lauscht, wie ich es bei den ihren tue.

Meine Nachbarin weiß inzwischen von dem Stigma als Mörderin, das man mir mit zwölf Jahren aufdrückte. Sie hörte sich das mit unverhohlener Neugier an.

Wahrscheinlich erzähle ich dieser Unbekannten aus meinem Leben, weil es für mich eine Art Therapie ist, die im Gegensatz zu der berühmten Couch nichts kostet. Jedenfalls merke ich, daß es mir hilft, einer fremden Frau, die ich wohl niemals wiedersehen werde, wie einer Beichtmutter in der trüben Dämmerung unseres Krankenzimmers meine Erlebnisse anzuvertrauen.

Gern hätte ich sie geduzt, aber als Jüngere stand mir das nicht zu. Um einen Anfang zu machen, bot ich ihr an, mich einfach Hella zu nennen. Aber sie ließ mich abblitzen. Was soll man auch von einer Frau erwarten, die selbst zu ihrer sogenannten Freundin »Frau Römer« sagt.

»Wenn Sie siebzehn wären, Frau Moormann, dann ließe sich darüber reden…«

Ärgerlich versetzte ich: »Immerhin könnten Sie ja meine Mutter sein.«

Damit hatte ich einen Nerv getroffen: Es blitzte hinter den Brillengläsern. Aber wir vertragen uns dennoch gut. Ich finde es originell, daß diese Frau den Verlust ihrer Gebärmutter betrauert, während sie Schmerzen wie ein Soldat erträgt. Schließlich ist das herausgenommene Organ in ihrem Alter so überflüssig wie ein Kropf.

Manchmal, wenn sie auf dem Klo ist, betrachte ich mir ihre Habseligkeiten in der Nachttischschublade und im Schrank: Aus einem Schreiben der Krankenkasse gehen zwar ihr Geburtsdatum, ihr Zivilstand (ledig) und ihr Vorname (Rosemarie) hervor, aber persönliche Briefe gibt es nicht, auch keine Fotos. Schmuck und Geld hat sie im Safe deponiert, wie sie mir selbst sagte. Es sei leichtsinnig, größere Wertgegenstände unbeaufsichtigt im Zimmer aufzubewahren. Arm ist sie wohl nicht, sonst könnte sie sich nicht die Zusatzversicherung für die erste Klasse erlauben. Auch ihr Parfum, die Schlafanzüge, der Morgenmantel sind teuer und überaus korrekt.

Vor kurzem habe ich erzählt, wie ich als ganz junges Ding ein Doppelleben führte. Ich konnte ihr Gesicht im Dunkeln nicht sehen, aber ich war sicher, daß sie es verzog.

Ich liebte Männer, denen es noch schlechter ging als mir. Meine unpassenden Abenteuer blieben zwar meinen Lehrerinnen und Mitschülerinnen verborgen, nicht aber meiner schockierten Familie. Wahrscheinlich habe ich in jener Zeit meinem Vater das Herz gebrochen. Sein unschuldiges blondes Kind trieb sich mit schrägen Vögeln und krummen Hunden herum, die ihm besser nie unter die Augen gekommen wären. Und zu allem Unglück verwuchs sich dies auch nicht mit der Pubertät. Wie ich früher meinen Puppen die Beine abgedreht hatte, um sie wieder zusammenzuflicken, so suchte ich später kranke Männerseelen, um sie zu heilen. Es half mir über meine eigenen Probleme hinweg, wenn ich stark genug war, fremde zu lösen.

Auf den Kinderfotos habe ich ein sehr waches, ja schalkhaftes Gesicht. Meine braunen Augen registrierten alles genau. Ich versuche darin zu lesen – spricht aus ihnen damals schon dieses Verlangen, mir Liebe durch Hätscheln und Hegen zu erringen? Dieses sehr weibliche Bedürfnis, das sich normalerweise auf Kleinkinder bezieht, aber auch im Gärtnern, Kochen und Pflegen ausgelebt wird, suchte sich bei mir vor allem männliche Opfer. Meine Eltern hätten mich in jener Zeit babysitten lassen oder mir ein Pferd kaufen sollen. Statt dessen rahmten sie meine Zeugnisse ein.

Anfangs war es mir gar nicht bewußt, daß mich Außenseiter, Kranke und Neurotiker magnetisch anzogen. Schon als Schülerin hatte ich einen Freund, der heroinabhängig war und von mir gerettet werden wollte. Ich aß in jener Zeit pfundweise Schokolade, diskutierte nächtelang mit meinem weinerlichen Liebsten und stahl meinen Eltern Geld, Zigaretten und Alkohol. Wenn er nicht ins Gefängnis gekommen wäre, würde ich heute noch an seiner Entziehung arbeiten. Damals war ich nämlich treu wie Gold.

Der nächste war ein arbeitsloser Seemann. Selbstverständlich fehlt in meiner Sammlung auch nicht der Depressive, der chronisch Kranke, der gerettete Selbstmörder und der entlassene Häftling mit dem tätowierten Geier auf der Brust.

Auch mein Beruf als Apothekerin hat meine Kollektion schon bereichert: Trotz aller Vorschriften öffnete ich einem Schmerzgeplagten, der nachts Medikamente brauchte, nicht bloß die Rezeptklappe, sondern die Tür.

Um meine eigene Rolle in diesen Tragödien ein für allemal zu klären, habe ich wiederholt eine Therapie begonnen, aber stets wieder abgebrochen. Die Heilung meiner Schützlinge nahm meine gesamte Zeit in Anspruch. Dabei war mir auch ohne Therapeuten klar, daß ich, die nach außen Brave, von allem angezogen wurde, was außerhalb der bürgerlichen Gesellschaft stand.

Ich hatte Angst vor diesem Abgrund in mir; ich träumte zuweilen, von einem meiner Liebhaber ermordet worden, tot zu sein, ohne je ein Kind geboren zu haben. Dann wachte ich mit einem Gefühl der Wertlosigkeit auf, denn ein Leben ohne Mutterschaft erschien mir vertan. Bei aller Intelligenz und Tüchtigkeit, die ich besitze, habe ich immer gewußt, daß mein kreatürlicher Teil ebenso wichtig ist. Wenigstens einmal im Leben wollte ich wissen, wie es wäre, eins mit der Schöpfung zu sein und zu gebären. Die Sanduhr lief. Ein Kind bedeutete für mich sehr viel: ein kleines Wesen, das man nach eigenem Ermessen formen kann, mit dem man anstellen kann, was man will, das man beschenken und beschützen darf nach Herzenslust. Das Kind wollte ich an allem teilhaben lassen, was mein Leben bestimmte. Es sollte ihm an nichts mangeln, weder an Liebe noch an Zopfspangen. Ich wollte ihm einen vorbildlichen Papa vorsetzen, der einen ordentlichen Beruf und ein gesichertes Auskommen hatte, aus guter Familie stammte und über Intelligenz verfügte. Meine damaligen Gefährten waren indiskutabel für diesen Zweck.

Frau Hirte schnarchte.

2

An einem Sonntag besuchte mich Dorit, meine Jugendfreundin. Sie kann nur kommen, wenn Gero auf die Kinder aufpaßt. Mitten in unser Plauderstündchen trampelte die Visite. Dorit ging anstandshalber auf den Flur. Die üblichen Standardfragen: »Geht's gut? Probleme mit den Krampfadern? Tut die Naht weh?«

»Wann kann ich heim?« fragte Frau Hirte.

Der Stationsarzt trifft ungern Entscheidungen, so weit sollte sie ihn kennen. Mit einem Blick auf den Urinbeutel sagte er ironisch: »Möchten Sie mit einem Dauerkatheter entlassen werden?«

Als Dorit wieder neben mir saß, erzählte ich ihr, daß wir Dr. Kaiser nicht leiden konnten – ausnahmsweise nickte Frau Hirte bestätigend –, im Gegensatz zu Dr. Johannsen, dem Oberarzt. »Aber der schaut einem um zwei Sekunden zu lang in die Augen«, sagte ich zu Dorit, »du weißt ja, daß man sich dann nur allzu leicht verliebt.«

Meine Freundin lachte, frech oder liebenswürdig bezog sie Frau Hirte in das Gespräch mit ein. »Hella hat recht, finden Sie nicht auch?«

Meine eingetrocknete Nachbarin knurrte, zog die Welt am Sonntag heraus und begann den Wirtschaftsteil zu lesen.

Man kann tage-, beziehungsweise nächtelang über die eigene Familie erzählen, aber die meisten Frauen hören *lieber Männergeschichten. Ich gehe davon aus, daß Frau Hirte nicht mehr lange leben wird und nichts ausplaudern kann – also will ich ihr noch ein paar aufregende, schlaflose Stunden bieten. Meistens gibt sie keinen Kommentar zu meinen Schilderungen, aber einmal entfuhr ihr ein »Sie sind ja verrückt«. Das hat mich amüsiert; ich möchte sie gern ein bißchen provozieren, die alte Schrulle. In aller Ausführlichkeit erzählte ich von Levin.*

Als ich mich mit ihm anfreundete, glaubte ich anfangs, meine Retterphase sei vorbei. Ich hatte einen ganz normalen Freund, der zwar ein paar Jahre jünger war als ich und noch studierte, aber bei dem alles nach einer bürgerlichen Existenz aussah. Im geheimen dachte ich an Heirat, an Kinder, aber nie hätte ich von mir aus solche Pläne geäußert. Einem jungen Mann muß man Zeit lassen.

Levin hatte es nicht immer leicht gehabt, aber er wurde deswegen nicht gleich kriminell, fing weder zu fixen, zu saufen noch zu huren an. Er litt darunter, daß seine Mutter gleich nach dem plötzlichen Tod des Vaters mit einem neuen Mann nach Wien gezogen war. Nicht weit von Heidelberg, keine halbe Stunde von uns entfernt, wohnte ein zählebiger und übellauniger Großvater, der den einzigen Enkel hauptsächlich für Botendienste, zum Heckenschneiden und als Chauffeur einsetzte. Ich hatte Levin bezeichnenderweise kennengelernt, als ich ein gebrauchtes Auto kaufen wollte.

Autos haben für mich den Stellenwert einer Waschmaschine. Außer dem Preis und der Zahl der gefahrenen Kilometer interessiert mich nur die Farbe – sie soll dezent sein.

Als ich mich auf dem Hof des Autohändlers umsah, schlich auch ein baumlanger junger Mann herum und las die Angebote, die auf Pappschildern hinter den Vorderscheiben klemmten. Ich beachtete ihn nicht weiter, sondern suchte auskunftheischend nach einem Verkäufer.

»Das wär' doch was«, sagte der junge Mann und deutete auf ein Kabrio.

Ich schüttelte den Kopf.

»Sind Sie schon einmal in einem offenen Wagen gefahren?« fragte er. »Und haben sich den Wind um Ihre hübsche Nase wehen lassen?«

Ich sah ihn erschrocken an.

»Was hat man Ihnen für Ihren alten Wagen geboten?« fragte er.

»Zweitausend«, sagte ich und ärgerte mich.

Als wir gemeinsam den Laden betraten, ließ ich ihn machen. Leider schäme ich mich beim Handeln. Levin feilschte wie ein Pferdehändler. Vom Ergebnis war ich beeindruckt, aber eigentlich wollte ich diesen unseriösen Wagen nicht.

Ganz gegen meinen Willen saß ich schließlich bei der Probefahrt auf dem Beifahrersitz, Levin fuhr, und der Verkäufer schrie mir vom Rücksitz aus die Vorzüge des Wagens in die Ohren.

»Warum tragen Sie Ihre blonden Haare so kurz?« fragte Levin. »Es müßte doch herrlich sein, wenn sie flattern …«

»Kaufen Sie doch selbst das Kabrio, wenn es Ihnen so gefällt. Und lassen Sie Ihre eigenen blonden Haare flattern ...«

»Für uns Studenten bleibt das ein Traum.«

Deswegen also die schäbige Fliegerjacke aus dem Secondhandshop. Armer Junge.

Nach zwei Stunden stand das zu rote Kabrio vor meiner Wohnung, und ich hatte einen Ratenkaufvertrag unterschrieben.

In den nächsten Tagen nagte der Verdacht an mir, daß Levin heimlich für den Autohändler arbeitete – beim Pferdehandel werden ja alle Tricks angewendet. Aber ich irrte mich.

An einem Sonntagmorgen suchte mich der lange Laban heim. »Bei diesem herrlichen Wetter...«, begann er.

Ich erklärte, daß ich an meiner Doktorarbeit sitze, deswegen nur halbtags in einer Apotheke arbeite und eigentlich auch das Wochenende zum Schreiben brauche, um endlich fertig zu werden.

Levin saß am Steuer. Er hatte mir eine Sonnenbrille als Geschenk mitgebracht, ein Modell vom Flohmarkt, mit der ich wie ein Star aus den sechziger Jahren aussähe. Man kann mir zwar nachsagen, daß ich ein gutes Herz habe und ein Kumpel bin – doch Komplimente über meine äußere Erscheinung nehme ich mit Vorsicht zur Kenntnis.

Wie sich herausstellte, war Levin jedoch kein Schmeichler. Er besaß die positive Eigenschaft, sich wie ein Kind zu begeistern. »So einen schönen Garten habe ich noch nie gesehen!« erklärte er, als er nach unserer Ausfahrt meine Wohnung inspizierte. Dabei war mein Balkon nicht anders als tausend andere, die man an eine Zweizimmer-Neubauwohnung geklebt hat. Allerdings bin ich eine große Blumenfreundin: In Kästen rankte gelbe, rote und orange Kapuzinerkresse, in Töpfen blühten Rosen, Geranien und sogar Lilien, die Eisenstäbe waren von rosa und weißen Wicken zierlich umschlungen.

Um ihn noch ein wenig bei mir zu haben, wollte ich ihm einen abgerissenen Knopf annähen.

Das könne er selbst machen, »Ungeschicklichkeit wäre eine schlechte Voraussetzung für einen Zahnarzt«.

Ich fragte verwundert, warum er Zahnmedizin studiere, denn es paßte nicht zu ihm.

»Aus dem gleichen Grund, aus dem Sie Apothekerin sind«, meinte Levin, »um viel Geld zu verdienen.« Ich sah ihn aufmerksam an; so dachte er also von mir?

Bei unserer nächsten Ausfahrt sagten wir »du« zueinander, aber zu Zärtlichkeiten kam es nicht. Bei seinem dritten Besuch hielt er eine junge Katze auf dem Arm und überreichte sie mir strahlend. Ich muß gestehen, daß es für mich kaum etwas Reizenderes gibt als ein Kätzchen. Schon mehrmals wurde mir eines angeboten, aber aus Verantwortungsbewußtsein hatte ich stets abgelehnt. Tagsüber war ich nicht zu Hause, oft hatte ich Nachtdienst in der Apotheke oder wollte verreisen – wer sollte dann das Tier betreuen? Levin überhörte meine Bedenken. »Es ist ein Kater, wie soll er heißen?«

»Kater Murr«, sagte ich und dachte an die Katze meines Großvaters, die ich als Kind so geliebt hatte.

»Das gefällt mir nicht«, erklärte Levin, »er heißt Tamerlan.«

Ich hatte nun ein Kabriolett und einen Kater, die ich mir beide nicht ausgesucht hatte. Und über kurz oder lang hatte ich auch einen jungen Mann im Bett.

Immer wieder fragte ich mich, ob es Levin eigentlich nur ums Kabriofahren gegangen war. Das Auto spielte in unserer Beziehung eine erotisierende Rolle, jedenfalls für ihn. Für mich aber war er der erste Freund, mit dem ich lachen und mich wieder jung fühlen konnte. Natürlich fragte ich nicht, ob Levin schon viele Frauen gehabt hatte, aber es schien mir unwahrscheinlich. Wir schliefen zwar mit einer gewissen Regelmäßigkeit miteinander, aber er investierte viel mehr Zeit in Gespräche. Meistens war ich es, die die Initiative für ein zärtliches Stündchen ergriff, obgleich man besser von einem Achtelstündchen sprechen sollte.

Manchmal fuhren wir bis Frankfurt, um ins Kino zu gehen. Ich fand diesen Aufwand nicht lohnend, zumal der gleiche Film auch bei uns in Heidelberg zu sehen war. Aber es machte Spaß, mit einem euphorisch gestimmten Menschen durch die Gegend zu brausen.

Eigentlich war es eine schöne Zeit. Ich hatte mir geschworen, Levin weder zu füttern noch zu tränken, ihn weder in den Schlaf zu wiegen noch seine Hemden zu bügeln oder gar für ihn zu tippen. Aber schließlich machte er sich immer an meinem Wagen zu schaffen, montierte zwei Boxen und ein fast neues Autoradio, nahm beim Heimgehen den Müll mit nach unten oder brachte dem Kater

Fischreste aus seinem Stehlokal ›Nordsee‹ mit. So herzlos konnte ich nicht sein, dem mageren Jungen kein Steak mit Zwiebeln zu braten; in der Mensa gab es selten vernünftiges Fleisch. Nachsichtig putzte ich die Wanne und kaufte Socken und Unterhosen, damit er nach seinem Kräuterbad etwas Sauberes zum Anziehen fand.

An meiner Dissertation arbeitete ich kaum noch. Levin hielt mich davon ab, er fand den Doktortitel für eine Apothekerin überflüssig. Ich erklärte ihm, daß ich in der Apotheke mehr oder weniger als Verkäuferin (mit Computerkenntnissen) tätig war, mit einer belegbaren Qualifikation hingegen die Möglichkeit hätte, eine Stelle in der Industrie oder Forschung zu erhalten.

»Wo verdient man am meisten?« fragte er.

»Wahrscheinlich in der Industrie oder natürlich mit einer eigenen Apotheke. Mir würde eine wissenschaftliche Tätigkeit die meiste Freude machen, am liebsten auf dem toxikologischen Sektor.« Aus taktischen Gründen verschwieg ich, was ich in Wahrheit noch viel lieber wollte.

Alle drei Wochen hatte ich Nachtdienst; Levin besuchte mich dann gern und ließ sich ein wenig erklären, was ich zu tun hatte. »Es ist wirklich nicht aufregend«, sagte ich, »in der Apotheke meines Großvaters wurden noch viele Rezepte nach Anweisung des Arztes zusammengerührt, das darf ich leider nur für ein paar Hautärzte machen.«

Bedauerlicherweise hatte ich außer einigen Flaschen und Mörsern nichts aus dem großväterlichen Fundus geerbt, die Apotheke wurde verkauft. Levin wollte meine Erbschaft sehen; ich bin immer noch sauer, daß ich nicht Großvaters Spazierstocksammlung geerbt habe. Zu seinen Zeiten liefen die Männer ohne Aktentasche oder Aktenköfferchen herum, die Hände waren frei für Stock und Schirm. Heute jagen Sammler hinter wertvollen antiken Stücken her, damals konnte sie mein Großvater seinen Kunden für wenig Geld abschwatzen. Er besaß einen Arztstock mit einer sich windenden Schlange aus Elfenbein, einen Opernstock aus Rosenholz und Email, Ebenholz- und Hornstöcke mit Knäufen aus Silber, Bronze, Schildpatt und Perlmutt. Ich erinnere mich an Drachen- und Löwenköpfe, die mich als Kind grausig anzogen, an einen Stockdegen und einen Schwertstock. Mein Vater hat alles verkauft.

Ich nahm die schönen braunen Glasflaschen mit den handgeschriebenen Etiketten aus dem Hutfach meines Kleiderschrankes.

»Schenk mir eine«, bettelte er, »ich will mein Rasierwasser hineinfüllen.«

Selbstverständlich wählte er mein liebstes Fläschchen aus, das kleinste und feinste. Auf dem verblichenen Etikett war in violetter Tinte POISON vermerkt. Levins Interesse war geweckt. Mit Kraft zog er den geschliffenen Stöpsel heraus und schüttete den Inhalt auf ein seidenes Sofakissen. Winzige Röhrchen mit dem Durchmesser eines dicken Nagels und einer Länge von zwei bis vier Zentimetern fielen heraus. Levin las laut: »Apomorphine Hydrochlor., Special Formula No. 5557, Physostigmine Salicyl. gr. 1/600, Poisons List Great Britain, Schedule 1« und so weiter. Er sah mich neugierig an. »Gift?«

»Klar«, sagte ich, »für einen Apotheker nichts Besonderes.«

Levin öffnete behutsam eines dieser Puppenröhrchen, zog die Watte heraus und entnahm eine Tablette. Auch ich mußte über ihre Winzigkeit staunen, sie war kleiner als meine Pupille.

Für ihn sei es interessant, sagte Levin, daß in totalitären Staaten hohe Politiker oder Geheimnisträger eine Giftkapsel im hohlen Zahn versteckten, um sich notfalls durch Selbstmord einer Folterung zu entziehen. »Aber ich wußte nicht, wie niedlich das Gift aussieht…«

Ich nahm ihm die Röhrchen weg, spülte das Flakon mit kochender Seifenlauge aus und überreichte es ihm.

Später machte ich mir Vorwürfe, daß ich derart gefährliches Material jahrelang in meinem Kleiderschrank gelagert hatte. So mancher Selbstmordkandidat hatte schon bei mir genächtigt; gut, daß diese Zeiten vorbei waren. Ich suchte nach einem neuen Versteck für mein Gift, leerte den Lavendel aus einem Duftsäckchen in den Mülleimer, schob statt dessen die Röhrchen hinein und befestigte den kleinen Beutel mit einer Sicherheitsnadel an der Innenseite eines langen Wollrocks, den ich selten trug.

Meine Studienfreundin Dorit wird durch zwei kleine Kinder ziemlich beansprucht. Leider sehen wir uns nur selten, wenn sie wieder einmal Valium braucht. Sie nimmt dann die Gelegenheit wahr, mit mir Tacheles zu reden. Wir saßen im Café Schafheutle, als ich wieder zu hören bekam: Ich solle mich nicht in Arbeit vergraben, sonst werde ich es nie zu einem Mann und einer Familie bringen.

»Hör zu, Dorit, ich komme jetzt schon kaum noch zu meiner Arbeit; ich habe einen neuen Freund...«

»Ehrlich? Hoffentlich nicht schon wieder eine Niete!«

Ich versprach, ihn ihr vorzustellen.

Levin war siebenundzwanzig, wirkte aber leider viel jünger. Er hatte noch die schlaksige Figur eines Abiturienten, den Appetit eines Vierzehnjährigen und die Begeisterungsfähigkeit eines ABC-Schützen. Er sah gut aus, fand ich, aber auch nicht so extrem, daß sich alle Frauen auf ihn stürzten, denn sein rosiges Kindergesicht, für das die Nase zu groß wirkte, war ein wenig schief. Zu seinen jugendlichen Eigenschaften paßte nicht unbedingt sein pflichtbewußtes Lernen, sein Ehrgeiz, bald das Studium abzuschließen.

Wie zu erwarten, war Dorit unzufrieden.

»Eine gewisse Verbesserung muß ich anerkennend bestätigen«, sagte sie, »aber heiraten wird er dich nicht, das mußt du bei *deiner* Lebenserfahrung doch selbst wissen.«

»Und warum nicht?«

»Ach Gott, das kennen wir doch: Er sucht eine Mutti, die ihm Hustenbonbons aus der Apotheke mitbringt und ihm ihr Auto borgt. Irgendwann, wenn du müde von der Arbeit nach Hause fährst, siehst du ihn mit einer Zwanzigjährigen händchenhaltend am Neckar sitzen.«

Dorit meinte es gut, sie hatte nicht ganz unrecht, und auch ich hatte gelegentlich solche Schreckensvisionen. Aber wer kann aus bloßen Verstandesgründen einen geliebten Mann vor die Tür setzen? Außerdem war unser Altersunterschied nicht übermäßig, was sind heutzutage schon acht Jahre, wo viele Frauen zwanzig Jahre jüngere Männer heiraten. Auf jeden Fall sah ich jünger aus, als ich den Jahren nach war. Dorit behauptete sogar, daß ich zu jenen blonden Frauen gehöre, die mit fünfundfünfzig noch aussehen wie mit fünfundzwanzig, eine Prophezeiung, die sich allerdings erst bestätigen muß. (Wie gut, daß ich seit zwei Jahren Kontaktlinsen trug und Levin mich nie mit meiner großen Brille gesehen hatte.) Außerdem gab es natürlich auch noch anderes, was uns trennte, aber ich konnte es gar nicht so genau benennen. Seine Autoleidenschaft nahm ich nicht allzu ernst, aber eine gewisse Oberflächlichkeit stieß mir gelegentlich unangenehm auf. Auch mit seiner Begeisterungsfähigkeit war es nicht weit her, und sie richtete sich in der Regel auf äußerliche Dinge.

Aber wenn ich mit Levin an einem sonnigen Sonntag ins Elsaß zum Essen fuhr, dann fand ich das Leben herrlich.

Eines Nachmittags, als wir auf dem Sofa saßen und selbstgebackenen Kirschkuchen aßen, kam Dorit mit ihren Kindern zu Besuch – wahrscheinlich, um unsere Idylle zu begutachten. Die Kinder stritten sich sofort, wer den Kater streicheln dürfe.

»So süße Kinder habe ich noch nie gesehen«, sagte Levin, obgleich Franz seiner Schwester ein Büschel Haare ausgerissen hatte und Tamerlan sich fauchend auf den Schrank rettete.

Dorit war noch nie schüchtern gewesen. Mit rostiger Gießkannenstimme fragte sie meinen jungen Freund ungeniert: »Wie viele Kinder willst du einmal haben?«

Ich wurde so rot, daß ich mich der Katze zuwandte, ich konnte Levin nicht ansehen.

Er antwortete gelassen: »Wahrscheinlich zwei.«

Ich hätte ihn umhalsen und küssen können, aber wer sagte, daß er mich als Mutter dieser beiden Kinder plante?

Als Levin die Kaffeekanne in die Küche trug, zwinkerte mir Dorit zu, und ich machte ihr ein Zeichen, daß ich sie erwürgen könnte.

Trotzdem vertraute ich ihr an – da ich es ja über kurz oder lang doch erzählen mußte –, daß ich in Kürze ganztags in der Apotheke arbeiten würde – vorerst als Schwangerschaftsvertretung für eine Kollegin –, und daß meine Dissertation so lange auf Eis gelegt werde. Ich sagte ihr aber kein Wort davon, daß ich begonnen hatte, Levins Doktorarbeit zu tippen. Genau das hatte nicht passieren sollen; aber als er mich bat, ihm meinen Computer zu erklären, stellte er sich – milde gesagt – ziemlich dumm an. Levin, der geschickte Bastler, hatte mit einem PC noch nie etwas anderes angestellt als Kinderspiele.

Und doch muß ich gestehen, daß ich glücklich war. Obgleich mir die Thematik fremd war, erschien mir seine Arbeit leichter als die meine. Ich wälzte Fachbücher und lernte ganz neue Aspekte des menschlichen Kiefers kennen. Selbst heute, wo einige Zeit vergangen ist, könnte ich noch ein kleines Referat über »Silikonabdruckmaterialien und ihre Anwendung im Mundbereich« halten.

Wahrscheinlich wurde ich durch Vaters Vegetariertum eine große Liebhaberin von Fleischgerichten, wenn ich auch inzwischen weiß, daß allzuviel ungesund ist. Hundert Gramm pro Person, mehr kaufe ich nicht ein; allerdings machte ich für einen jungen hungrigen Mann schon einmal eine Ausnahme. Und wenn wir uns dann gemeinsam über ein gigantisches T-Bone-Steak hermachten, waren wir in bester Laune.

Eines Tages brachte mir Levin ein Tranchiermesser und eine Vorlegegabel mit, Familiensilber mit Monogramm. Gerührt betrachtete ich das zarte Muster aus griechischen Flechtbändern, die verschlungenen Initialen und die kleinen Alltagsspuren, die drei Generationen auf der Messerschneide zurückgelassen hatten.

»Wunderschön«, sagte ich, »kaum zu glauben, daß sich dein Großvater davon getrennt hat.«

»Nicht direkt«, sagte Levin und machte das Messer mit einem Wetzstahl scharf; der Großvater brauche doch solche Sachen nicht mehr, schließlich habe er eine schlechtsitzende Zahnprothese – aus Geiz –, und seine Fleischspeisen müßten butterweich zerkocht werden.

»Das ist mir nicht recht«, sagte ich entschieden, »an geklauten Sachen habe ich wenig Freude, bring ihm alles wieder zurück.«

Levin lachte mich aus: Er erbe doch sowieso; sollte man das schöne Silber vor sich hin gammeln lassen?

Ich gab auf, hielt die Sache für einen verspäteten Lausbubenstreich und gewöhnte mich rasch an die Besteckteile, die sich mit der Zeit vermehrten.

Meine Freundin Dorit spottete immer, wenn ich ihr über die Nichtigkeit aller materiellen Werte eine Predigt hielt;

Dorit gestand unverblümt, daß sie gern teuer einkaufte. Sie unterstellte mir Unaufrichtigkeit. Aber man sollte es eher Understatement nennen: Ich hasse Protz. Doch für ganz kleine Gegenstände einen Tausender springen zu lassen – ein japanisches Netsuke-Figürchen etwa, einen zierlichen Jugendstilring aus Perlen und Email, eine Handtasche der Sonderklasse –, das reizt mich schon. Daher hatte ich Levin auch keine wirklichen Vorwürfe gemacht, als er mir Schmuck seiner Großmutter brachte. Es waren bescheidene Sachen, fein gearbeitet, allerdings aus Gold. Schließlich tat ich ja eine Menge für ihn, gab Geld für ihn aus und setzte mich für seine Interessen ein. Silberbestecke und Goldschmuck waren ein Zeichen seiner Liebe, so mußte man es sehen. Blieb noch die Frage mit dem Kind.

Die meisten meiner Klassenkameradinnen hatten entweder schon ein Kind oder machten Karriere. Vera, die als die erste gleich nach dem Abitur heiraten mußte, tat uns allen ein wenig leid. Sie hatte, völlig unzeitgemäß, keine Ausbildung, aber schon mit zwanzig ein Baby. Wir hatten in diesem Alter anderes im Kopf, reisten nach Amerika oder begannen ein – in den ersten Semestern noch freies – Studentenleben. Aber so nach und nach bildeten sich feste Paare, ich erhielt jedes Jahr Hochzeits- und Geburtsanzeigen. Zehn Jahre nach dem Abitur gab es auf einem Klassentreffen eine Menge Babyfotos zu bestaunen.

Ich gehörte weder zu denen, die Karriere gemacht oder Abenteuer erlebt hatten, noch zu den glücklichen Müttern. Natürlich gab es noch andere von meinem Schlag, aber mit denen hatte ich mich in meiner Schulzeit nie abgegeben, und sie erschienen mir auch jetzt nicht interessant.

Am Tag nach dem Klassentreffen war ich nicht zu gebrauchen. Depressiv und kränklich lag ich im Bett und fühlte mich minderwertig. Sicher kann ich gar keine Kinder kriegen, dachte ich unaufhörlich. Irgendwann werde ich es zwar versuchen, aber vergeblich. Ob ich es nicht ein einziges Mal testen sollte? Und dann? Ein vaterloses Kind und im Beruf kein Weiterkommen? Unvernünftig, sagte ich mir, warte in Ruhe ab. Mit Mitte Dreißig brauchte man doch noch keine Torschlußpanik zu kriegen, eine Frau ist heute mit vierzig noch jung und attraktiv.

Einmal hatte ich einen phantastischen Traum von meiner eigenen Hochzeit. Meinem Vater, der mich nie besuchte, ließ ich einen gebratenen Ochsen auf einer ausgehängten Tür servieren. Meine Mutter, die zwangsweise asketisch lebte, saß wie Marlene Dietrich mit entblößten Beinen auf einem Faß. Meinem Bruder, der eine langweilige Ziege zur Frau genommen hatte, gab ich eine Nonne zur Seite, damit er das Gefühl bekam, mit der eigenen trockenen Zwiebel noch gut bedient zu sein. Mich selbst ließ ich hochschwanger wie einen Kugelblitz durch die erstaunte Menge sausen.

Aber wer war der Märchenprinz? Immer häufiger träumte ich, es sei Levin.

Frau Hirte hatte meine Schilderung des Klassentreffens mit beifälligen, wenn auch schläfrigen Lauten quittiert. Zwischendurch hatte sie vielleicht ein wenig geträumt, wer wußte das schon. Mitten in der Nacht griff sie manch-

mal plötzlich zu ihrer Flasche ›Miss Dior‹ und sprengte sich ein. Einmal sah ich auch, denn völlig dunkel war es ja nie, daß sie sich die Stöpsel ihres Walkmans in die Ohren stopfte. Wahrscheinlich hörte sie wieder einmal ihre geliebten Brahmslieder, die sie mir – ebenso wie das Parfum – gelegentlich wie Pralinen anbot. Nun, es ist ganz gut, daß sie nicht alles hört, im Grunde erzähle ich Dinge, die keinen etwas angehen.

3

Manche Frauen müssen zwecks Thrombose-Prophylaxe unbarmherzig zum Aufstehen gezwungen werden, nicht so Frau Hirte. Energisch marschiert sie auf dem Flur herum und schleppt dabei einiges mit an unappetitlichem medizinischem Gepäck in Form von Schläuchen und Flaschen. Inzwischen weiß ich, daß sie schamhaft ist, und respektiere ihre diesbezüglichen Wünsche. Es ist mir auf jeden Fall lieber als umgekehrt. Für Exhibitionistinnen habe ich absolut nichts übrig. Übrigens trägt sie auch nachts brav diese scheußlichen weißen Kompressionsstrümpfe, die ich mir sofort herunterreißen würde.

Sie erzählt wenig von sich. Als meine ehemalige Chefin mich besuchte, wurde sie allerdings ein wenig wehmütig. Sie habe ihren Chef früher weit über das normale Maß entlastet, und was sei der Dank? Kaum wurde sie erwerbsunfähig, da hatte man sie schon vergessen.

Bisher mochte ich solche Vertraulichkeiten zwischen Frauen nicht besonders; meine Freundin Dorit beneide ich zwar, und sie scheint das mit einer gewissen Lust zu fördern. Aber jetzt verspürte ich zum ersten Mal im Leben Mitleid mit einer fremden Frau, ein Gefühl, das ich immer nur Männern vorbehalten hatte.

Ich wollte Frau Hirte mit meinen Mitternachtsmärchen ihre Sorgen vertreiben. Als nächstes sollte sie hören, wie Levin und ich zusammenzogen.

Zu ungewohnter Stunde kam er in die Apotheke, obgleich er wußte, daß ich nicht gern vor den Augen meiner Chefin im Hinterzimmer verschwand.

»Was ist?« sagte ich und sah in strahlende Augen.

»Möchtest du in eine Wohngemeinschaft ziehen?« fragte er.

Nur das nicht, war mein erster Gedanke. Ich hatte es endlich geschafft, meine kleine Wohnung ordentlich und frei von Schmarotzern zu halten, diesen Luxus wollte ich nur für eine eigene Familie aufgeben. Ich schüttelte heftig den Kopf.

»Aber hör mir doch erst einmal zu«, beschwor mich Levin, »ich habe eine königliche Wohnung nur für uns beide an der Hand, traumhaft gut!«

Mit seinen schönen Händen zeichnete Levin einen Plan, so exakt wie ein gelernter Architekt.

»Kein Balkon?« fragte ich enttäuscht.

»Nicht direkt«, sagte Levin, »die Wohnung liegt in Schwetzingen, drei Minuten vom Schloßpark entfernt. Du kannst also wie eine Fürstin auf weißen Bänken ruhen, Wasserspiele bewundern, Enten füttern und alle Premieren im Barocktheater besuchen!«

Wir mieteten die große Altbauwohnung. Durch hohe Sprossenfenster fiel das Licht auf Holzböden; Tamerlan konnte an den Stämmen einer Waldrebe in den Garten klettern und ein freies Katerleben führen. Doch außer einem Balkon fehlte mir bald noch etwas anderes: meine Ruhe. Bisher hatten sich Levins Besuche immer nur auf einige Stunden ausgedehnt, meistens blieb er nicht über Nacht.

Wenn ich jetzt heimkam, war er stets schon da, was aber keineswegs bedeutete, daß der Teekessel summte. Dafür dröhnte das Radio, lief der Fernseher, und Levin telefonierte.

»Was gibt es zu essen?« fragte er zur Begrüßung.

Ich wollte es ja selbst nicht anders. Natürlich habe ich für ihn gewaschen, gekocht, eingekauft und die Miete bezahlt. Selbstverständlich nahm er mein Auto, wann immer er es brauchte.

Nach einem besonders anstrengenden Tag schalt ich ihn einmal wie einen schlampigen Sohn. Dabei war Levin nicht wirklich unordentlich, er nahm nur allen Raum ein. In meinen beiden Zimmern lagen stets eine Menge Gegenstände, die nichts mit mir zu tun hatten, während sein Zimmer fast unbewohnt aussah.

»Du bist manchmal wie ein Kind«, sagte ich und küßte ihn.

»Magst du keine Kinder?« fragte er.

Ich mußte schlucken.

»Natürlich mag ich Kinder – jede normale Frau will Kinder.«

Levin schien zu überlegen. »Möchtest du dir eins anschaffen?« fragte er. Es klang, als wollte er zusätzlich zum Kätzchen noch einen kleinen Hund besorgen.

»Später«, sagte ich. Ich wollte kein uneheliches Kind, sondern eine richtige Familie.

Mindestens einmal in der Woche fuhren wir zu Levins Großvater nach Viernheim. Ich hatte ursprünglich ein Altersheim erwartet und war verwundert, ein Haus zu betreten, das den Namen »Villa« verdiente. Der alte Mann wohnte allein, wurde allerdings von ständig wechselnden Haushälterinnen versorgt. Levin führte das auf die vorsintflutlichen Gehaltsvorstellungen seines Opas zurück.

Wahrscheinlich kannte sich der Großvater in den heutigen Preisen nicht aus und lebte in dem Wahn, alle Welt wolle ihn übers Ohr hauen. Levin war nicht besonders gut auf ihn zu sprechen, kümmerte sich aber pflichtbewußt um Haus und Garten, fuhr ihn zum Arzt und zur Bank und schnitt seine Fußnägel. Mit der Zeit erledigte auch ich Dinge, zu denen die Haushälterin nicht imstande war – tippte Briefe, füllte Formulare aus, sortierte Wäsche und besorgte Vorräte für die Tiefkühltruhe. Ein anderer Opa hätte sich vielleicht nicht bloß mit dürren Worten bedankt, sondern mit einer kleinen Aufmerksamkeit. Um so höher rechnete ich es Levin an, daß er – wenn auch murrend – weiterhin für den Großvater sorgte.

Als ich einmal mit ihm allein war – Levin brachte den Rasenmäher zur Reparatur –, versuchte ich, ihm die miese finanzielle Situation seines Enkels klarzumachen.

Hermann Graber, so hieß er, sah mich verdrossen an. »Sie halten mich für einen alten Geizkragen«, sagte er und spülte seine dritten Zähne unauffällig (wie er dachte) mit einem Mundvoll Kaffee. »Sie haben erfahren, daß ich reich bin. Aber Sie wissen wahrscheinlich nicht, daß dieser arme Enkel meinen neuen Mercedes zu Schrott gefahren hat. Wenn er hier unentgeltlich einige kleine Arbeiten verrichtet und darüber klagen sollte, dann werde ich mein Geld lieber einem Waisenkind vererben.«

›Das ist Erpressung‹, dachte ich empört und legte ihm Kuchen nach auf seinen mit Alpenblumen bemalten Teller.

»Und es ist auch noch die Frage«, fuhr er fort, »ob die zwei letzten Hausmädchen oder mein Enkel Silber und Gold davongetragen haben...«

Ich wurde rot und schwieg.

Hermann Graber schien es aber nicht zu bemerken, weil er gerade auf der Wäscheleine im Garten einen schwarzen Büstenhalter entdeckt hatte.

Auf der Heimfahrt wollte ich von Levin Näheres über den Unfall wissen. Verärgert erzählte er.

»Wahrscheinlich war ich übermüdet und bin kurz eingenickt, ich kam nämlich aus Spanien und bin die Nacht durchgebrettert...«

Ich fand das unverantwortlich. »Gab es Verletzte?«

»Nicht direkt. Ein LKW fuhr auf den Mercedes auf und sein Anhänger kippte um. Was meinst du, was er geladen hatte? Marmelade! Kannst du dir die Autobahn vorstellen?«

»Ich habe dich nach Verletzten gefragt, nicht nach Marmelade.«

»Genaugenommen war es Pflaumenmus.«

Wir schwiegen eine Weile.

Levin mußte den Alten gelegentlich im Schneckentempo irgendwohin fahren, durfte den neuen Mercedes aber nie mehr für sich allein beanspruchen.

»Womit hat dein Opa sein Vermögen gemacht?«

»Er war Elektriker in einer kleinen Fabrik und erfand

ein ominöses Zwischenprodukt, das er dann in einem eigenen Betrieb herstellte. Er war schon als junger Mann reich geworden, später dümpelte das Unternehmen dann vor sich hin. Als mein Vater starb, hat er den Laden verkauft.«

Ich wußte, daß Levins Vater Organist und offensichtlich ohne Interesse am Fabrikantenberuf gewesen war.

»Dein Großvater hat anscheinend pädagogische Absichten«, sagte ich nicht ganz ohne Schadenfreude.

Levin verneinte das. »Er ist ein Sadist und läßt mich radfahren! Jeder andere würde seinem Enkel gelegentlich einen Tausender in die Tasche stecken.«

Wir fuhren auf der Autobahn, obgleich ich lieber die romantische Bergstraße über Weinheim gewählt hätte. Wie so oft fiel mir auf, daß Levin zu schnell fuhr – aber diesmal geriet ich in Panik.

»Ein bißchen langsamer«, bat ich, »wir haben doch keine Eile. Im übrigen finde ich es anständig von dir, daß du deinen Opa auch ohne den Tausender besuchst.«

Levin drosselte das Tempo keinesfalls. »Aus Anstand besuche ich ihn bestimmt nicht«, sagte er. »Von mir aus könnte er lieber heute als morgen abkratzen, aber er droht oft mit einer Testamentsänderung.«

Ich konnte mir die Bemerkung nicht verkneifen: »In letzter Zeit bis du nicht allzuoft Fahrrad gefahren. Du kannst also ohne Ungeduld dein Erbe abwarten.«

»Bis ich alt und grau bin. Der Alte klebt am Leben, der könnte hundert werden!«

Ich lachte. »Dann laß ihn doch! Vielleicht hast du dieselben Gene und wirst genauso alt. Was willst du im übrigen mit der Erbschaft anfangen?«

Levin geriet noch mehr in Fahrt: »Einen Rennwagen kaufen, reisen, an der Auto-Rallye Paris–Dakar teilnehmen, auf jeden Fall brauche ich dann keine faulen Zähne zu ziehen.«

Ich verstummte. In seinen Plänen waren weder der Arztberuf noch ich vorgesehen.

Am nächsten Abend ließ ich Levins Doktorarbeit demonstrativ auf dem Küchentisch liegen und beschäftigte mich nach Wochen wieder mit meiner eigenen. Ich war eine dumme Gans; so wie es jetzt lief, würde ich weder den Doktor machen und eine wissenschaftliche Tätigkeit aufnehmen noch heiraten und Kinder kriegen.

Als ich dann Dorit anrief, schämte ich mich in Grund und Boden, aber ich beichtete ihr mein Engagement für Levins Karriere.

»Das wundert mich überhaupt nicht«, erklärte sie, »du hättest nicht mit ihm zusammenziehen sollen. Liebst du ihn denn wirklich?«

»Ich glaube schon«, sagte ich.

Und so war es. Trotz aller Bedenken, die mein Hirn produzierte, trotz aller Warnsignale, die ich fast körperlich spürte – ich liebte ihn. Wenn er, wie ein Embryo zusammengekauert, neben mir schlief, dann hätte ich vor Zärtlichkeit weinen können. Wenn er hungrig aß und sich über mein gutes Essen freute, wenn er sich an den Apotheken-Pröbchen begeisterte, wenn er in meiner Gegenwart lustig wurde – dann war alles, alles gut. Es gab Stunden voller Glück, wenn wir mit Tamerlan auf dem Sofa saßen, ihn gemeinsam streichelten und dabei im Fernsehen James Bonds Autojagden verfolgten. Aber es gab auch einsame Abende, an denen ich nicht wußte, wo er steckte. Natürlich hatte jeder von uns die Freiheit, zu kommen und zu gehen, wie er wollte. Ich war zu stolz, ihn auszufragen, vielleicht auch zu ängstlich, ihn zu verlieren.

Als ich wieder einmal in leicht depressiver Verfassung vor dem Fernseher einschlief, klingelte mich das Telefon wach. Levin! dachte ich, allmählich nimmst du Manieren an.

»Hella Moormann«, meldete ich mich.

»Entschuldigung, isch hab' misch falsch verwählt«, sagte eine aufgeregte Frauenstimme.

Enttäuscht legte ich auf. Nach einer Minute erneutes Klingeln. Es war dieselbe junge Stimme. »Entschuldigung, is de Lävin do? Sin Sie sei Freindin?«

»Mit wem spreche ich eigentlich?« sagte ich kühl, obgleich mir die Stimme bekannt vorkam.

»Isch bin's, die Margot«, erfuhr ich. Es war die neue und unerfahrene Hausangestellte von Levins Großvater. Hermann Graber habe einen Herzanfall erlitten und liege im Krankenhaus. Man habe ihr gesagt, sie solle umgehend die nächsten Angehörigen benachrichtigen, die Sache sei ernst.

Nun konnte ich erst recht nicht schlafen. Als Levin kurz nach Mitternacht – ohne zu schleichen – die Wohnung betrat, sah er mir gleich an, daß mir etwas auf der Seele lag.

»Hat der Arzt angerufen?«

»Nein, seine Haushaltshilfe, Frau... Ich weiß nicht einmal, wie das Mädchen heißt. Sie hat sich mit Margot gemeldet.«

»Wir nennen sie nur so«, sagte Levin.

Natürlich hatte ich nicht erwartet, daß er in Tränen ausbrach, aber auch nicht soviel offensichtliche Freude. Es war zu spät, noch einmal anzurufen, Levin wollte am nächsten Morgen selbst hinfahren. »Wichtiger als die Uni«, meinte er.

Wir schliefen beide wenig. Levin lag nebenan in seinem Bett, aber ich hörte dauernd, daß er aufstand, in die Küche oder ins Bad ging, Radio oder Fernseher an- und wieder ausschaltete. Auch ich malte mir aus, demnächst in der schönen Villa zu wohnen. Und für Kinder würde genug Platz dasein.

»Alles bestens«, erklärte Levin am nächsten Tag nach seiner Rückkehr, »der Opa war gerührt, daß ich gleich zur Stelle war, aber es geht ihm miserabel. Der Oberarzt sagte, es könne ganz schnell zu Ende gehen, die Pumpe tut's nicht mehr. Man müßte eine Bypass-Operation machen, aber bei einem Achtzigjährigen kommt das nicht in Frage.«

Dann mußte ich mit vor die Tür, und dort stand ein Porsche.

»Ich kann ihn günstig haben, ist noch ziemlich neu«, sagte er hingerissen.

»Brauchst du ihn denn?« fragte ich.

Er sah mich an, als hätte ich nicht alle Tassen im Schrank.

Ich stieg zur Probefahrt ein, bei der mir Hören und Sehen verging, und wurde dabei genötigt, einen weiteren Bankkredit aufzunehmen. Einem Studenten leihe die Bank ja gemeinerweise nichts.

Ich blieb streng.

Demnächst schwimme er in Geld, argumentierte Levin, aber dieses Bijou gehe ihm womöglich sonst vorher noch durch die Lappen.

Derart auf den Tod eines Angehörigen zu spekulieren empfand ich als höchst ungehörig.

Das große Kind, das sein Riesenspielzeug auf der Stelle haben wollte, versuchte es jetzt mit Schmeicheln. Er pries meine bewährte Großzügigkeit und stellte mir eine Überraschung in Aussicht.

Fast hätte ich »Hochzeit?« gefragt, aber ich schluckte es hinunter. Es wäre zu kränkend gewesen, wenn er mich ungläubig und verblüfft angesehen hätte. Also stellte ich mich dumm. »Eine Reise?« fragte ich.

Levin schüttelte den Kopf. »Du kommst nicht darauf. Du wirst Architektin und Einrichterin beim Umbau der Viernheimer Villa.«

Ich sagte kühl und ohne sichtbare Gemütsbewegung: »Glaubst du, ich sei besonders talentiert dafür?«

Levin lachte. »Jede Frau richtet sich gerne ihr Heim ein.«

Völlig überwältigt umarmte ich ihn. Dann ging ich auf die Bank und beantragte einen Kredit, den ich zu ungünstigen Bedingungen auch erhielt.

Levin war selig und schien von früh bis spät mit dem Porsche unterwegs zu sein; zum Glück hatten die Semesterferien mittlerweile begonnen.

Kaum war mein Dienst zu Ende, wurde ich abgeholt, und wir sausten nach Frankfurt oder Stuttgart, am Wochenende ans Mittelmeer und an die Nordsee. Mir kamen Zweifel, ob ich ihm etwas Gutes getan hatte. Wenn er nun wie James Dean verunglückte und mir nur ein Schuldenberg als Erinnerung an meinen einzigen vorzeigbaren Heiratskandidaten blieb?

Als ich zwei Wochen später am Bett von Hermann Graber saß, hatte ich nicht das Gefühl, einen Todkranken zu besuchen. Der Alte war munter und machte Pläne.

»Wenn wir Glück haben«, sagte er, »werde ich nächste Woche entlassen. Die Ärzte wollen mich beschwatzen, daß ich eine Pflegerin einstelle, aber ich bin nicht gewillt, unnötig Geld auszugeben. Margot ist zwar nicht die Klügste, aber sie kann ruhig ein bißchen springen.«

Nach meinem Besuch im Krankenhaus fuhren wir in die Villa, Levin mähte den Rasen, ich sprach mit Margot.

»Herr Graber kommt wahrscheinlich bald zurück«, sagte ich, »würden Sie sich zutrauen, ihn notfalls auch zu pflegen – ich meine, zusätzlich zur Hausarbeit?«

»Hajooo«, meinte Margot und verlangte im übrigen einen höheren Lohn.

Auf der Heimfahrt war Levin mehr als mißmutig. »Du brauchst gar nichts zu sagen«, fuhr er mich an, »du kriegst dein Geld schon noch. Wer hätte gedacht, daß sich der alte Knochen wieder aufrappelt!«

»Mach dir keine Sorgen, das Geld kann warten. Aber wir werden häufiger hinfahren müssen, wenn er wieder zu Hause wohnt. Ich weiß nicht, ob Margot die Verantwortung übernehmen kann – ich halte sie für ungeeignet.«

»Ach was, wie kommst du darauf«, sagte Levin, »die ist schon in Ordnung. Was willst du mehr bei der Bezahlung; ich hab' den Opa sogar erwischt, wie er mit dem Fernglas den Garten absuchte – Margot sonnt sich oben ohne. Ich hab' sie ihm besorgt, die letzten waren alle nichts.«

Ich erfuhr, daß er Margot noch aus der Grundschule kannte. Allerdings sei sie dann in die Hauptschule gekommen und er ins Gymnasium. Nach einer abgebrochenen Schneiderlehre wurde sie Fabrikarbeiterin, dann arbeitslos.

Margot war Kettenraucherin und dünn wie ein Strich. In einer dumpfen Ahnung fragte ich: »Hat sie mal mit Drogen zu tun gehabt?«

»Wieso denn das?«

Ich hatte Levin von früheren Erfahrungen nichts erzählt; Margot paßte ins Bild der armen Seelen, mit denen ich zu tun gehabt hatte. Allerdings waren es immer arme Männer gewesen. Im Falle Margot wurde mir plötzlich klar: Ich mochte sie nicht.

Meine anfangs eher unterschwellige Abneigung gegen Margot verdichtete sich, als mir Dorit ein paar Tage später (nicht ohne Genugtuung) erzählen konnte, sie habe Levin mit einer Frau in ein Auto steigen sehen. Natürlich fragte ich sofort nach deren Aussehen.

»Ich hätte deinem Liebling einen feineren Geschmack zugetraut. Das reine Gegenteil von dir.«

Obgleich ich bereits ahnte, daß es sich um Margot handelte, wollte ich sie genau beschrieben haben.

»Schlecht gefärbt, unter dem Blond kommt der mausige Haaransatz heraus, extrem mager, etwa in Levins Alter; ein armes, ordinäres Ding.«

Das war sie, treffend geschildert. Ich grinste. Dorit hatte nur vergessen, die abgekauten Fingernägel zu erwähnen.

4

Auf eigenen Wunsch liege ich auf der chirurgischen Station. Keinesfalls möchte ich eine Wöchnerin im Zimmer haben, die alle paar Stunden einen Säugling stillt. Ich war nie eine Optimistin und habe im Leben schon zu oft erfahren, daß mir das normale Glück anderer Frauen nicht geschenkt ist. Doch Frau Hirte widersprach. »Quatsch«, sagte sie, »wird schon werden.«

»Dorit hat mir immer vorgelebt, wie es sein könnte. Im Gegensatz zu mir wurde sie von ihren Eltern wirklich geliebt, nicht bloß für den eigenen Ehrgeiz gebraucht.«

»Mein Gott«, sagte Frau Hirte, »ich möchte nicht unbedingt mit Ihrer Freundin tauschen; als ich gestern ihren müden Ehemann sah ... der könnte doch glatt ihr Vater sein.«

Natürlich verteidigte ich Gero. »Sicher, jung und fröhlich ist er nicht. Aber alles in allem ist sie glücklich verheiratet.«

In Frau Hirtes Miene las ich die Frage »Und Sie?«, aber sie schwieg. Sie wußte genau, daß ich ihr alles erzählen würde, und – zumindest mir – genug Zeit dafür blieb.

Frau Hirte spinnt. Ich nehme an, daß sie früher ihren Chef angebetet hat wie jetzt den Chefarzt. Neulich hat mich die Nachtschwester beim Erzählen ertappt und mich gerügt. Frau Hirte brauche Ruhe. Da war sie aber an die Falsche geraten. Meine Nachbarin behauptete, daß sie besonders friedlich schlafe, wenn neben ihr ein monotoner Redefluß plätschere. Und der versiegte nicht. Diesmal ging es um Margot.

Eine Frau war in unserer Wohnung gewesen. Ich roch es, ich spürte es. Die Haken meiner Kleiderbügel zeigen stets in eine Richtung, damit ich bei einer Feuersbrunst alles mit einem einzigen Ruck aus dem Schrank reißen kann. Meine Mutter hat mir das beigebracht, und pedantisch halte ich diese Ordnung ein. Sowohl mein blaugestreiftes als auch das türkisfarbene Sommerkleid hingen falsch. Ich inspizierte das Bad. Levins Besucher hatten natürlich das Recht, sich hier die Hände zu waschen. (In meinem Kleiderschrank hatten sie dagegen nichts verloren.) Im Klobecken lag eine Zigarettenkippe, eine Unsitte, die ich wegen der Langlebigkeit der Filter nicht vertragen kann; übrigens kein Laster von Levin, der seinen Aschenbecher täglich leerte. In der Villa aber war mir diese Untugend bereits mehrmals aufgefallen.

In Levins Zimmer, das ich ebenfalls untersuchte, lagen Comics herum und zwei leere Bierdosen auf dem Fensterbrett. Ich wollte mich damit trösten, daß sie Kindsköpfe waren. Aber was bei Levin ein pädagogisches Kopfschütteln hervorrief, duldete ich bei Margot kein bißchen. In Kürze sollte sie die Verantwortung übernehmen, einen Kranken zu betreuen; sie war nichts weiter als eine Angestellte, warum brachte Levin sie mit? Ich konnte ihr billiges Parfum – synthetisches Apfelaroma – nicht ertragen.

»War Margot hier?« fragte ich, als er heimkam.

Er sah mich kurz und prüfend an und zog es vor, nicht zu lügen. Da sie im Gegensatz zu mir schnelle Wagen liebe, habe er sie im Porsche herumgefahren, man müsse sie schließlich bei Laune halten. Mir war nicht ganz klar, warum. Aber ich sagte nichts über die Kleiderbügel, wollte im übrigen auch nicht als alte Tante gelten, die im Gegensatz zur Jugend keine schnellen Fahrten verträgt und zudem noch eifersüchtig ist. In meinen Angstträumen wurde Levin aus der Kurve getragen, in wachem Zustand versuchte ich, mir solche Vorstellungen zu verkneifen. Das ständige Bemuttern meiner männlichen Freunde machte mich zur ewigen Verliererin.

Trotzdem, Margot hatte keinen Stil. Ich konnte mir einfach nicht vorstellen, was Levin mit ihr verband. Immerhin kam er hier aus der Gegend, mit Land und Leuten eng vertraut, während ich als geborene Westfälin wohl nie ganz heimisch wurde. Mit Margot sprach er Dialekt, vielleicht vermittelte ihm das ein Gefühl der Geborgenheit. Levin hatte früher ein halbes Semester im Ruhrgebiet studiert, aber da es dort weder Zwiebelkuchen noch Laugenwecken gab, hatte er rasch die Rückkehr eingeleitet.

Als wir Hermann Graber vom Krankenhaus abholten, hatte Margot immerhin einen kitschig gedeckten Kaffeetisch (drei Alpenveilchen in einer lila Vase standen vor dem Rekonvaleszenten) mit gekaufter Sahnetorte und starkem Kaffee vorbereitet, Genüsse, die dem Großvater nicht gestattet waren. Levin und ich aßen und tranken, um Margot nicht zu kränken, der Opa verlangte einen Korn.

Ohne Skrupel brachte ihm Levin den Schnaps. Margot und ich hatten Levin versprochen, den Porsche nicht zu erwähnen, aber sie hätte sich fast verplappert.

Hermann Graber war sichtlich erfreut, wieder zu Hause zu sein. »Nie wieder Krankenhaus«, sagte er, »da kommen einem nur dumme Gedanken.«

Höflich fragte ich: »Zum Beispiel?«

Er lachte. »Zum Beispiel, daß man sein Testament ändern könnte!«

Levin wurde blaß. Er fuhr hoch und sagte: »Komm, Hella, wir müssen gehen.«

»Was is mit meim Lohn?« fragte Margot undiplomatisch.

Der Großvater befühlte seine größte Nasenwarze. »Damit du nicht auch auf dumme Gedanken kommst, sollst du erst erben, wenn dein Studium abgeschlossen ist. Könnte ja sein, ich sterbe morgen, und du meinst dann, keinen Finger mehr rühren zu müssen.«

Ich fand diese Idee gar nicht so falsch.

»Was is mit meim Lohn?« fragte Margot wieder.

Obgleich der Augenblick wirklich nicht klug gewählt war, erklärte Levin seinem Großvater: »Margot sollte eine Gehaltserhöhung bekommen, Opa, schließlich ist alles teurer geworden...«

»Alle wollen mein Geld«, sagte Herr Graber.

Levin zuliebe mischte ich mich ein.

»Was würden Sie empfehlen?« fragte mich jetzt der Alte direkt.

Mein Gerechtigkeitssinn siegte über meine Abneigung; er akzeptierte meinen Vorschlag merkwürdigerweise ohne mit der Wimper zu zucken. Margot sagte zwar nicht »danke«, aber immerhin: »Alla!«

Zum Abschied küßte er mir galant die Hand, wobei er sich vor Aufregung mit Kaffee bekleckerte. Ich war fast ein bißchen gerührt. Levin sah es voll Zorn.

Seit ich entdeckt hatte, daß Margot hier gewesen war, entwickelte ich einen mißtrauischen Ekel gegen fremde Spuren in meinen Zimmern. Ich stellte Fallen – spannte ein Haar über mein Schmuckkästchen, blies Puder über die Glasplatten meines Baderegals, markierte den Pegel der Parfumflasche und stellte in den Kleiderschrank eine kipplige Vase, die beim unbedachten Öffnen umfallen mußte.

Vorerst aber roch es weder nach fremder Frau, noch schnappten die Fallen zu. Vielleicht war alles nur eine Ausgeburt meiner Phantasie, und ich hatte die Kleiderbügel selbst umgehängt. Ich hatte zu oft mit zwielichtigen Männern zu tun gehabt, wahrscheinlich tickte ich nicht mehr ganz richtig. Nur mein Kater hinterließ Haare und Fußspuren. Doch eines Abends, als ich den Schrank vorsichtig öffnete, lag die Vase zerbrochen auf dem Boden, und die braunen Glasfläschchen waren anders angeordnet. Ich hatte auch hier meine heimliche Ordnung – die Anfangsbuchstaben der einzelnen Etiketten ergaben das Wort ANEMONE – und hierbei waren zwei Buchstaben vertauscht: ANOMENE las ich mit Befremden. Levin sucht das Gift, war mein erster Gedanke, und mir wurde mulmig. Ich kontrollierte das Innere des Wollrocks, er hatte nichts gefunden.

Das Versteck war gut. Für diesen alten Rock würde sich Margot kaum interessieren.

Natürlich fragte ich mich, ob ich Levin zur Rede stellen sollte. Von meinem Gefühl her widerstrebte es mir. Ich würde ihm gegebenenfalls Vorwürfe machen müssen, ihn verdächtigen; er würde leugnen, und ich würde als die strafende Oberlehrerin dastehen. Lieber ihn gut überwachen.

Mein Verdacht wurde bestärkt, als Levin eines Abends mit größter Harmlosigkeit um ein Schlafmittel bat.

»In deinem Alter« – ich fuhr bei meinen tantenhaften Worten selbst zusammen – »ist das nicht angebracht. Wenn du zweimal nicht gut schläfst, klappt es beim dritten Mal um so besser.«

Levin zuckte nicht mit der Wimper. »Strenge Hella«, sagte er, »immer um mein Wohl und meine Gesundheit besorgt. Ich halte zwar wenig von der Arzneikunde, aber man kann ja gelegentlich eine Ausnahme machen.«

Ärgerlich sagte ich: »Wenn du meinst, Schlafmittel zu brauchen, dann laß sie dir vom Arzt verschreiben.«

An diesem Abend war er betont lieb und aufmerksam, schlief in meinem Bett ein und wachte nicht auf, als ich morgens zur Arbeit mußte.

Da Levin immer lange zu telefonieren pflegte, stand mein Apparat häufig in seinem Zimmer. Als ich eines Abends Dorit anrufen wollte, mußte ich mir das Telefon holen. Ich stand vor Levins Tür, als ich ihn reden hörte. Das Stichwort »Margot« ließ mich wie angewurzelt stehenbleiben und lauschen.

»Rechtsanwalt? Wann?« fragte Levin erregt.

Bei unserem nächsten Besuch in Viernheim war ich überrascht, wie gesund und vital der Großvater wirkte. Er war auf ein neues Herzmittel eingestellt worden und behauptete, er fühle sich wie neugeboren. Levin lief im Haus herum und tat so, als ob er in allen Ecken nach dem Rechten sehen müsse.

Unterdessen nahm mich Hermann Graber beiseite. »Will er Sie heiraten?« fragte er.

Ich errötete. »Fragen Sie ihn selbst.«

»Es ist mir eine Beruhigung, wenn der Junge unter der Fuchtel einer vernünftigen Frau steht. Er ist etwas leichtsinnig.«

Ich nickte und sah wohl wie eine innig Liebende aus.

Hermann Graber erklärte: »Sie erinnern mich ein bißchen an meine verstorbene Frau. Kompliment. Vielleicht ändere ich mein Testament dahingehend, daß Levin nur erbt, wenn er mit Ihnen verheiratet ist.«

»Lieber nicht, Herr Graber. Meinen Sie, ich wollte unter Zwang geheiratet werden?«

Nun lachte er. »Dem Glück etwas nachzuhelfen hat noch nie geschadet. Ich verspreche Ihnen nichts, aber ich bin ein alter Mann, dem es Spaß macht, Schicksal zu spielen. Mein Rechtsanwalt hält mich für meschugge, weil ich das Testament dauernd ändere, aber mir kommen ständig so nette Ideen. Als Levin meinen Mercedes in Schrott verwandelte, habe ich ihn vorübergehend aufs Pflichtteil gesetzt.«

Seine schön geformte Hand mit den vielen braunen

Altersflecken griff nach meiner und hielt sie beschwörend fest.

»Hoffentlich leben Sie noch lange und haben viel Spaß am Testamentändern«, sagte ich ein wenig ironisch. Aber es verdroß ihn nicht.

»Ich sehe, wir verstehen uns. Was halten Sie davon, wenn ich meinen ersten Urenkel zum Erben mache? Dann heiratet Levin mit Sicherheit Hals über Kopf.«

Ich fand das ganz durchtrieben und in meinem Sinne, wehrte aber bescheiden ab.

Levin erzählte ich nichts von diesem Gespräch, der Urenkel war mir peinlich. Andererseits kam es mir nicht verkehrt vor, wenn ein weiser Großvater zu meinen Gunsten Schicksal spielte.

Wenn man Zweifel habe, pflegte Dorit geradeheraus zu sagen: Finger weg. Ich war stets voller Zweifel: Ich entwickelte bei meinen Freunden beschützende und herzliche Gefühle, aber auch eine Art Hörigkeit. Ich war abhängig von ihrer Dankbarkeit, von kleinen Zärtlichkeiten und von dem Bedürfnis, gebraucht zu werden. Dorit sollte nicht denken, daß ich immer an die falschen Männer geriet.

Ich saß bei ihr in der Küche, erzählte von Levin, wie fleißig er studiere, wie treu er seinen Opa versorge und vor allem, wie glücklich ich sei. Dorit hörte zu, putzte dabei Salat, säuberte Sieb und Brettchen und räumte Geschirr aus der Spülmaschine. Schließlich stürzte ihre heulende Tochter herein, und Dorit kam endlich zum Sitzen. Beim Anblick dieses Bildes – ein getröstetes, liebes, zärtliches Kind, das seine Ärmchen um Mutters Hals schlingt – wurde mir wieder einmal bewußt, was ich entbehrte.

»Männer sind Egoisten«, sagte Dorit, »und wir unterstützen diese Eigenschaft, indem wir immer zurückstecken. Du fängst schon vor der Heirat damit an, das ist nicht klug. Er versorgt doch seinen Opa nur, weil er auf die Erbschaft spekuliert – ich weiß es zwar nicht von dir, aber ich habe auch meine Quellen –, er ist nett zu dir, damit er alles kriegt, was du zu bieten hast.«

»Woher weißt du von der Erbschaft?« fragte ich.

»Das ist kein großes Geheimnis. Gero stammt aus Viernheim und kennt die ganze Story vom alten Geizhals Hermann Graber, dem Niedergang seiner Fabrik und der Tragödie mit dem einzigen Sohn, der unbedingt Organist werden wollte.«

Dorits Mann hatte seine Ohren überall, vor allem bei Klatsch und Tratsch um den Geldadel. »Sehr interessant«, sagte ich, »was hat Gero denn noch erzählt?«

»Der Alte war ein Filou, ließ sich einmal in der Woche mit dem Taxi nach Wiesbaden ins Bordell fahren. Seine Frau hat sehr darunter gelitten. Jetzt jammert er ihr nach, obgleich er sie sicher vorzeitig unter die Erde gebracht hat.«

»Und was weiß man über Levins Mutter?«

»Eine zu kurz gekommene Frau, vielleicht holt sie in zweiter Ehe etwas nach. Hermann Graber wollte ein gestandenes Mannsbild als Sohn, nicht einen kränklichen Künstler; die Schwiegertochter wiederum sollte ihm viele Enkel bescheren, dann kam aber nur dein Levin, auf den wahrscheinlich alle Wünsche projiziert wurden. Andererseits hatte er ihn nie als Fabrikerben vorgesehen, der Betrieb ist bekanntlich längst verkauft.«

»Dorit, würdest du Levin heiraten?«

»Nein, ich habe doch Gero.«

Wir lachten. Aber dann meinte sie wie immer: »Wenn man sich nicht sicher ist, dann ist es schon falsch.«

»Ach Dorit, du hast früh geheiratet und immer noch den Kopf voller Rosinen. Klar ist nichts im Leben, alles hat zwei Seiten. Aber wenn ich dich mit deinen Kindern schmusen sehe, dann weiß ich, daß ich es ebenso will.«

»Bitteschön«, sagte Dorit, pflückte das klebrige und tränenverschmierte Mädchen von ihrem Hals und packte es mir auf den Schoß. Sarah blieb zwar sitzen, schmiegte sich aber nicht wie ein krankes Äffchen an mich.

»Tschüs, Dorit«, verabschiedete ich mich schließlich und steckte ihr noch eine Packung Valium zu, die ich ihr mitgebracht hatte, »grüß Gero, er soll unbedingt die Ohren offenhalten, wenn es wieder interessante Neuigkeiten gibt.«

Schon auf der Treppe hörte ich das Telefon läuten. Erregt verlangte Margot nach Levin.

Ich wußte nicht, wann er zu kommen geruhte; ob es Hermann Graber nicht gut gehe?

»Mei libi Fraa«, sagte sie, und ich zuckte zusammen, »sache Se ihm, mei Alder kimmt haam.«

Als Levin kam, richtete ich leicht belustigt die Botschaft aus: »Ihr Vater kommt zurück.«

Levin schüttelte den Kopf. »Jetzt dreht sie durch, sie sieht zu viele Horrorfilme. Ihr Vater steigt nicht mehr aus seiner Grube.« Er stutzte und vergewisserte sich: »Hat sie wirklich ›Vater‹ gesagt?«

»Sie hat von ihrem Alten gesprochen.«

Er wurde bleich und schlug sich an den Kopf. »Du hast sie gründlich mißverstanden, das ist nicht ihr Vater, sondern ihr Mann!«

»Wie bitte, sie ist verheiratet?«

»Wie du siehst.«

»Und wo war der Mann bis jetzt?« Ich ahnte schon, daß er wohl im Gefängnis gesessen hatte. Natürlich wollte ich wissen, weshalb.

»Weiß ich nicht, geht mich auch nichts an«, log Levin. Dann ging er in sein Zimmer, um anzurufen. Nach zwei Minuten schlich ich hinterher, aber ich hörte nur ein gelegentliches »ach so« und »stimmt genau«.

Margot wohnte gegenwärtig bei Hermann Graber in der Einliegerwohnung, würde sie ihrem kriminellen Mann dort Unterschlupf gewähren? Das durfte ich auf keinen Fall gestatten, weiß der Himmel, was sich dann für ein Gesindel in unserer Villa herumtrieb. Ich bekam eine Gänsehaut. Das Kapitel mit kriminellen, süchtigen und neurotischen Männern sollte ein für allemal abgeschlossen sein. Andererseits konnte man Margot auch nicht Knall auf Fall entlassen, sie hatte sich bis jetzt nichts zuschulden kommen lassen und war trotz Gehaltserhöhung eine billige Arbeitskraft.

Levin kam ziemlich aufgeregt zurück. »Sie hat Angst. Ich weiß aber nicht, wie man ihr helfen kann – was meinst du?«

»Kann sie sich nicht scheiden lassen?«

»Wahrscheinlich kriegt sie dann erst recht seine Wut zu spüren. Besser wäre es, sie unterstützt ihn finanziell und hält ihn sich vom Leibe.«

»Weiß dein Großvater überhaupt, daß sie verheiratet ist?«

»Nein, er hat nie danach gefragt.«

Levin ging in meinem kleinen Wohnzimmer auf und ab. Er hatte noch etwas auf dem Herzen.

»Hast du eigentlich das Gift weggeworfen?« fragte er.

Ich sah ihn scharf an: »Hast du es vermißt?«

Nun war er soweit: »Meinst du, es ist angenehm für mich, immer von deinem Geld abhängig zu sein? Der Alte hat doch keine Freude mehr am Leben und über kurz oder lang wird er eh sterben.«

»Drück dich bitte präziser aus: Was hat das mit dem Gift zu tun?«

»Hella, du weißt sehr wohl, was ich meine. Mir ist eine perfekte Methode eingefallen. Wir wären alle unsere Sorgen los. Wir könnten in einem schönen Haus wohnen, ich würde eine kleine Praxis in Viernheim aufmachen, müßte mich aber nicht sonderlich abrackern, für interessante Reisen und Hobbys wäre Zeit und Geld vorhanden – ist das nichts für dich?«

Ich war entsetzt. Mühsam sagte ich. »Ein schöner Traum, der auch ohne Mord in Erfüllung gehen kann.«

»Von wegen Mord. Er hat eine dekompensierte Herzinsuffizienz, der Hausarzt weiß genau, daß er jederzeit daran sterben kann.«

»Dann warte es doch ab.«

»Ich kann nicht mehr warten. Ich habe Schulden.«

Es ginge nicht um den Porsche, sagte er, Margots Mann wolle ihn erpressen. »Er wird mich fertigmachen, wenn er nicht kriegt, was er will.«

Mir zog es den Boden unter den Füßen weg. Levin, der bürgerliche Student aus gutem Haus, mein erster Freund, mit dem Heirat und Familienleben denkbar schienen, war verstrickt in üble Machenschaften, von denen ich nichts wissen wollte. Ich brach in Tränen aus.

Levin nahm mich in die Arme, streichelte und küßte mich. Als ich mich schließlich von seinem naßgeweinten Hemd lösen wollte, sah ich, daß auch er unglücklich aussah.

»Levin«, schluchzte ich, »wir fangen noch einmal bei Null an. Ich vergesse alles, was du eben gesagt hast, und du bringst das Besteck und den Schmuck deinem Großvater zurück.«

»Damit er genau weiß, daß ich es war – er denkt doch, es war Margots Vorgängerin.«

»Gib es einfach zu und bitte um Verzeihung!«

»Er wird mich enterben.«

»Nein, er wird einem reuigen Sünder verzeihen.«

»Niemals! Aber wenn du darauf bestehst... Wo ist das Zeug?«

Ich stand auf und nahm das goldene Kettchen mit dem Jugendstilanhänger, das grün-emaillierte Armband und die Schlangenbrosche aus meinem Schmuckkästchen, holte dann aus der Küche die Vorlegegabel, das Tranchiermesser, das Fischbesteck und die schönen Teelöffel. Ein paar Sachen vergaß ich, alles andere legte ich vor Levin auf den Tisch.

»Aussteuer von meiner Oma«, stellte er fest, als sähe er alles zum ersten Mal, »das gehörte alles ihr und nicht meinen Großvater.«

Ich spielte mit dem Kettchen, das mir so gut stand, als hätte es ein verliebter Goldschmied eigens für mich angefertigt. Was sollte ein alter Mann damit anfangen? Und was bedeuteten ihm die edlen Bestecke, wenn er doch Tag für Tag mit einem durchgebissenen Löffel und einer verbogenen Gabel auskam? Ich packte die Schätze wieder ein.

5

Mein Vater brachte von seinen Geschäftsreisen stets kleine Seifen, Duschgel, Briefpapier mit Hotelaufdruck und winzige Butterpäckchen mit. Solche Sitten prägen, auch ich habe größere Vorräte an Apothekerproben eingelagert. Hier im Krankenhaus sammle ich täglich die abgepackten Frühstücks- und Abendbrot-Reste: Schmelzkäse, Marmelade, Teewurst und sogar Äpfel und Bananen. Und Frau Hirte legt mir wortlos ihre Beute auf den Nachttisch. Neulich brachte Pawel alle drei Kinder mit – reichlich spät am Abend, aber wenn man erster Klasse liegt, sind die Besuchszeiten nicht so streng –, und ich konnte ihnen eine stattliche Tüte mit Lebensmitteln überreichen.

Wir tranken gerade unseren roten Tee. Lene wollte auch probieren und riß den kleinen Mund weit auf, um das dicke weiße Porzellan zu bewältigen. Frau Hirte hat gar kein Interesse an den Kindern, sie schlug sofort ihr Buch auf. Die beiden Großen sehen leider ihrer Mutter sehr ähnlich, wobei das »leider« mit meinem Neid zu tun hat, denn es sind bildhübsche Kinder. Beim Kleinsten, meinem Liebling, kann man zum Glück nicht sagen, nach wem er geraten ist.

Als mein Besuch sich verabschiedet hatte, war es noch nicht Nacht. Aber Frau Hirte sagte fast ungeduldig: »Heute fangen wir mal ein bißchen früher an. Vielleicht bin ich gestern eingeschlafen, denn ich habe nicht kapiert, warum Margots Mann Ihren Levin erpressen wollte...«

Vor einigen Jahren waren Levin und Dieter – Margots Mann – an der griechisch-türkischen Grenze festgenommen worden. In der Heizung ihres Fahrzeugs fand man Heroin; der Wagen wurde beschlagnahmt. Sie hatten abgesprochen, daß in einem solchen Fall Dieter die alleinige Schuld auf sich nehmen sollte, denn Levin wußte, daß er von seinem Großvater endgültig enterbt würde, wenn er mit dem Gesetz in Konflikt kam. Zum Ausgleich sollte Levin Geld lockermachen, einen renommierten Rechtsanwalt mit der Verteidigung beauftragen und, falls das möglich war, eine Kaution hinterlegen, damit Dieter freikam. Nichts klappte. Hermann Graber rückte keine Mark heraus und glaubte auch die Geschichte nicht, die ihm Levin auftischte: Ein Unbekannter habe ihm das Leben gerettet, ihn gegen eine Bande von Straßenräubern verteidigt und sei dann wegen Körperverletzung – die letzten Endes nur Notwehr gewesen sei – im Gefängnis gelandet. »Das glaubst du doch selbst nicht«, sagte Großvater Graber nur.

Dieter hatte Levin wissen lassen, daß er (nach zwei Jahren in einem türkischen Gefängnis) eine gesalzene Entschädigung verlangte. Man konnte nicht davon ausgehen, daß er jahrelang geduldig auf Hermann Grabers Ableben wartete.

»Hast du Drogen genommen?« fragte ich. Levin verneinte; er habe allerdings schon als Schüler ein wenig gedealt, seit dieser Geschichte aber die Finger davon gelassen. Dieter sei etwas älter als er und fast ein Profi, aber auch er habe außer einer Linie Koks (und das nur an Feiertagen) nichts genommen.

»Und Margot?«

»Früher schon, jetzt wohl nicht mehr. Ich habe ihr den Job bei Opa besorgt, damit Dieter meinen guten Willen sieht. Aber ich weiß schon, daß er sich über ihren Hungerlohn entsetzen wird.«

Ein Hungerlohn war es nicht, schließlich war Margot keine tüchtige Hauswirtschafterin, sondern eine ziemlich unfähige Schlampe. Aber immerhin war ich erleichtert, daß Levins Beziehungen zu ihr nicht amouröser Natur waren.

»Dein Großvater plant, daß du erst nach bestandenem Staatsexamen dein Erbe antrittst«, sagte ich, »es hat also gar keinen Zweck, wenn er jetzt schon stirbt.«

»Er war noch nicht beim Notar«, sagte Levin, »deswegen muß alles schnell gehen.«

Ich suchte verzweifelt nach neuen Argumenten. »Du wirst einen Kriminellen nicht von weiteren Erpressungen abhalten, selbst wenn du ihm die geforderte Summe gibst.«

»So ist Dieter nicht«, widersprach Levin. »Es gibt auch unter Dealern einen Ehrenkodex. Verraten wird er mich nie, er wird mich zum Krüppel schlagen.«

»Verkauf den Porsche«, schlug ich ihm vor, »wenn du Glück hast, ist er mit dem Erlös zufrieden.«

»Okay«, sagte er, »anscheinend willst du einen Ehemann, den du mit dem Bratenwender von der Wand kratzen mußt.«

Ich war ziemlich fertig und knurrte: »Dann gib doch diesem schrecklichen Dieter das Gift!«

Levin pfiff durch die Zähne. Er führte viele Gründe an,

der wichtigste war, daß seine perfekte Methode bei jungen Menschen nicht funktionieren konnte. Im übrigen schien er Dieter nicht direkt zu hassen, seinem Großvater aber hätte er eigenhändig den Hals umdrehen mögen.

Mir ging es genau umgekehrt.

Als ich beim Erzählen an dieser brisanten Stelle angekommen war, drehte ich mich besorgt zu Frau Hirte um. Sie schlief bereits, und ich konnte unbedenklich fortfahren.

Levin weihte mich schließlich in seinen genialen Plan ein, aus dem die winzigen Giftpillen nicht wegzudenken waren. Ich mußte zugeben, daß kein großes Risiko bestand. Meine Angst, als Komplizin verurteilt zu werden, verminderte sich. Aber meinen Abscheu und meine moralischen Skrupel wurde ich nicht so schnell los. Zwar leuchtete mir ein, daß ein alter herzkranker Mann keine lange Lebenserwartung mehr hat, doch niemand besaß das Recht, »ein bißchen Schicksal zu spielen«, wie Levin und auch sein Großvater es nannten.

Levin stellte weitere Überlegungen an: »Er wird keine Schmerzen leiden, er stirbt sekundenschnell, der Hausarzt rechnet mit seinem Tod und wird den Totenschein ausstellen, ohne eine unnatürliche Ursache in Betracht zu ziehen. Ich kenne übrigens seinen Doktor, er ist auch nicht mehr der Jüngste... Natürlich darf es nicht an einem Wochenende geschehen, weil dann ein fremder Notarzt gerufen wird, dessen Reaktion sich nicht vorhersehen läßt.«

Ich mußte an die Leute aus meinem Verwandten- und Bekanntenkreis denken, die sich einen schnellen Tod gewünscht hatten: tot umfallen, ohne Krankenhaus, Schläuche und Apparate. War Hermann Graber nicht mit diesem schmerzlosen Tod besser bedient, als wenn er monatelang leiden mußte?

»Und Margot? Wenn sie etwas merkt?«

»Ach die! Keine Sorge, ihre Begabungen liegen nicht auf intellektuellem Gebiet. Sie weiß, daß er herzkrank ist, wenn sie die Leiche findet, wird sie schreien und dann den Arzt anrufen, wie sich das gehört.«

»Aber ihr Mann? Wird Dieter nicht zwei und zwei zusammenzählen, wenn dein Großvater in einem derart passenden Augenblick stirbt? Warum hat Margot eigentlich Angst vor ihm?«

»Sie hat Grund genug, sich zu fürchten. Sie hat ihn nicht nur mit seinem besten Freund, sondern auch mit seinem Bruder betrogen; das kriegt Dieter alles raus. – Aber dem ist es egal, woran der Opa stirbt, der will Geld, dann sind wir quitt.«

Für mich war es immer noch ein bloßes Gedankenexperiment, als wir gemeinsam die verschiedenen Giftröhrchen untersuchten. Levin schlug in einem medizinischen Handbuch nach, wenn ich nicht Bescheid wußte, und traf dann seine Wahl.

»Ob das Gift noch wirksam ist?« fragte er. »Es wäre vielleicht richtig, es vorher zu testen«, und sein Blick fiel auf Tamerlan.

Ich geriet etwas außer Kontrolle, aber er sagte sofort: »War doch nur ein Scherz.«

»Nach Präparation einer Kavität werde ich eine temporäre Füllung legen«, dozierte er.

Obgleich ich es wußte, fragte ich (denn ich liebte es, wenn Levin als Wissenschaftler auftrat): »Was ist eine Kavität?«

»Ein Defekt in der Zahnhartsubstanz«, sagte Levin und genoß es, daß seine zahlreichen Semester Zahnmedizin endlich zu etwas nutze waren.

Mein Blick fiel auf das wunderschöne Foto der großelterlichen Villa, das Levin in der Küche aufgehängt hatte. Mehr als seine geschickten Plädoyers überzeugte mich dieses stumme Bild: Dorthin gehörte ich, nicht in eine Mietwohnung ohne Balkon und Garten. Dorits neues Haus (viel teurer als geplant) würde da nicht mithalten können.

»Nur eine Probefahrt«, sagte Levin, als wir an einem Donnerstagabend im Kabrio nach Viernheim fuhren, denn der Porsche fiel zu sehr auf.

Hermann Graber pflegte sehr zeitig ins Bett zu gehen, dafür aber spät aufzustehen. Im Liegen sah er sich das ganze Fernsehprogramm an, da er schwerhörig war, mittels Kopfhörer. Das hatte den Vorteil, daß er andere Geräusche im Haus nicht wahrnahm, es sei denn, eine Bombe würde hochgehen. Vor Einbrechern hatte er keine Angst, denn Aktien und Geld befanden sich im Banktresor.

Die Einrichtung des Hauses war von gediegener, tonnenschwerer Scheußlichkeit. Schmuddelige Samtportieren, geschnitzte Eichenschränke, schwarz gewordene

Paneele. Der Alte vermißte wahrscheinlich weder Silberdöschen noch Porzellanfiguren seiner Frau, denn er machte sich nichts aus Staubfängern.

Selbstverständlich besaß Levin einen Schlüssel. »Ich muß im Keller etwas löten«, erklärte er Margot, denn Hermann Graber besaß eine zwar altmodische, aber bestens ausgerüstete Werkstatt. Neugierig starrte sie auf das Autoradio, das sich Levin unter den Arm geklemmt hatte.

Während ich mit Margot in der Küche eine Diät für den Opa festlegte, holte Levin den »Rosenbohrer« aus dem Auto. Er hatte sich dieses gebrauchte Handbohrgerät schon vor längerer Zeit gekauft.

Damit huschte er die Treppe hinauf und nahm die Vollprothese von Hermann Graber aus dem Schälchen, denn er wußte, daß sein Großvater nur einmal in der Woche – am Samstag, wenn er auch sein Bad zu nehmen pflegte – das Gebiß mit einer Reinigungstablette ins Wasser legte. An Wochentagen wie heute wurde es nachts ungewässert in der Schale auf der Badezimmerheizung deponiert.

Levin fräste in zwei Kunststoffzähne des Molarenbereichs mit seinem Spezialbohrer winzige Löcher, die jedoch groß genug waren, um je eine Giftpille aufzunehmen. Nach Einbettung dieser Dosis legte er einen provisorischen hauchdünnen Kavitverschluß darüber, der sich unter Einwirkung von Speichel auflösen würde.

Nachdem das Werk vollbracht war, tat Levin die Prothese in die Kompottschale zurück, Bohrgerät und Radio verstaute er wieder im Wagen. Als er zu uns in die Küche kam, machte er einen erleichterten Eindruck.

»Das Radio geht wieder«, sagte Levin zu Margot, »hast du von Dieter gehört?«

»Nix.«

»Er könnte also jeden Tag vor der Tür stehen?« fragte Levin.

»Dann gut' Nacht, Marie!« sagte sie.

Wir erklärten, daß wir noch ins Kino wollten, und verließen sie.

In Heidelberg liefen wir die Hauptstraße entlang, um noch Leute zu treffen – was leicht gelang –, tranken am Theaterplatz einen Espresso und kamen etwas unpünktlich in die Spätvorstellung, so daß wir Beachtung fanden.

Erst nach dem Film – an den ich mich überhaupt nicht erinnern kann – sagte mir Levin, daß unser Besuch in der Villa keineswegs die Generalprobe gewesen sei. Ich bekam mitten auf der Straße einen Heulkrampf.

In dieser Nacht lagen wir gemeinsam in meinem Bett und störten uns durch pausenloses Wälzen. Plötzlich stand ich auf und zog mich an. »Komm, Levin, wir fahren wieder hin und machen alles rückgängig!« befahl ich. Durch seine überströmenden Zärtlichkeiten und meine große Müdigkeit wurde dies aber verhindert.

Ich mußte um acht meine Arbeit in der Apotheke beginnen, Levin sollte mich anrufen, sobald er Nachricht aus Viernheim hatte. Er stand etwas später auf, ließ sich mit der Katze im Garten sehen, ging zum Briefkasten, holte eine Zeitung und achtete darauf, mit Nachbarn einen Gruß zu wechseln.

»Sie werden krank, Hella«, sagte meine Chefin, »ich sehe es Ihnen an.«

Ich versicherte, ich bekäme bloß meine Tage und sähe dann immer wie eine Leiche aus. Bei diesem Wort verschluckte ich mich und röchelte wie eine Asthmatikerin.

Meine Chefin schüttelte mißbilligend den Kopf. »Gehen Sie lieber heim«, empfahl sie, »es macht keinen guten Eindruck auf die Kunden, wenn sie sich bei der Apothekerin anstecken.«

»Es ist wirklich nichts«, sagte ich beschwörend, »wenn es Ihnen recht ist, lege ich mich zehn Minuten ins Hinterzimmer.«

Ich verbrachte diese Frist damit, mich sorgfältig zu schminken. Es war inzwischen fast elf Uhr. Ob das Gift nicht doch nach all den Jahren wirkungslos geworden war? Ich hoffte es inständig.

Gerade als ich mit rosigen Wangen wieder an die Theke trat, läutete das Telefon. Levin sagte steif: »Ich muß dir leider die traurige Nachricht überbringen, daß mein Großvater gestorben ist. Wahrscheinlich melde ich mich später noch einmal, jetzt muß ich sofort nach Viernheim.«

Ich sagte ebenso förmlich, denn meine Chefin lauschte. »Mein Gott, das tut mir aber leid! Wann ist es geschehen? Hat dich die Haushälterin angerufen?«

»Nein, der Arzt persönlich. Bis später.«

»Ist etwas passiert?« fragte mich die neugierige Chefin.

Ich nickte. »Der Großvater meines Freundes ist gestorben; aber er war alt und krank, man mußte damit rechnen.«

»Wollen Sie früher gehen?« fragte sie.

»Danke, aber das ist nicht nötig.«

Den ganzen Tag über meldete sich Levin nicht; ich machte Fehler bei der Arbeit, verlegte Medikamente und vergaß, einer kranken Frau Tabletten zu schicken. Pünktlich, aber keine Minute zu früh, verließ ich die Apotheke.

Die Wohnung war menschenleer. Um acht läutete endlich das Telefon. Ich stürzte mich darauf, es war Dorit. »Weißt du schon, daß du einen stinkreichen Freund hast?« fragte sie pietätlos, »heute ist sein Opa gestorben.«

»Woher weißt du das?« fragte ich gedehnt.

»Von Gero. Männer sind Klatschweiber. Der Nachbar vom alten Graber hat den Leichenwagen gesehen... Er ist ein Kollege von Gero... Na, wie ist es, werdet ihr in das Viernheimer Haus ziehen und für Baulärm sorgen?«

»Da fragst du mich zuviel«, sagte ich kurz angebunden. Ich wollte die Leitung für Levin frei halten.

»Ich habe mir heute einen Seidenblazer gekauft«, sagte Dorit, »rate mal in welcher Farbe! Rosa!«

Mir war nicht nach Schwätzen, ich entschuldigte mich und legte auf. Gern wäre ich unter die Brause gegangen, ich war schweißüberströmt. Aber genau in dem Moment, wenn das warme Wasser über mich lief, würde das Telefon klingeln. Inzwischen erwartete ich gar nicht mehr Levin, sondern die Polizei, die mir seine Verhaftung mitteilte.

Um halb neun hörte ich endlich den Porsche. Ich rannte an die Haustür, der Wagen hatte eine stattliche Beule am Kotflügel. Levin nahm mehrere Plastiktüten vom Vordersitz, reichte mir eine und sagte charmant: »Sperr das Maul und die Tür zu! Alles bestens!«

Wir waren kaum in der Wohnung, als ich die Nerven verlor.

Aber Levin lachte nur. »Du wirst gleich sehen, das Warten war nicht vergeblich!« Er packte Sekt aus, meinen Lieblingssalat, frische Shrimps, exotische Früchte und knusprige Pasteten. »Hast du keinen Hunger?«

Mir war jeder Gedanke an Essen vergangen, aber bei diesem Anblick regte sich, ohne daß ich es wollte, mein Appetit. Trotzdem wollte ich wissen, wo er sich herumgetrieben hatte.

»Von wegen herumgetrieben«, verteidigte sich Levin, »ich habe die ganze Zeit gearbeitet.«

Während ich Teller holte und das Essen anrichtete, erzählte er: Margot hatte heute morgen um zehn Frühstück gemacht; Hermann Graber schmeckte es, und er las wie immer beim Kaffeetrinken die Zeitung. Als er fertig war, ging Margot einkaufen. Nach einer halben Stunde war sie zurück und fand den Toten friedlich vor seinem Schreibtisch sitzen, seine Patiencekarten waren ihm aus der Hand gefallen. Er sei noch warm gewesen, sagte Margot, aber sie habe einen solchen Schreck bekommen, daß sich ihr die Fußnägel hochrollten. Sie habe sofort Dr. Schneider angerufen. Als der Arzt sah, daß nichts zu machen war, stellte er den Totenschein aus und rief Levin an. In Viernheim stieß Levin schon an der Haustür auf eine heulende Margot. Sie sei schuld, der Opa hätte keinen starken Kaffee trinken dürfen. Er gab ihr für diesen Tag frei.

»Und was hast du dann gemacht?«

»Ich sagte doch schon, mich abgerackert. Aber es hat sich gelohnt!«

Ich verstand nicht ganz, doch Levin schob mir eine Gabel voll Shrimps in den Mund und strahlte. Er füllte sein Sektglas zum zweitenmal: »Prost Hella, auf die fetten Zeiten!«

Er öffnete die nächste Tüte und kramte eine Juwelierschachtel heraus. »Ich dachte, Goldtopas paßt gut zu deinen braunen Augen.« Dann packte er seidene Hemden für sich, seidene Blusen für mich, Schuhe, Parfum und einen Globus aus.

Er hatte so viel Zeit gebraucht, um Hermann Grabers Safe zu öffnen; Levin vermutete, daß sein Großvater etwas Bargeld im Haus hatte. Der Safe war von einfacher Machart, ohne Schlüssel, nur mit einer Zahlenkombination. Aber es lag nichts Besonderes darin – Ausweise, das Stammbuch und Mitteilungen der Bank über verschiedene Festgelder, allerdings keine großen Posten.

Levin suchte nun systematisch das Schlafzimmer ab, denn er war sicher, daß hier der Schatz zu heben sei. Aber erst nach Stunden hatte er Erfolg. »Der Alte war nicht blöd«, meinte er anerkennend, »auf dieses Versteck wäre außer mir keiner gekommen.« Aus einem Kaminabzugsloch hing ein winziges Stück Schnur. Levin nahm den Tapetendeckel ab und zog die Angel hoch: eine Plastiktüte mit einigen Tausendern. Natürlich war das nicht die vielgepriesene Erbschaft, aber immerhin ein bißchen Vorschuß auf bevorstehende Freuden. Dann hatte Levin den Bestatter bestellt und alles für die Beerdigung geregelt, darauf vergeblich versucht, den Rechtsanwalt zu erreichen. Gerade noch vor Ladenschluß war er in ein paar Geschäften gewesen.

Nun war es mit meiner Fassung vorbei. Ich heulte wie ein Schloßhund und klebte an Levin wie ein nasser Lappen.

Er streichelte mich. »Ist ja gut, jetzt ist alles geschafft. Komm, leg dich hin und schlaf, du hast es dringend nötig. Ich muß noch aufbleiben und Pläne schmieden.«

Nach einem entspannenden Kräuterbad und einigen Baldriantabletten geriet ich in einen dämmrigen Zustand traumhafter Visionen. »Ab morgen nehme ich keine Pille mehr«, dachte ich. »Und der Ring kann auch nichts dafür, den Geiz hat Levin jedenfalls nicht von seinem Opa geerbt, hoffentlich schlägt bei ihm das Pendel nicht in die Gegenrichtung aus... Ich muß ihn noch ein wenig erziehen...«

Am anderen Morgen ging ich arbeiten, Levin fuhr nach Viernheim. Das Geld aus dem Geheimversteck hatte er fast ausgegeben.

Sollte man Margot entlassen? Vorläufig nicht, Levin war fürs erste dagegen, es sei besser, wenn die Villa bewohnt bliebe. Wir wollten erst nach einer Total-Renovierung einziehen. Das Haus war im übrigen groß genug, um im Parterre eine zahnärztliche Praxis einzurichten, was man vor einem Umbau bedenken müsse. Ich war erleichtert, daß Levin so vernünftig plante und nicht sofort ein zweites Auto kaufte. Woher kam übrigens die Beule? Ich solle mich nicht darüber aufregen, hatte er erwidert, keiner habe es gesehen.

Levin fieberte dem Notartermin entgegen. Bis dahin wußte er keineswegs, mit wieviel Geld er rechnen konnte und ob das Testament nicht irgendeine gehässige Klausel enthielt. Die Villa jedenfalls besaß den Wert von zehn Porsche, wie er mir versicherte, denn das war Levins Währung.

Der mürrische Notar machte es spannend. Das Testament sei in der Tat zwölfmal geändert worden, sagte er, die neueste Version war bloß zwei Wochen alt, und er kenne den Inhalt selbst nicht. Levin wurde blaß. Aber vom Examen war nicht die Rede. Levin bekam Wertpapiere, die wahrscheinlich seinen Pflichtteil abdeckten. Die Villa und den Löwenanteil der Aktien erbte ich – Hella Moormann –, wenn ich Levin innerhalb eines halben Jahres ehelichte. Selbstverständlich konnte ich Erbschaft und Heirat ausschlagen, in einem solchen Fall ging das Vermögen an das Rote Kreuz.

Levin brauchte einen Moment, um diese Botschaft richtig zu verstehen.

Als der Groschen gefallen war, sprang er auf und schrie: »Das sieht doch jeder, daß der Alte nicht mehr alle Tassen im Schrank hatte! Das ist doch der schiere Wahnsinn – eine fremde Frau soll das ganze Geld kriegen! Kann man ihn posthum entmündigen lassen?«

Mein bißchen neue Zuversicht und freudige Erregung war dahin. Mir ging es doch nicht um das Geld.

»Entmündigen lassen...«, erwiderte der Notar gedehnt, »das wird immer wieder von unzufriedenen Angehörigen versucht, gelegentlich auch mit Erfolg. Im Falle Ihres Großvaters sehe ich keine Chancen, er war bis zuletzt im

Vollbesitz seiner geistigen Kräfte, wie man so schön sagt, und dafür gibt es viele Zeugen.«

Levin fing sich schon wieder. »Es spielt keine so große Rolle«, sagte er mit mühsamer Beherrschung, »meine Verlobte und ich wollten sowieso bald heiraten.«

»Nun, dann steht dem Happy-End ja nichts im Wege«, sagte der Notar voller Neid und lächelte mich schmierig an. Ich lächelte weder zurück, noch bestätigte ich Levins Aussage. Ich war tief verletzt.

6

»Haben Sie gut geschlafen?« fragte ich Frau Hirte am nächsten Morgen, denn ihr Gesicht hatte einen müde-verschlagenen Ausdruck angenommen.

Sie habe einen furchtbaren Alptraum gehabt, antwortete sie, vielleicht sei der Vollmond schuld.

»Was haben Sie denn geträumt?« fragte ich beklommen.

»Im Traum habe ich einen Polizisten erschossen.«

Bei der Vorstellung, daß die dürre Zimtziege mit einer Pistole auf einen Polizisten zielte, mußte ich lächeln. »Wir werden mal bei Freud nachlesen, was das zu bedeuten hat«, schlug ich vor.

Aber sie fragte nur: »Haben Sie nie solche Träume?«

Allzu heftig schüttelte ich den Kopf.

»Ich denke an die Sache mit Ihrem Mitschüler«, fuhr sie fort, »von so etwas kommt man doch sein Leben lang nicht mehr los.«

Da hatte sie allerdings recht.

Im Gegensatz zu mir hatte Frau Hirte schon mehrmals in einer Klinik gelegen. Bereits vor ein paar Jahren war sie am Darm operiert worden; sie behauptet steif und fest, der Krebs sei damit endgültig besiegt. Der histologische Befund steht bei ihr allerdings noch aus, und ich denke, daß die Ärzte sie nicht belügen werden. Wenn man sie so sieht, knochig, blaß und appetitlos, dann scheint auch einem Laien die Prognose düster.

»Wo bin ich gestern stehengeblieben?« fragte ich, um sie zu testen.

Sie wurde verlegen. »Ich glaube, bei einem Diätrezept für den Großvater«, sagte sie. »Vielleicht bin ich dabei eingeschlafen. Seit ich eine Mikrowelle besitze, habe ich das Kochen endgültig aufgegeben…«

»Na fein«, sagte ich, »der Großvater starb.«

Hermann Grabers Tod ließ mich an meinen eigenen Großvater denken. Meinen Beruf hatte ich wahrscheinlich gewählt, um ihm nachzueifern. Sonst wäre ich wohl Sozialarbeiterin, Psychologin oder Ärztin geworden, Kindergärtnerin oder Krankenschwester – gut, daß es nicht so kam, ich selbst wäre hoffnungslos zu kurz gekommen. Als Apothekerin hat man zwar auch mit leidenden Menschen zu tun, aber viele verlassen den Laden, ohne jedesmal ihren seelischen Mülleimer auszuschütten.

Mein Großvater war ein gutaussehender, weißhaariger Patriarch, der allgemein geachtet und geschätzt wurde. Er hatte es wie Hermann Graber zu einem Vermögen gebracht, doch anders als Levin hing ich an meinem Großvater und dachte jedesmal liebevoll an ihn, wenn ich mir Opas Sessel mit Tamerlan teilte. Wenn einer auf den Gedanken gekommen wäre, meinen Großvater umzubringen, hätte ich diesen Menschen mein Leben lang gehaßt.

Nachdem Levin in so garstiger Weise auf das Testament reagiert hatte, kühlten sich meine Empfindungen für ihn ab. Auf der Heimfahrt vom Notar fragte er: »Was ist? Warum bist du so einsilbig? Du hast doch Grund zur Freude: Als Außenseiterin hast du das Spiel gewonnen.«

Weder hielt ich unsere Tat für ein Spiel, noch fühlte ich mich als Siegerin. ›Mein lieber Schwan‹, dachte ich, ›so leicht kriegst du mich nicht.‹

Natürlich fragte er kurz darauf, wann die Hochzeit stattfinden sollte.

»Weiß nicht«, sagte ich kalt.

»Theoretisch haben wir ein halbes Jahr Zeit«, sagte Levin, »aber Dieter kann morgen auftauchen, deshalb ist Eile geboten.«

»Wieso Eile?« fragte ich. »Wenn du deine Aktien oder den Porsche verkaufst, kannst du ihn auszahlen.«

Er sah mich mit offenem Mund an.

»So ist das also«, sagte er, »ich soll blechen, und du bleibst gemütlich auf meinem Vermögen hocken.«

»Vor der Hochzeit gehört mir kein Pfennig«, erklärte ich, »das weißt du genau. Und du weißt sehr wohl, daß ich hinter Geld nicht her bin wie der Teufel hinter der armen Seele.«

Levin betrachtete mich wie ein Kalb mit zwei Köpfen. »Soll das heißen, daß du mich nicht mehr willst und die Erbschaft sausen läßt? Wir können uns ja wieder scheiden lassen; schließlich wäre es ein Jammer, wenn das Rote Kreuz alles einkassiert.«

»Ich habe nichts gegen das Rote Kreuz«, gab ich zurück.

Levin lachte. »Hoheit belieben zu scherzen«, sagte er und griff nach mir.

Ich blieb stocksteif. »Fremde Frauen küßt man nicht«, warnte ich.

Jetzt verstand er. »In einer Woche wird geheiratet!« schlug er ganz locker vor, aber ich blieb bockig.

Die nächsten Tage ließen wir uns gegenseitig schmoren. Wir warteten beide auf Friedensangebote.

Übrigens ließ sich auch der berühmte Dieter nicht sehen. Gelegentlich zweifelte ich an seiner Existenz, auch wenn Margot aufgeregt von seiner Rückkehr gesprochen hatte. Einmal hatte ich sogar den mißtrauischen Einfall, daß Levin und Margot ein Phantom erfunden hatten. Aber ich verwarf diesen Gedanken, denn Levin würde mit der dummen Gans nie gemeinsame Sache machen. Im übrigen war er zwar leichtsinnig, aber kein Intrigant.

Levin war es, der schließlich nachgab. Er holte mich mit dem Porsche ab, obgleich mein Kabrio vor der Apotheke stand, und schlug vor, richtig teuer essen zu gehen.

»Willst du dein Geld auf der Stelle verbraten?« fragte ich.

Er zuckte nicht mit der Wimper, doch ich wußte, daß Hinweise auf Sparsamkeit wie ein rotes Tuch auf ihn wirkten. »Wir haben unsere Verlobung noch nicht gefeiert«, sagte er.

Ich wollte erst nach Hause, duschen und mich umziehen.

Als wir endlich im Restaurant saßen, ließ ich mich nach einem anstrengenden Tag erschöpft in die weichen Polster fallen, trank Wein und löste mich von meiner Starre.

Levin hatte das klug eingefädelt. Nach einigen Gläsern – vielleicht zwei mehr, als ich vertrug – fragte er kühn: »Was wünschst du dir am meisten?«

»Ein Kind.«

Am nächsten Tag bestellten wir das Aufgebot. Es war Samstag, ich hatte frei, wollte aber nicht mit Levin einkaufen gehen, sondern sauber machen. Ob wir uns bald eine Putzfrau leisten sollten?

Es klingelte. Dorit, mutmaßte ich; sie kam mir ungelegen. Wenn sie hier war, mußten wir stundenlang über Männer und Kinder reden.

Doch nicht Dorit, sondern ein stattlicher Mann stand vor der Tür. »Wohnt Levin Graber hier?« fragte er etwas unschlüssig, obgleich es auf dem Namensschild zu lesen war.

Ich wußte nicht, wann Levin zurückkäme; trotzdem wollte er auf ihn warten.

»Mein Name ist Dieter Krosmansky.«

Ich erschrak.

Dieter schien mich aufmerksam zu beobachten. »Wenn Sie etwas dagegen haben, werde ich heute abend wiederkommen.«

›Oje‹, dachte ich, ›er merkt, daß ich weiß, wer er ist, und glaubt, ich hätte Vorurteile gegen entlassene Strafgefangene.‹

Ich bat ihn also liebenswürdig herein, führte ihn in Levins Zimmer und brachte ihm die Zeitung und ein Bier. Die Tür ließ ich offen. Mir war etwas bange, daß Dieter in Levins Sachen herumwühlen könnte. Mit dem Staubtuch betrat ich entschlossen das Zimmer, entschuldigte mich und begann um Dieter herumzuwischen. Aus den Augenwinkeln heraus beobachteten wir uns. Mit scheinheiliger Freundlichkeit fragte ich, ob er aus Heidelberg stamme.

»Nein, aber ich habe früher hier gelebt. Meine Familie kommt aus dem Osten.«

Dieter sprach hochdeutsch, im Gegensatz zu Margot, die nie verleugnen konnte, daß sie aus der hiesigen Gegend kam. War er wirklich ihr Mann? Heiter und arglos polierend fragte ich: »Haben Sie mit Levin zusammen studiert?«

»Das nicht«, sagte Dieter ebenso nett, »aber wir haben ein paar gemeinsame Reisen unternommen.«

Nun kamen wir der Sache schon näher. Dieter schien zu überlegen, ob ich eine vorübergehende oder feste Freundin war, ob ich über Levins Vergangenheit informiert war.

Ich kam ihm entgegen. »Levin und ich wollen demnächst heiraten«, sagte ich.

»Kann man dem entnehmen, daß Levin sein Studium abgeschlossen hat?«

»Es fehlt nicht mehr viel, dann hat er es geschafft.«

»Lebt eigentlich sein Großvater noch?«

Das war die Gretchenfrage, aber es hatte keinen Zweck, in diesem Punkt die Ahnungslose zu spielen. »Er ist kürzlich gestorben.«

»Nun, dann muß Levin ja reich sein, es wundert mich, daß er unter diesen Umständen mit nur einem Zimmer zufrieden ist.«

›Er will mich aushorchen‹, dachte ich ärgerlich, das hatte ich nun davon. »Das Testament ist erst gültig, wenn es durch das Nachlaßgericht in Kraft gesetzt wird,« sagte ich, »so etwas geht nicht von heut' auf morgen.«

Er ging nicht darauf ein, sondern sagte unvermittelt: »Mir ist nicht gut, kann ich mich etwas hinlegen? Levin wird sicher nichts dagegen haben, wenn ich mich kurz auf seinem Bett ausruhe.«

Ungern sah ich, daß er sich die Schuhe auszog (immerhin) und es sich bequem machte; die dünnen Stellen seiner Socken wurden nur noch durch das Nylongerippe zusammengehalten. Mit einem beklommenen Gefühl ging ich hinaus und ließ die Tür einen Spalt weit offen.

Als ich längst die ganze Wohnung auf Hochglanz gebracht hatte, war Levin immer noch nicht zurück, und Dieter schlief weiterhin. Ich schlich an sein Lager und betrachtete ihn. Er paßte nicht zu meinem Bild von einem Dealer; so sah kein Bösewicht aus, mit seinem karierten Hemd und seinen Kordhosen erinnerte er mich eher an einen britischen Studenten oder westfälischen Landvermesser. Auf seinem Gesicht zeichnete sich große Erschöpfung ab; im Grunde ein intelligentes Gesicht, das mir, wenn ich ehrlich war, gar nicht so mißfiel. Wie war er nur auf Margot verfallen! Es rührte mich, daß der Fingernagel seines linken Daumens verkrüppelt war. Ich hatte so etwas wie Mitleid mit dem schlafenden Mann, holte eine Wolldecke aus meinem Zimmer und breitete sie über ihn.

Weil er gutes Essen eingekauft hatte, kam Levin nicht allzu spät heim. Ich schlich an die Tür, als ich den Wagen hörte, und öffnete, bevor er den Schlüssel ins Schloß steckte, legte dabei den Finger an die Lippen und flüsterte:

»Er ist hier!«

»Wer?« fragte Levin zu laut.

Ich bedeutete ihm noch einmal, leise zu sein, und führte ihn an sein eigenes Bett. Levin betrachtete seinen Partner ungläubig und folgte mir dann in die Küche. Mein tapferer Freund war nervös, fingerte nach seinen Zigaretten und wollte wissen, über was wir geredet hatten.

»Mach dir keine Sorgen, er war sanft wie ein Lämmchen«, sagte ich, »aber ich mußte ihm sagen, daß dein Großvater gestorben ist, er hätte es ohnehin erfahren.«

Levin war gereizt. »Was sollen wir nun mit ihm machen?«

»Ausschlafen lassen, mit ihm essen und eine Runde durch den Schloßpark drehen«, schlug ich vor.

Levin sah mich groß an. »Wer hätte gedacht, daß du so cool bleibst, du hättest eine gute Gangsterbraut abgegeben!«

Ich verschwieg, daß ich das bereits gewesen war, und fing mit dem Kochen an, während mich Levin durch unruhiges Herumlaufen störte. Als Therapie gegen die Hektik ließ ich ihn Äpfel schälen. Levin griff zum schärfsten Messer und hatte sich sofort in die Finger geschnitten. Während ich einen Verband anlegte, stand unser Gast – in Socken – plötzlich vor uns. Beim Anblick der Blutstropfen drehte er sich, blaß geworden, von uns weg. Ich wischte den Tisch ab.

Dieter näherte sich wieder. »Na, alter Schwede«, sagte er und klopfte Levin kräftig – allzu kräftig? – auf den Rücken. »Wohnt Margot nicht mehr in Heidelberg, bei der Lore in der Grabengasse?«

Levin antwortete ausweichend: »Hella ist eine vorzügliche Köchin, wenn man sie nicht stört. Komm, wir trinken einen Aperitif.«

Die beiden verschwanden, während ich den Hasenrücken mit sorgsam entkernten Weintrauben, mit Apfelscheiben und Calvados in der Pfanne schmoren ließ. Kein Wort drang zu mir.

Als ich eine halbe Stunde später zu Tisch bat, waren die zwei Männer in bester Stimmung, weder von einer tätlichen noch von einer verbalen Auseinandersetzung war etwas zu bemerken.

Der Hase war mir gelungen, sie lobten ihn. Wir unterhielten uns über Politik, Klatsch und Kochrezepte. Bis Dieter sich plötzlich erhob: »Gib mir deinen Wagen, du kriegst ihn morgen zurück.«

Ich war fassungslos über dieses Anliegen und konnte mir nicht vorstellen, daß Levin den Porscheschlüssel je aus der Hand gab. Er zuckte auch ein wenig mit den Mundwinkeln und meinte: »Ich kann dich fahren.«

»Ist lieb gemeint, aber absolut unnötig«, sagte Dieter, »du hast mehr getrunken als ich.«

Das stimmte allerdings. Levin gab ihm den Schlüssel. »Du weißt ja, wo es ist.«

Kaum war er verschwunden, fragte ich: »Fährt er zu Margot? Wird er sie verprügeln? Was verlangt er von dir?«

Levin gähnte. »Schatz, wie du vielleicht schon gemerkt hast, ist der Saulus zum Paulus geworden. Wir haben uns gut vertragen, und er wird auch Margot kein Härchen krümmen.«

»Und was ist mit dem Geld, das du ihm schuldest?«

»Kann warten«, sagte Levin, »übrigens wird er unser Trauzeuge.«

Das gefiel mir nicht, denn wohl oder übel war dann auch Margot bei unserer Hochzeit zugegen. Ich hatte meine Eltern, die ich nur noch selten besuchte, und meinen Bruder eingeladen, natürlich auch ein paar Freunde und meine Chefin. Dorit und Gero hätte ich als Trauzeugen gewollt, nun wurden es also Dorit und Dieter. Meine Eltern hatten sich jahrelang über meine schwierigen Liebhaber aufgeregt, sie sollten endlich die Genugtuung haben, daß ihre Tochter einen standesgemäßen Akademiker mit einem beträchtlichen Erbe ehelichte. Wenn Margot auftauchte, würde der gute Eindruck mit Sicherheit zerstört.

Levin lachte über diese Bedenken: »Ich hätte nie gedacht, daß du einen solchen Dünkel hast! Aber gegen Dieter gibt es anscheinend nichts einzuwenden?«

Ich äußerte mich nicht. Aber ich mußte mir eingestehen, daß Dieter auf einen unvoreingenommenen Betrachter vielleicht sogar einen besseren Eindruck machte als Levin. – »Wie alt ist Dieter, hat er einen Beruf?« fragte ich.

»Etwa Mitte Dreißig, er hat auch irgend etwas gelernt, Versicherungskaufmann, glaube ich. Ist ein kluger Junge, der mehrere Sprachen spricht.«

»Und warum arbeitet so ein kluger Junge als Dealer?«

»Keine schlechte Frage. Aber was tut man nicht, um an Geld zu kommen?«

Meine Giftröhrchen wollte ich an einem neuen Ort deponieren, es war nicht gut, wenn ein unbesonnener, spontaner Mensch wie Levin weiterhin Zugang hatte. Während ich ein sicheres Versteck suchte, überlegte ich, warum mein Großvater derart gefährliche Gifte, die offenbar aus England stammten, gehortet hatte. Solche Dinge gehörten keinesfalls zur Standardausrüstung einer Apotheke, wie ich Levin weisgemacht hatte. Ob es damit zusammenhing, daß Großvater im Dritten Reich in Dinge verstrickt war, von denen man in meiner Familie nicht sprach? Ich tat das Gift in einen alten Blumentopf, kippte Erde darauf und stellte den Topf zu anderen Requisiten meines ehemaligen Balkons in den Keller.

Der Heiratstermin rückte näher. Ich war aufgeregt, es mußte so viel überlegt werden. Was sollte ich anziehen? Dorit ging mit mir ein cremefarbenes Leinenkostüm kaufen. Sie schlug rosa Moosröschen, Lilien und Vergißmeinnicht als Strauß vor. Doch ich fand, das mache mich zu blaß.

Levin hatte anderes im Kopf. »Komm mit«, sagte er drei Tage vor dem großen Ereignis, »wir fahren nach Viernheim, ich kenne dort einen Architekten. Man muß beizeiten überlegen, was man aus dem Haus machen kann.«

So kam ich zum ersten Mal nach Hermann Grabers Tod wieder in die Villa. Die riesigen Zimmer im Erdgeschoß, die früher nicht benutzt und abgedunkelt worden waren, sahen plötzlich ganz anders aus: Dieter und Margot hatten die schweren schwarzen Möbel umgestellt und es sich dort gemütlich gemacht. Offensichtlich war Margot aus ihrem Souterrainzimmer in die herrschaftlichen Gemächer umgesiedelt. Ich sah es mit unguten Gefühlen.

Der Architekt machte Vorschläge, wie man das alte Haus modernisieren und renovieren konnte, ohne es zu verschandeln. Ich wollte einen Wintergarten anbauen lassen. Aber bevor man beginne, müsse man sich klar sein, ob das Erdgeschoß als Praxis genutzt werde; man könne dann einen separaten Eingang planen. Levin sagte etwas tranig, er sei noch unentschlossen.

Als der Architekt verschwunden war, holte Dieter Wein aus Hermann Grabers Keller. Da er unser Trauzeuge sei, müßten wir uns endlich duzen. Er trank mir zu: »Auf dich, Hella!«

Man hatte mich überrumpelt; ich mußte jetzt auch zu Margot du sagen, von der ich mich bis dahin mit »Frau Moormann« hatte ansprechen lassen. Ich war verdrossen und schalt mich selbst, schließlich hatte ich meine Eltern immer wegen ihres Hochmuts kritisiert.

»Es paßt mir gar nicht«, sagte ich auf der Rückfahrt zu Levin, »daß deine Leute das Viernheimer Haus besetzt haben; meine Eltern und deine Mutter hätten dort übernachten können.«

»Ich habe meine Mutter gar nicht erreicht«, sagte Levin.

Das machte mich nur noch unzufriedener; es gehörte sich, daß beide Elternpaare anwesend waren. Ich wechselte das Thema. »Kannst du mir erklären, warum Dieter ausgerechnet dieses dumme Huhn geheiratet hat?«

»So ein Huhn ist gar nicht zu verachten. Sie hat ihm einmal aus der Patsche geholfen.«

»Deswegen muß man doch nicht gleich heiraten; sie passen überhaupt nicht zueinander.«

»Woher willst du das wissen«, sagte Levin.

7

»Waren Sie wirklich so dumm und haben diesen Filou geheiratet?« fragte Frau Hirte. »Wenn ja, dann überspringen Sie bitte die Hochzeit und erzählen Sie mir übergangslos von der erfolgreichen Scheidung.«

Anscheinend hatte sie beim letzten Mal aufmerksam zugehört. Aber die Hochzeit war wichtig, ich konnte sie nicht einfach überhupfen.

Wir wurden durch die Visite unterbrochen. Dr. Kaiser riß wieder mit beispielloser Taktlosigkeit Frau Hirtes Decke und Nachthemd hoch, um die Narbenverhältnisse zu prüfen. Er schien zufrieden, drückte ein wenig auf ihrer schlaffen Bauchdecke herum und fragte, ob sie in den Wechseljahren Hormone eingenommen hätte.

»Nach Frau Hirtes Dickdarm-Operation waren Hormone kontraindiziert«, sagte die Stationsschwester und hob die Augen gen Himmel, weil der Arzt das vergessen hatte. Mir reichte er nur seine Pranke, er sehe mich gleich noch beim Ultraschall.

Erst am Abend hatte ich die nötige Ruhe, Frau Hirte mit der Fortsetzung meiner Lebensgeschichte zu beglücken.

Bei den Hochzeitsvorbereitungen erwies sich Dorit einmal mehr als echte Freundin. Sie half mir bei der Organisation, bestellte Hotelzimmer, machte sich Gedanken zur Tischdekoration und gab gemeinsamen Freunden Tips für passende Geschenke. Levin hatte wenig Interesse an diesen Dingen, aber er beriet sich im Schwetzinger Schloßrestaurant mit dem Chefkoch und stellte ein fürstliches Hochzeitsessen zusammen.

Einen Tag vor dem großen Fest saß ich wieder einmal bei Dorit in der Küche und kühlte die müden Füße in einem Eimer mit Wasser plus kreislaufanregenden Essenzen. Ich war ihr in diesem Moment so zugetan, daß ich – gegen meine Vorsätze – erzählte, die große Erbschaft werde in Kürze mein Eigentum, nicht etwa Levins. Sie spitzte die Ohren. Ich sollte ihr versprechen, Levin keine Vollmacht über mein Vermögen zu geben – sie traute ihm zu, in einem Jahr alles verjubelt zu haben.

Ich wand mich ein wenig. »Dorit, er wird es aber verlangen. Und ich war nie materialistisch eingestellt...«

Sie wurde ironisch. »Ich weiß, ich weiß, für dich zählen nur die inneren Werte. Aber dem Alten kam es darauf an, daß jemand auf den lieben Levin aufpaßt. Er hatte Vertrauen zu dir, sonst hätte er sein Testament nicht zu deinen Gunsten abgefaßt.«

Ich mußte ihr recht geben und versprach, Vorsicht walten zu lassen.

Mein Bruder mit Frau und Kind wurde aus dem Süden erwartet, meine Eltern kamen aus dem Norden. Als sie eintrafen, war Levin nicht im Hause; er wollte mir Gelegenheit geben, mit ihnen allein zu sein. Ich sah meinen Eltern die Vorurteile gegen ihren zukünftigen Schwiegersohn, den sie noch gar nicht kannten, an der Nasenspitze an.

Meine Mutter stellte die Standardfrage: »Was war sein Vater von Beruf?«

»Organist.«

»Du hast etwas von einer Erbschaft angedeutet, als Kirchenmaus...?«

»Die Erbschaft stammt vom Großvater.« Meinen Eltern stand die Frage »Wieviel?« im Gesicht geschrieben, aber sie waren zu fein, sie auszusprechen.

Prüfend ging mein Vater durch unsere Wohnung und begutachtete Ordnung und Sauberkeit. Ohne zu fragen, recherchierte er auch in Levins Zimmer. Endlich machte er den Mund auf: »Wie alt ist er?«

»Siebenundzwanzig.« Er seufzte, siebenunddreißig wäre ihm lieber gewesen. Unaufhörlich rührte er in seiner Teetasse, obgleich er sich den Zucker vor über zwanzig Jahren abgewöhnt hatte.

Zum Glück brachte mein Bruder etwas frischeren Wind mit. Seine langweilige Frau war mit dem kleinen Kind gleich im Hotel geblieben, ich hatte schon immer das Gefühl, daß sie mich ablehnte. Bob umarmte mich und unsere Eltern und versicherte mich seiner Freude über die Heirat.

Als Levin kam, begann man zu meiner Erleichterung über neutrale Themen zu sprechen, wir landeten bei Autos.

Meine Eltern beobachteten ihren Schwiegersohn mit finsterer Wachsamkeit, fanden aber so schnell keine grundlegenden Einwände gegen ihn. Zum ersten Mal fiel auch mir auf, daß Levin stets die drei obersten Hemdknöpfe offenließ. Der Abend verlief friedlich, auch zog sich meine Familie früh in ihre Hotelbetten zurück.

Der Hochzeitstag begann mit strahlendem Wetter, und meine Eltern waren erträglicher Laune. Meine Mutter zog mich mit verschwörerischer Miene in die Küche und schenkte mir ein Dutzend schneeweiße Hotelbadetücher, die von den zwölf Dienstreisen stammten, zu denen sie mein Vater im Laufe ihrer Ehe eingeladen hatte.

Nach einem etwas fetten Frühstück, das meine dicke Mutter und meine dürre Schwägerin bereitet hatten, holten uns die Trauzeugen ab. Dorit und Dieter wirkten beide seriös und richtig nett, so daß ich mich nicht vor meinen Eltern schämen mußte. Dorit war ihnen im übrigen nicht unbekannt, und sie glaubten, sie habe einen guten Einfluß auf mich. Nach der standesamtlichen Trauung trafen wir uns alle im Schloßcafé wieder. Ich sah hübsch aus, so bildete ich mir ein, das Kostüm stand mir gut, mein Vater hatte mir eigenhändig den Granatschmuck seiner Großmutter, eine sechsreihige Kette geschliffener Perlen, um den Hals gelegt, auf die ich schon lange spekuliert hatte.

Aber dann kam der Absturz. Ich sah Margot und war entsetzt. War das die räudige Katze, die Hermann Grabers Haushalt mehr schlecht als recht betreut hatte? Vor mir stand eine junge Frau im schwarzen Kleid, das oben durchsichtig und hinten bis zum Po-Ansatz dekolletiert war; völlig deplaziert und sicher von meinem Geld gekauft. Und angesichts dieser geballten Ladung an aggressivem Unterschichtssex fragten viele Männer auch noch neugierig: »Wer ist denn das?«

Zum Glück saß Margot beim Essen weit von mir entfernt. Aber mein Bruder rückte sofort zu ihr und schien sich zu amüsieren.

Neben meiner Chefin (im kiwifarbenen Safarikleid) saß Hermann Grabers alter Hausarzt Dr. Schneider. Levin hatte ihn eingeladen. Es sei kein Fehler, sich mit einem künftigen Kollegen gut zu stellen. Ich hatte nichts dagegen gehabt. Auch andere Viernheimer Honoratioren waren zugegen. Schließlich wollten wir bald dort wohnen, und Levin würde irgendwann eine Praxis eröffnen.

Nach dem Kaffee kam eine Tanzkapelle. Levin hatte bisher nie mit mir getanzt, da er diese Kunst angeblich nicht beherrschte. Die Musik war Dieters Hochzeitsgeschenk, das mich im ersten Moment freute, denn ich tanze gern und kann mir eine Hochzeitsfeier ohne Walzer gar nicht vorstellen.

Da Levin nicht daran dachte, sich zu erheben, forderte mich mein Vater auf, was man nach allgemein geltenden Regeln auch akzeptieren konnte. Die Trauzeugen Dieter und Dorit kamen auf die Tanzfläche, und dann folgten andere. Mein Vater war ein guter Tänzer, was ich gar nicht wußte, und es machte mir Spaß, ihm auf diese unproblematische Weise ein wenig nahe zu sein.

»Du kannst dir gar nicht denken, wie erleichtert ich bin«, sagte er, »daß du gut versorgt bist. In zwei Jahren gehe ich in Rente, dann kann ich dir nicht mehr helfen.«

»Vater, seit sechs Jahren bin ich berufstätig!«

Er nickte geistesabwesend. Wir tanzten mittlerweile einen Tango, als ich plötzlich neben mir Levin sah. Der Nichttänzer machte seine Sache viel zu gut, und die immer ordinärer werdende Margot zeigte eine erotische Performance. Mir war die Freude vergangen.

Nach dem letzten Tango setzte ich mich zu meiner Chefin. Sie hatte mir einen hilfesuchenden Blick zugeworfen. Der gute Dr. Schneider war angetrunken. Obgleich seine noch etwas ältere Ehefrau nur wenige Plätze weiter saß, bedrängte er meine Chefin mit zweideutigen Komplimenten. Nun, sie wußte, wie man damit umgeht. Trotzdem fühlte ich mich genötigt, ihr beizuspringen. »Meine Eltern möchten Sie gern kennenlernen«, sagte ich, und sie erhob sich bereitwillig, um den Platz zu wechseln.

Dr. Schneider betrachtete mich eingehend. »Da hat der Levin einen guten Griff getan«, sagte er. Er erzählte langatmig von seiner Freundschaft zum alten Graber und wie treu er mit dessen ganzer Familie über Jahrzehnte verbunden war. »Ich freue mich, wenn ihr nun nach Viernheim kommt und ich bald die vierte Generation behandeln werde.«

›Nein‹, dachte ich, ›falls ich ein Kind kriege, werde ich es nicht zu diesem Fossil in die Praxis bringen!‹ Aber ich blieb natürlich liebenswürdig.

»Er war schon ein harter Bursche, mein Freund Hermann«, fuhr der Arzt fort, »hart im Nehmen. Sonst hätte er es auch nie zu etwas gebracht, er kam aus ganz einfachen Verhältnissen. Sein Sohn war das schiere Gegenteil, aber der Levin weiß jetzt offenkundig auch, was er will.

Ja, nun ist er tot, der Hermann, dabei hätte er noch einen schönen Lebensabend genießen können. Einen solchen Tod hätte ihm auch sein ärgster Feind nicht gewünscht.«

Mir blieb das Herz stehen. Levin hatte doch gesagt, es sei alles blitzschnell und »bestens« über die Bühne gegangen!

»Wieso?« fragte ich fast tonlos. »Ich dachte, er wäre ganz schmerzlos beim Frühstücken gestorben.«

»Ich war nicht dabei. Aber man sah sofort, daß er qualvolle Krämpfe gehabt hatte, an seinem verzerrten Gesicht, den verkrampften Händen; er wollte offenbar noch Hilfe herbeirufen – das Telefon lag am Boden, die Tischdecke war heruntergerissen. Nicht jeder Herztod ist schnell und friedlich.«

Mich trafen diese Worte wie ein Schlag. Ich hatte meine Rolle bei Hermann Grabers Tod bisher verdrängt und mich damit getröstet, daß er sowieso bald gestorben wäre.

Der Arzt sah, daß mir nicht gut war. Aber er dachte, es wäre die Nervosität der Braut. »Gehen Sie einen Moment an die frische Luft«, riet er.

Seit ich in unmittelbarer Nähe des Schwetzinger Schlosses wohnte, liebte ich den Park, als sei er mein Eigentum. Ich saß oft im Naturtheater und las, ich lagerte neben der künstlichen Ruine und picknickte, ich meditierte in der Moschee oder ließ mich auf einer der Bänke am Seeufer nieder und fütterte die Enten. An meinem Hochzeitstag hätte ich mir gewünscht, Hand in Hand mit Levin diesen Garten zu genießen, statt dessen stand ich nun ganz allein vor jener steinernen Sphinx, und wie alle Sphingen lächelte sie mich katzengleich an und schwieg. Sie war es nicht, die mir die Fassung wiedergab, es waren die uralten Bäume, die Vögel, vielleicht sogar die blöden Goldfische im Wasser. Nach zehn Minuten hatte ich mich wieder unter Kontrolle. Ich hieß jetzt Hella Moormann-Graber und mußte damit rechnen, mit Frau Graber angeredet und damit immer wieder an den alten Hermann erinnert zu werden. Daran mußte ich mich gewöhnen.

Leise und unauffällig wollte ich zur Hochzeitsgesellschaft zurückkehren, mich unter die Fröhlichen mischen und tanzen. Ich mied die großen, schnurgeraden Alleen und schlich mich hinter Bäumen und Buchsbaumkugeln in Richtung Festsaal. Der Park war keineswegs leer; außer späten Touristen liefen auch einige unserer Gäste hier herum, um sich nach dem Essen und Tanzen abzukühlen. Ich kam an jener Bank vorbei, die für Liebespaare wie geschaffen war und auf der ich schon häufig gesessen hatte. Sie war besetzt. Ich verharrte hinter Gebüsch, glaubte, etwas gehört zu haben, was mich erstarren ließ. Es stimmte: Margot saß hier. Aber nicht etwa mit Dieter; der Mann neben ihr war Levin.

Zum zweiten Mal wurde mir speiübel. Die beiden unterhielten sich angeregt. Sie saßen eng nebeneinander, in vertrautem Gespräch.

»Na gut«, sagte Levin, »sie sieht aus wie ein kleiner Drahthaarterrier, da hast du recht, aber sie macht alles, was ich will, was man von einem Terrier nicht unbedingt erwarten kann.«

Diese läufige Katze wagte es, mich mit einem Terrier zu vergleichen? Ich wollte hinausschießen und sie beißen.

»Kumm, Lävin, isch frier!« sagte Margot, und die beiden standen auf. Ich folgte unbeachtet.

Man tanzte im Saal. Kaum hatte ich mich wieder unter die Menge gemischt, als mich Dieter am Arm faßte. »Ich habe dich vermißt«, sagte er höflich, »dieser Tanz gehört mir!«

Gott sei Dank, daß es nicht Levin war, der diese Worte sagte, ich hätte mich nicht beherrschen können. Zu Dieters Verwunderung schmiegte ich mich an ihn, als wäre er der Bräutigam. Er reagierte kaum; es war purer Anstand, daß er mich nicht abschüttelte. Aber nach zwei Tänzen (denn ich machte keine Anstalten, ihn loszulassen) fanden wir eine Gemeinsamkeit des Dahingleitens heraus, die ihm zu gefallen schien.

Margot tanzte ekstatisch mit meinem Bruder (dessen Frau ein saures Gesicht machte), Levin mit Dorit. Er winkte mir scheinheilig zu. Ich hatte meine Miene nun im Griff und lächelte bezaubernd zurück. Es war Levin wohl inzwischen eingefallen, daß es seine verdammte Pflicht war, mit seiner frisch angetrauten Frau zu tanzen, und beim nächsten Walzer war ich an der Reihe.

Levin war über dreißig Zentimeter größer als ich, wie ein Traumpaar wirkten wir bestimmt nicht. Ich versuchte es wenigstens zu spielen und strahlte. Alle, vornehmlich aber meine spießigen Eltern, sahen uns mit Rührung zu. Allerhand blutige Märchen fielen mir beim Dreivierteltakt ein – nicht zuletzt Blaubarts letzte Frau, die die zerstückelten Leichen ihrer Vorgängerinnen entdeckt hatte. Irgendwie war ich verrückt geworden, gespalten in zwei Personen: die blonde Braut, die von allen beneidet den schönsten Tag ihres Lebens feiert, und der struppige Jagdterrier, der ohne weiteres eine Katze reißt, von abgängigem Großwild ganz zu schweigen.

An meinem Hochzeitsabend wurde ich nur von Dorit geküßt. Als ich schließlich mit Levin im Bett lag, schliefen wir, beide erschöpft und übermüdet, sofort ein. Er hatte viel getrunken, ich hatte Blasen an den Füßen.

»Neue Schuhe muß man erst einmal einlaufen«, bemerkte Frau Hirte.

Meine Eltern wollten am nächsten Tag unser zukünftiges Heim besichtigen und dann wieder abfahren. Margot wußte zwar, daß wir um zwölf Uhr zu erwarten waren, aber das hinderte sie nicht daran, noch im Bett zu liegen. Sie hatte in der Zwischenzeit nie gelüftet, sich aber im ganzen Haus breitgemacht; man konnte nicht mehr sagen, daß sie nur eine Etage besetzt hielt. Die Handwerker hatten noch nicht mit den Renovierungsarbeiten begonnen, aber bereits ein Gerüst um das Haus gezogen, Dachziegel angeliefert, neue Badewannen und Kacheln abgestellt. Das Haus machte keinen guten Eindruck; als schließlich Margot im verschossenen rosa Morgenmantel auftauchte und nun doch wieder wie ein abgewetzter Teddy aussah, war ich einerseits beruhigt – denn so konnte sie Levin kaum gefallen –, andererseits fühlte ich mich vor meiner Familie blamiert.

Aber meine Eltern hatten weniger Augen für Margot

als für die großbürgerliche Bauweise der Villa; sie waren vor allem über den Garten mit den hohen Tannen entzückt, die ich in ihrer kitschig-deutschen Düsterkeit am wenigsten mochte. Ich hatte bereits erwogen, sie fällen zu lassen und durch Kirsch- und Apfelbäume zu ersetzen. Auch das Pampagras im Vorgarten war mir im Wege – und das wiederum gefiel Levin, weil er als Kind mit den hohen Spießen Unfug getrieben hatte.

Als meine Eltern und auch Bob mit seiner Familie endlich abfuhren, kam ich gleich auf Hermann Grabers Tod zu sprechen. Levin stellte sich dumm.

»Der olle Doktor will sich interessant machen«, sagte er, »ich habe den toten Opa schließlich selbst gesehen; ein vollkommenes Bild des Friedens, ehrlich. Glaubst du dem Schwätzer eher als mir?«

Fast hätte ich »ja« gesagt. Aber sollte unsere Ehe gleich mit Streit beginnen? Und dann gab es noch die Sache mit Margot, aber auf keinen Fall wollte ich mir unbegründete Eifersucht nachsagen lassen.

Meine Stimmung war nicht gut, ich bedauerte es, eine Woche Urlaub genommen zu haben. Ich wäre gern ein paar Tage nach Venedig gefahren, aber Levin war die Vorstellung grauenhaft, unter Scharen von Amis und Japanern Sehenswürdigkeiten abzugrasen. Er wollte nach Hongkong. Wir einigten uns darauf, beim nächsten Urlaub drei Wochen nach Ostasien zu fliegen und im Augenblick gar nicht zu verreisen.

Fast war ich froh, als ich wieder arbeiten mußte. Levin war zwar nett und schenkte mir teuer wirkende Dinge, die ich mir nicht wünschte, aber im Grunde wußte ich, daß es Bestechungsversuche waren. Meiner schönen Augen wegen hatte er mich nicht geheiratet.

»Und Sie?« Hier schaltete sich Frau Hirte wieder ein, sie hatte diesmal keine Sekunde geschlafen.

»Wieso ich?«

»Ich meine, daß Sie ihn auch nur genommen haben, um endlich ein Kind zu kriegen.«

»Und wenn schon«, sagte ich mürrisch.

Nun kam sie mir auch noch mit einem Bibelzitat: »Lasset die Kindlein zu mir kommen und wehret ihnen nicht, denn ihrer...«

»Gute Nacht!« sagte ich.

8

Wahrscheinlich kramt Frau Hirte ebenso in meiner Nachttischschublade wie ich in ihrer; es wäre mir allerdings nicht recht, wenn sie Levins Postkarte und Pawels Brief fände. Neulich habe ich einen Fang gemacht: In einem ihrer vielen Krimis lag ein Foto. In einen sportlichen Parka gekleidet fährt sie einen Mann im Rollstuhl spazieren; anscheinend tobt sie sich über die karitative Schiene aus. Der Gelähmte mag einmal ganz gut ausgesehen haben, das Modell eines in die Jahre gekommenen Achtundsechzigers, aber es ist nur ein sparsamer Rest der Persönlichkeit zu erkennen.

Neuerdings zeigt sie etwas mehr Interesse an mir, was aber nicht darin mündet, daß sie mir etwas von sich erzählt; da gibt es wohl wenig zu berichten. Jedenfalls ist es geradezu lächerlich langweilig, wenn sie sich mit ihrer Frau Römer über Hunde, Ärzte und frühere Kollegen unterhält. Vielleicht treibt sie mich deswegen unermüdlich zum Erzählen an.

Levin sagte es nicht direkt, aber er erwartete, daß ich ihm das Vermögen überschrieb, durch allerlei Andeutungen und Liebesbeweise seinerseits ließ er es mich spüren. Eine solche Situation nützte ich aus, um wieder zu bohren, warum Dieter und Margot verheiratet waren.

»Sie hat ihm einmal ein Alibi verschafft«, sagte Levin zögernd.

»Also ein falsches Alibi?«

»Klar.«

Nach längerem Insistieren erfuhr ich, daß Margot damals schwanger war.

»Von Dieter?«

»Wahrscheinlich.«

Und wo war das Kind geblieben?

»Margot hat Drogen genommen, auch während der Schwangerschaft, das Kind kam viel zu früh und ist gestorben.«

Darüber regte ich mich so auf, daß ich kaum noch zu beruhigen war.

»Es hatte auch sein Gutes«, meinte Levin. »Margot trug einen solchen Schock davon, daß sie aufhörte zu fixen.«

Margot tat mir zwar ein wenig leid, aber andererseits konnte ich ihre Verantwortungslosigkeit nicht begreifen. Und was war das für eine Sache mit dem Alibi? Er verriet es nicht.

Wir fuhren nun an jedem Wochenende nach Viernheim und begutachteten die Fortschritte der Handwerker. Inzwischen hatte ich eine innige Liebe zu meinem Haus entwickelt. Ein Wintergarten war schon immer mein Traum gewesen. Er wurde an die Rückseite des Hauses angebaut und bot einen wunderschönen Blick in meinen großen Garten. In Gedanken sah ich Blumen und Pflanzen zu allen Jahreszeiten darin wuchern, Rattanmöbel mit indischen Seidenkissen luden zum Verweilen ein, ein Papagei schaukelte zwischen tropischen Luftwurzeln. Mein Paradies sollte es werden.

Es gefiel mir allerdings überhaupt nicht, daß Dieter und Margot keine Anstalten machten, ihre Sachen zu packen. Levin meinte, schließlich wollten wir erst nach der Renovierung einziehen und bis dahin könne man den beiden ruhig zwei Zimmer zur Verfügung stellen, schließlich hätten sie noch nichts Annehmbares gefunden.

»Sie suchen doch gar nicht nach einer Wohnung«, sagte ich.

»Natürlich suchen sie«, protestierte Levin, »aber du kennst ja die Situation auf dem Wohnungsmarkt, von heute auf morgen kriegt man nichts.«

Dieter hatte offensichtlich eine mir unbekannte Abfindungssumme erhalten, denn wovon sollte er sonst leben? Auch Margot schien ihr Gehalt weiterhin zu beziehen, was allerdings einen gewissen Sinn machte; immerhin schloß sie den Handwerkern auf, putzte den Dreck hinter ihnen weg und versorgte sie mit Getränken.

Zwei Bäder hielt ich für gerechtfertigt – das Haus hatte bisher nur eines besessen –, denn unsere Kinder sollten im eigenen Badezimmer planschen, aber brauchten wir auch zwei Küchen?

»Wenn wir mal nicht bei Kasse sind«, sagte Levin, »kann man ein Stockwerk vermieten, mit Küche ist jede Etage eine komplette Wohnung.«

»Wenn es wirklich nötig wird, kann man immer noch umbauen«, entschied ich und ließ nicht mit mir handeln.

Als wir schließlich – nach drei Monaten Bauzeit – einzogen, wohnten Dieter und Margot immer noch dort, und wir hatten eine gemeinsame Küche. Das Drama war vorprogrammiert.

Ich bin ein ordentlicher, fast pedantischer Mensch, sonst wäre ich nicht Apothekerin geworden. Schon als kleines Mädchen liebte ich es, Kuchen und Plätzchen zu backen, wobei ich mit der Briefwaage alles aufs Gramm genau auswog. Meine Küche blitzt, sie hat System, ich kann mit einem Griff blindlings greifen, was ich gerade brauche. Schon bei Levins Schlampereien war ich empfindlich, aber ich verzieh ihm, wie man einem Kind verzeiht.

Meine Küche ist ein kleines Laboratorium, mein Reich der Düfte, Gewürze und Experimente, in dem ich mich nach einem langen Verkaufstag in der Apotheke erhole. Ich besitze von meiner Großmutter einen uralten Puppen-Kaufmannsladen mit dreißig Holzschubladen, zierlich mit Porzellanschildchen versehen, in denen meine Gewürze lagern.

Das war der erste Schock: Vanille, Zimt, Nelken und Kardamom waren nicht mehr getrennt in ihren niedlichen Schublädchen aufbewahrt, sondern steckten alle zusammen in einer schrill-rosa Plastikdose für Billigkaffee. Stattdessen hatte Margot in meine Schiebkästchen Wundpflaster, Einmachringe, Tiefkühletiketten, Büroklammern, einen Radiergummi und ähnliche Non-food-Ware einquartiert. Ich erlitt fast eine Ohnmacht, raffte diese ekligen Gegenstände zusammen und schüttete sie Margot in ihr unreinliches Schlafzimmer. Sie verstand das richtig: Der Krieg hatte begonnen.

Durch den Umzug war mein Leben etwas komplizierter geworden. Von meiner ersten Wohnung war es ein Katzensprung bis zur Apotheke gewesen, von Schwetzingen aus schon ein Ende weiter, jetzt aber mußte ich eine halbe Stunde mit dem Auto fahren. Doch ich wollte meinen Beruf und meine Selbständigkeit vorerst nicht aufgeben. Also brach ich morgens als erste auf.

Levin hätte als nächster aus dem Haus gemußt, um sich in die Uni zu begeben – aber ich hatte das Gefühl, daß er sein Studium nicht mehr mit Ernst verfolgte und lieber ausschlief. Wenn ich schon einige Stunden Arbeit hinter mir hatte, wurde in meiner Villa wohl erst gefrühstückt. Es war ein ständiger unangenehmer Gedanke, mir ihre gemeinsamen Mahlzeiten vorzustellen.

Man mußte Dieter zugute halten, daß er nicht untätig blieb; gleich nach seiner Haftentlassung hatte er sich um Arbeit beworben, aber in seinem gelernten Beruf als Versicherungskaufmann keine Anstellung gefunden. In einer Spedition, wo er ebenfalls anfragte, bot man ihm an, aushilfsweise als Fahrer einzuspringen. Obgleich das Fahren eines Lastkraftwagens – das er bei der Bundeswehr gelernt hatte – nicht seinem Ausbildungsniveau entsprach, hatte er angenommen.

Seitdem war Dieter häufig auf Tour; es war kein Job auf Dauer und mit festgelegtem Rhythmus, aber ich rechnete es ihm hoch an, daß er sich nicht zu schade dafür war. An freien Tagen arbeitete er im Garten, tapezierte und strich die beiden Zimmer, die er mit Margot bewohnte, und erledigte auch sonst nützliche Hausarbeit. Levin hatte ihm Hermann Grabers Mercedes überlassen.

Wenn Dieter und Margot zusammen waren, ließ ich das Paar nicht aus den Augen. Wie standen sie zueinander? Es war nicht genau zu sagen; eine gewisse Kameradschaft oder Schicksalsgemeinschaft bestand, aber – soweit ich das erahnen konnte – keine sexuelle Spannung oder Zärtlichkeit. Schliefen sie miteinander? Da beide jung waren und in Hermann Grabers Doppelbett lagen, mußte man wohl davon ausgehen.

Levin und ich lebten im Erdgeschoß in vier Zimmern. In Levins »Studierstübchen« lief ständig ein zweiter Fernseher. Ich plante, später das Schlafzimmer und natürlich die Kinderzimmer nach oben zu legen. Im Souterrain lag Margots ehemaliges Zimmer, und unter dem Dach gab es zwei Mansarden, die früher fürs Personal gedacht waren. Dort stapelten sich jene Möbel vom alten Graber, die wir oder das andere Paar nicht brauchen konnten. Levin hatte natürlich recht, mein Haus war für zwei Personen viel zu groß.

Es fiel mir deshalb, als stets sozial denkendem Menschen, nicht leicht, Dieter und Margot eine Kündigung auszusprechen.

Und sie verstanden mich auch nicht. »Stören wir euch?« fragte Dieter bestürzt.

Gern hätte ich gesagt, daß er mich gar nicht störte, wohl aber seine liederliche Frau. Ich war verlegen – was sollte ich für Argumente vorbringen? Levin hatte ihnen, obgleich er es so dargestellt hatte, anscheinend noch nie mitgeteilt, daß sie sich eine andere Behausung suchen sollten.

Sie arbeite doch unentwegt, behauptete Margot beleidigt und demütig zugleich. Margot machte auch wirklich einiges, aber alles, was sie tat, war mir eklig. Sie putzte die vielen Holztreppen mit schmutzigem Wasser und hatte noch nie etwas von Bohnerwachs gehört. Alles stank in den oberen Zimmern, und ich roch diesen Muff bis in jeden Winkel. Margot schien im Schlafzimmer nie ein Fenster zu öffnen, in der Küche sowieso nicht. Den Wischlappen, den sie benutzte, konnte ich nicht anrühren, ich besaß einen eigenen, den ich versteckte. Aber sie hatte ihn schnell aufgespürt und mir vergraust, so daß ich fast täglich mit einem neu gekauften Lappensortiment nach Hause kam. Ein Dorn im Auge war mir außerdem, daß sie Levin neckisch mit »Schweinchen Schlau« ansprach.

Ich haßte sie auf eine sehr körperliche Art, ich mochte nie probieren, was sie gekocht hatte. Abends stand ich am Herd, der nicht mehr sauber wurde, und brutzelte für Levin und mich ein feines Essen, aber immer häufiger ekelte ich mich vor dem Kühlschrank, in dem billige Margarine, stinkiger Kochkäse – ohne schützende Papierhülle – und schimmelige Wurst von Margot lagerten. Levin fragte eines Tages: »Bist du schwanger? Du bist mit dem Essen so heikel geworden!«

Leider wurde ich nicht so schnell schwanger, aber ich wußte, daß man keinesfalls wie eine Besessene darauf lauern durfte. Besagte Levins Frage, daß auch er darauf wartete? Ich deutete es in diesem Sinne.

Als der Wintergarten fertig wurde, kam wieder neue Lebensfreude in mir auf. Ich kaufte Pflanzen nach Herzenslust, ein ganzer Lieferwagen fuhr prall gefüllt bei uns vor. Man konnte nun das ganze Jahr hindurch im Grünen sitzen und beim Essen in den Garten schauen, man konnte auch in einer Hängematte schaukeln und lesen, man konnte träumen und den Mief im Haus vergessen, denn hier roch es immer ein wenig nach feuchtem Grün. Ich freute mich täglich darauf heimzukommen, meine Pflanzen zu gießen, Tamerlan in der Hängematte einen kleinen Schubs zu geben und dann hier, und nicht in meiner geschändeten Küche, zu essen.

»Wo nun endlich alles fertig ist«, schlug ich eines Tages gut gelaunt vor, »sollten wir eine kleine Einweihungs-Party veranstalten. Dorit und Gero waren noch gar nicht hier, auch meine Chefin ist neugierig...«

Levin war einverstanden. Mein einziges Problem war Margot. Hier zu Hause lief sie ja meistens ungepflegt herum (in einem Minirock im Tigermuster und grünen Plüschpantoffeln), aber bei einer Fete war mit Sicherheit die Metarmorphose zur Partyschnepfe zu erwarten, und das war mir gräßlicher als der Kohlgeruch im Haus.

Aber konnte man sie ausschließen? Eine hilfreiche Hand war beim Gläserspülen und Aufräumen nicht zu verachten – das war allerdings Levins Argument. Ich selbst hätte liebend gern allein aufgeräumt.

Überhaupt mußte ich vorsichtig sein, meine Abneigung gegen Margot allzu deutlich zu formulieren, denn Levin hatte keinerlei Verständnis dafür. Er hielt die Wurst im Kühlschrank nicht für schimmelig, er fand den Backofen sauber genug, er meinte, ich solle mich freuen, eine Hilfe hier im Haus zu haben, wo ich doch durch den Beruf ziemlich angespannt sei.

Es wurde Herbst und früh dunkel. Zwei Wochen vor der großen Party hatte ich Nachtdienst. Während ich eingenickt war, wurde eine Fensterscheibe im Hinterzimmer der Apotheke eingeschlagen, ein Junkie wollte sich Stoff beschaffen. Schlaftrunken kam ich ihm in die Quere, die Alarmanlage ging los, der Verrückte schlug auf mich ein, und ich ging zu Boden. Die Polizei war sehr schnell an Ort und Stelle, schnappte sich den Täter zwei Straßen weiter und versuchte, den Schaden aufzunehmen.

Meine Chefin wurde angerufen, brauste auch herbei und schickte mich schließlich heim. Außer einer Platzwunde am Kopf, die sie eigenhändig versorgte, hatte ich nur einen leichten Schock erlitten. Die Polizisten boten an, mich nach Hause zu bringen; als sie allerdings hörten, daß ich in Viernheim wohnte, waren sie erleichtert, daß ich nicht auf dieses Angebot einging.

Ich fuhr abends meinen Wagen immer in die Garage. In dieser Nacht hatte ich keine Kraft mehr dazu. Über den dunklen Kiesweg schlich ich auf die Haustür zu. Alle schienen zu schlafen, es war schließlich drei Uhr morgens. Plötzlich sah ich einen Lichtschein auf dem hinteren Rasen, der vom Wintergarten ausging. Ich steckte in einem jähen Gefühl der Angst meinen Hausschlüssel wieder weg und tastete mich vorsichtig zur Rückseite des Hauses vor. Waren hier ebenfalls Einbrecher am Werk?

Im Wintergarten waren weder Räuber noch aufgebrochene Türen zu sehen. Mit einem seltsamen Ausdruck im Gesicht lag Levin in der Hängematte. Zu meinem Befremden war er nackt, der Kater lag als Feigenblatt auf seinem Unterleib. Wohin starrte er so gebannt?

Ich mußte mich in eine andere Ecke des Gartens begeben, um dorthin schauen zu können, wo seine Blicke klebten. Margot trug nur schwarze Strapse und rote Stiefel, die violette Unterhose hatte sie sich kokett auf den Kopf gesetzt. Eine Peep-Show lief in meinem Wintergarten, während man mich bei der Arbeit wähnte. Wo war Dieter?

Viel zu lange sah ich zu. Auf einmal wurde mir klar, worin Margots Begabung lag. Sie bot sich Levin auf eine Weise dar, die ich für pervers und abscheulich hielt, und tat Dinge, für die ich mich nie im Leben hergeben würde. Ich schlich erst weg, als Levin ihr einen kleinen Umschlag übergab und erschöpft in meine Hängematte fiel, weil die unästhetische Paarung beendet war.

Durch den Garten ging ich wieder zur Haustür, schloß auf und schlich mich ins Schlafzimmer. Mechanisch zog ich mich aus, putzte mir die Zähne, cremte mir das Gesicht ein und legte mich hin. Meine Zähne schlugen aufeinander, so sehr fror ich. Das Bett neben mir blieb leer.

Schlafen konnte ich nicht, auch nicht weinen. Meine grausame Wut und Trauer wollte ich nicht durch Schäfchenzählen vertreiben. Immer wieder stellte ich mir die Szene vor. Eigentlich hatte ich nie unter sexuellen Minderwertigkeitsgefühlen gelitten, ich hatte immer Freude an der körperlichen Liebe empfunden und meine Partner meistens ebenso. Bei Levin war es ein wenig anders; für einen jungen gesunden Mann hatte er eventuell nicht die adäquate Kapazität bewiesen, um es vorsichtig zu formulieren. Anscheinend brauchte er stärkere Stimulanzien als mein zärtliches Schmusen und sanftes Kuscheln.

Es war allzu routiniert, was Margot da geboten hatte. Wahrscheinlich war sie eine Professionelle, die sich in früheren Zeiten auf dem Strich, mittels Strippen und Peep-Shows durchgeschlagen hatte. Andererseits erschien sie fast wie ein willenloser Roboter, programmiert von einer höheren Macht. Sie fixte zwar nicht mehr, aber irgendeine Droge hatte er ihr sicherlich als Lohn gegeben.

Merkwürdigerweise beruhigten mich diese Gedanken ein wenig; man konnte Levins Verhalten so bewerten, als ob er, wie zum Beispiel sein Großvater, ein Bordell besucht hätte. Aber mein Wintergarten war wiederum kein Bordell! Ich war frisch mit Levin verheiratet, und Margot war die Frau seines Freundes. Im übrigen hatte sie mir mein Paradies durch diesen Sündenfall genauso verekelt wie meine Küche. Ich lasse alles desinfizieren, dachte ich, Levin muß ausziehen und kriegt bei der Scheidung keinen Pfennig.

Gegen Morgen mußte ich auf die Toilette. Ich konnte mir nicht helfen, ich schlich mich ins Wohnzimmer und warf von dort einen Blick in den Wintergarten. Levin schlief in der Hängematte wie ein Toter – unter meiner irischen Wolldecke. Ein alter Spruch fiel mir ein: Wer schläft, der sündigt nicht, wer vorher sündigt, schläft besser.

Frau Hirte stieß ein böses Lachen aus.

Levin erwartete mich erst am nächsten Nachmittag, denn ich hätte normalerweise nach dem Nachtdienst auch den folgenden Tag über in der Apotheke bleiben müssen. War Margot danach zu ihrem Ehemann ins Bett gekrochen? War Dieter überhaupt hier? Gab es solche Orgien immer, wenn ich außer Haus war? Hatte Margots blaues Auge neulich mit Dieters Entdeckung der Verhältnisse zu tun?

Und Margots totes Kind: War Levin der Vater? Mir schauderte vor Kälte und Übelkeit. Zittrig begab ich mich in die Küche, um mir eine Tasse Kamillentee zu bereiten. An den Küchenschrank gelehnt, wartete ich darauf, daß das Wasser kochte. Langsam ging die angelehnte Tür auf, und mein Kater Tamerlan strich lautlos herein. Mit steil aufgerichtetem Schwanz rieb er sich an meinen Beinen und verlangte Ansprache. Was hätte mir das Tier wohl alles erzählt, wenn es sprechen könnte?

Beim Teetrinken beschloß ich, mir vorerst nichts anmerken zu lassen. Aber nicht Levin war es, der nach Tamerlan die Küche betrat, sondern Dieter.

9

Pawel konnte die Kinder nicht immer bei Dorit lassen, er brachte sie schon bald wieder mit ins Krankenhaus; es war klar, daß er dann nicht lange blieb.

»Hast du wieder Puppenkäse für mich?« fragte Lene.

Kolja war scharf auf die Marmelade. »Aber die Feuerwurst mögen wir nicht, die darfst du behalten, Hella«, sagte er.

Pawel packte jedoch auch die Streichwurst mit den Pfefferkörnern ein. »Die bringen wir Alma mit.«

Als wir wieder allein waren, fragte Frau Hirte unerwartet neugierig: »Wer ist Alma?«

»Pawels Frau.«

»Jetzt verstehe ich gar nichts mehr.«

»Sie werden noch alles erfahren, Frau Hirte.«

»Nur noch eine einzige Frage: Wo befindet sich Alma?«

»In der Klapsmühle.«

Sie riß die Augen auf, und ich hatte meinen Spaß an ihrer Verwirrung.

»Ich bin gespannt, wie es mit Margot weitergeht«, sagte sie, »so viel Geduld wie Sie hätte ich nie aufgebracht.«

»Fortsetzung um zwanzig Uhr«, versprach ich.

Dieter war erstaunt, mich in der Küche vorzufinden.

»Hast du keinen Nachtdienst?« fragte er.

Stockend berichtete ich von dem Überfall, und er bedauerte mich.

»Es scheint dich sehr mitgenommen zu haben«, meinte er und goß den Tee auf. Da ich es nicht gewöhnt war, daß man solche winzigen Liebesdienste auch einmal mir erwies, brach ich in Tränen aus. Dieter nahm mich in die Arme wie ein krankes Kind. Tamerlan wurde eifersüchtig und drängte sich zwischen uns.

Außer mir stand nur Dieter gelegentlich früh auf, er mußte zur Arbeit. Im Stehen trank er eine Tasse Tee mit mir. Schließlich fragte ich, so harmlos wie möglich, wo eigentlich Levin stecke.

Dieter war verwundert. Er habe ihn zuletzt beim Abendessen gesehen, und Levin habe nichts von Ausgehen gesagt. »Vielleicht hängt er in der Matte«, sagte er scherzhaft, »das ist doch sein liebstes Plätzchen, ich seh' mal nach.«

»Wenn er dort ist, dann wecke ihn nicht«, bat ich.

Der Kater sauste hinter ihm her. Mit dem Ausdruck echter Verwunderung kam Dieter zurück. »Der verrückte Kerl pennt im Wintergarten«, sagte er und verließ mich unter der Ermahnung, wieder ins Bett zu kriechen.

Bis zur Mittagszeit rührte sich nichts im Haus, dann hörte ich das Klo rauschen. Plötzlich stand Levin vor unserem Bett und betrachtete mich mit Befremden. Wieder erzählte ich vom Fixer und zeigte meine Verletzung.

»Wann bist du heimgekommen?« war alles, was ihn interessierte.

»Ich weiß es nicht.«

In Levins Gesicht konnte man Beunruhigung lesen, er forschte in meiner Leidensmiene nach Vorwürfen. »Ich muß im Wintergarten eingeschlafen sein«, sagte er, »hast du mich nicht gesucht?«

»Ich habe eine starke Schmerztablette genommen und bin sofort ins Bett gefallen.«

Mein Verband beruhigte Levin etwas, aber es schien ihn doch zu beschäftigen, daß ich ihn nach einem solchen Schock nicht benachrichtigt hatte. »Warum hast du nicht von Heidelberg aus angerufen«, sagte er, »ich hätte dich abgeholt.«

»Ach, Gott«, sagte ich, »das hätte doppelt so lange gedauert. Außerdem wollte ich das Auto nicht dort lassen. Aber nun laß mich noch ein bißchen schlafen.«

Levin verließ mich, und ich grübelte weiter. Mußte ich ihn zur Rede stellen? Rache? Scheidung? Ich konnte keinen klaren Entschluß fassen. War es unbedingt nötig, durch vorschnelles Handeln etwas zu zerstören, das nicht wieder zu kitten war?

Als ich am Nachmittag mit leerem Magen aufstand, beeilte sich Levin, mir einen Toast zu servieren. Wenigstens hat er ein schlechtes Gewissen, dachte ich. Aber so schlecht war es offenbar doch nicht: Als er nämlich hörte, daß es mir besser ging, raste er mit dem Porsche davon.

Ich saß immer noch im Bademantel in der Küche, als Margot eintrat. Wahrscheinlich handelte sie im Auftrag, denn sie fragte sofort, ob sie etwas für mich tun könne.

»Allerdings«, sagte ich.

Von da an begann ich, Margot zu schikanieren. Bisher

hatte ich es vermieden, direkte Befehle zu erteilen. Gelegentlich murmelte ich, die Bestecke müßten geputzt werden oder ähnliches, ohne dabei Margot direkt anzusehen. Manchmal hatte sie solche Anregungen auch zur Kenntnis genommen. Jetzt sagte ich klipp und klar, daß der Kühlschrank mit Essigwasser ausgewaschen werden mußte, daß der Backofen eine grundlegende Reinigung brauchte, daß die Badewanne und das Klo zwar neu, aber schon verkalkt seien, daß die Straße gekehrt und die Blätter auf der Einfahrt zum Komposthaufen gebracht werden müßten.

»Für nichts und wieder nichts bezahlen wir dich nicht«, sagte ich.

Margot wurde feuerrot. Sie habe immer geputzt und aufgeräumt, behauptete sie.

»Aber wie!« entgegnete ich, und man dürfe nicht vergessen, daß sie mietfrei wohne.

Levin sei zufrieden gewesen, verteidigte sie sich.

Was verstand schon ein Mann von diesen Dingen, fauchte ich zurück, außerdem sei es mein Haus, nicht seins.

Margot sah mich groß an. »Hella, des Haus is vom Lävin sein Opa«, belehrte sie mich.

Wortlos kramte ich das Testament aus der Schreibtischschublade und legte es ihr vor die Nase.

Sie las es tatsächlich und schüttelte den Kopf. »Des is net rischtisch«, sagte sie.

Als ich an einem der nächsten Tage morgens zur Garage ging, gab ich dem großen Weidenkorb einen ordentlichen

Tritt, so daß er umkippte und die welken Magnolienblätter gleich wieder durch die Luft wirbelten. Mit Wohlgefallen sah ich ihnen nach: Blumen für Margot. In diesem Moment entdeckte ich Dieter, der hinter mir hergekommen sein mußte. Belustigt sagte er: »So wird man Aggressionen los! Ich werde nachher alles wieder zusammenkehren.«

Etwas verlegen versicherte ich, das sei meine Sache. Aber ich sah im Rückspiegel, daß er nicht in den Mercedes stieg, sondern sich Harke und Besen holte.

Normalerweise sah ich Dieter eher selten. Wenn es zufällig geschah, lächelten wir uns an. Ich ertappte mich dabei, daß ich diese Zufälle ein wenig provozierte. Ob auch er mich mochte? Einmal hatte er mir ein Buch in den Wintergarten gelegt, ein Zettel »für Hella« lag daneben. War es ein Geschenk oder eine Leihgabe? Es war ein Science-fiction-Roman, der von chemischen Utopien handelte. Das rührte mich, denn im Gegensatz zu dieser Gabe dienten Levins Geschenke nur seinem eigenen Vergnügen.

Nach meiner nächtlichen Entdeckung mochte ich nicht mehr mit Levin schlafen. Es fiel ihm aber nicht weiter auf, so schien mir, denn die Initiative war bisher stets von mir ausgegangen, und ich kam daher nicht in die Verlegenheit, ihn abweisen zu müssen. Irgendwann, so dachte ich, müßte es ihm dämmern, daß die Pause länger als üblich war. Aber anscheinend mußte er nichts entbehren.

Ob Dieter Bescheid wußte? Ob er am Ende Margots Zuhälter war? Ich mochte nicht schlecht von ihm denken. Gut, er war einmal gestrauchelt, aber er war kein wertloser Mensch. Im Gegenteil, er hatte etwas Ritterliches und Zurückhaltendes, das mir sehr gefiel.

Unsere Party-Einladungen waren bereits vor diesen alles durcheinanderbringenden Ereignissen verschickt worden, ich konnte die ganze Sache nicht mehr abblasen. Am Freitag vor unserem Fest hatte ich mir freigenommen und fuhr als erstes in die feinsten Lebensmittelgeschäfte. Bald duftete mein Auto aufs köstlichste nach Basilikum.

Dann verschwand ich für den Rest des Tages in der Küche. Levin war in die Pfalz gefahren, um Wein einzukaufen – besser gesagt, ich hatte ihn losgeschickt. Margot hielt ich mit niederen Diensten auf Trab.

Plötzlich schellte es Sturm, Dorit kam in ihrer zupackenden Art hereingeplatzt. In unserer Studienzeit waren wir ein äußerlich gegensätzliches, doch unzertrennliches Paar: Ich bin klein, blond und drahtig, sie ist lang und schlank und hat eine gepflegte schwarze Mähne.

Es tat mir gut, mit Dorit beim Gemüseputzen in der warmen Küche zu hocken und zu schwatzen. »Du siehst nicht gerade wie eine glückliche Neuvermählte aus«, sagte sie sofort.

Ich schob alles auf Margot. »Ich kann mit diesem Weib nicht unter einem Dach leben«, sagte ich. »Was hältst du von ihr, du hast sie doch bei der Hochzeit kennengelernt?«

»Ich fand sie scheußlich, ordinär und gemein, mannstoll und dumm«, sagte Dorit, »aber ihr Mann war mir nicht unsympathisch.«

Das war Wasser auf meine Mühlen. »Verstehst du, daß

ein solcher Mann mit so einer Gans verheiratet ist?« fragte ich Dorit.

Sie lachte mit lauter, angekratzter Altstimme: »Aber Hella, das sieht man täglich. Bei fast allen Ehepaaren, die ich kenne, mag ich entweder den einen oder den anderen Teil lieber. Man fragt sich immer wieder, was sie aneinander finden. Aber eines weiß ich: Manchmal gehen diese Ehen ganz gut, auch wenn es kein Mensch begreift.«

Ob die Ehe von Dieter und Margot gut ging? Ob es überhaupt mehr als nur eine Ehe auf dem Papier war? »Dorit, was rätst du mir, wie kann ich mir dieses Aas vom Halse schaffen?«

Sie überlegte. »Schwer zu sagen. Wahrscheinlich geht es nicht, ohne daß Levin mitspielt. Er müßte in diesem Punkt eigentlich hundertprozentig zu dir halten. Nun, so sind die Männer, Kumpanei wo man hinsieht. – Aber hast du mir nichts Erfreuliches zu gestehen?«

»Du weißt genau, daß ich es dir zuerst sagen werde, aber bis jetzt bin ich nicht schwanger«, sagte ich grämlich.

Dorit umarmte mich. »Das kommt noch, ein wenig Geduld mußt du haben. Bist du deswegen so depressiv?«

Ich schüttelte den Kopf, und eine Weile schnippelten wir schweigend Bohnen.

Bei unserem derzeitigen asketischen Leben würde ich mit Sicherheit nicht schwanger, und das war vielleicht sogar besser, als mich an so einen Windhund zu binden.

Dorit erriet einen Teil meiner Gedanken: »Du warst schon bei der Hochzeitsfeier stinkig auf Margot, weil sie sich an alle Typen rangeschmissen hat, speziell aber an den edlen Levin – stimmt's?«

Ich antwortete nicht. Dorit war in manchen Dingen mein zweites Ich, sie hatte auch Pharmazie studiert und achtete daher ebenso genau auf peinliche Sauberkeit, sie verstand sich ebenfalls auf die Küchenalchemie und liebte kleine Fläschchen, Döschen, Schubladen. Aber in einem Punkt waren wir nie einer Meinung – das waren meine Männer. Dorit hatte einen richtig guten Ehegatten, dessen altersbedingte Bravheit sie spaßeshalber bestritt, einen anständigen, gutverdienenden und vorzeigbaren Partner, was sie gern zugab. Die Gestalten, die ich bisher gesammelt hatte, waren ihr einfach zuwider.

Mein Schweigen schien ihr recht zu geben. Sie war der Sache auf der Spur. »Weißt du, Hella«, begann sie aufs neue, »ich habe kürzlich gelesen: ›Sexualität ist Macht, und Macht ihrem Wesen nach aggressiv‹, klug gesagt, nicht wahr?«

»Und was schließen wir daraus?« fragte ich ironisch.

»Es geht noch weiter«, sagte Dorit. »Guter Wille, Zuverlässigkeit, Treue, Moral und so weiter vermögen nichts, wenn Sex im Spiel ist – die Natur ist viel stärker als alle unsere humanistischen und christlichen Gebote.«

»Soll ich mich freuen über deine Philosophie?«

»Im Gegenteil«, sagte sie, »du sollst Margot analysieren. Sie hat Macht über Levin und anscheinend auch über dich, denn du regst dich viel zu sehr über dieses dumme Luder auf. Wenn sie sich nicht anständig benimmt, dann schmeiß sie doch einfach raus!«

Es kamen natürlich nicht so viele Menschen zu unserer Party wie zur Hochzeit – keinerlei Verwandtschaft, Honoratioren und Respektspersonen. Meine Chefin war allerdings willkommen, denn ich mochte sie wirklich. Sie brachte einen schüchternen Strohwitwer mit, der ein regelmäßiger Kunde in ihrer Apotheke war, Pawel Siebert.

Bis zur letzten Minute war ich im Einsatz: kochen, aufräumen, Gläser polieren. Als der erste Gast klingelte, begann ich mich in Windeseile umzuziehen. Ich hatte mir ein neues Kleid gekauft – schließlich war ich wohlhabend, besser gesagt, reich. Also trug ich Seide und Kaschmir, Uromas sechsreihige Granatkette und italienische Schuhe mit sehr hohen Absätzen, um ein bißchen größer zu wirken. Ein wenig ungewohnt war mir das Stöckeln am Anfang schon, denn trotz meiner geringen Größe hatte ich bisher nur flache, praktische Schuhe besessen.

Eigentlich hätte mein Ehemann meine neue Erscheinung zur Kenntnis nehmen können – aber er tat es nicht. Er begrüßte Gäste, schenkte Sekt ein und plauderte, während ich und Dorit Blumen in die Vasen stellten.

Margot hatte ihren Auftritt erst, als alle da waren. Ich war darauf gefaßt, sie in der gleichen schwarzen Kreation zu sehen, mit der sie mir meine Hochzeit vergällt hatte. Aber sie trug einen goldenen BH, ein Hundehalsband um die Kehle und eine enge schwarze Lederhose. In die Rückseite des Leders waren in Pohöhe Löcher gestanzt. Sie erreichte, was sie beabsichtigte: Sofort waren alle still und betrachteten dieses Bild mit Befremden oder mühsam unterdrückter Geilheit. Ich suchte nach Dieter und sah ihn schließlich ganz im Hintergrund an der Wand lehnen. Er betrachtete die Reaktion des Publikums mit undurchschaubarer Miene. Auch Pawel Siebert hatte sich in eine

Ecke verzogen, wo er voll Interesse in einem alten Rezepturenheft meines Großvaters las.

Dorit schlug sich zu mir. »Gero findet sie entsetzlich, sagt er, aber schau nur, wie er Stielaugen kriegt!«

Ich registrierte, daß Freunde und Ehemänner von Freundinnen getuschelte Bemerkungen über Margot abließen, aber mit den gleichen Stielaugen wie Gero, ja der eine oder andere piekte gar mit spitzem Finger in die gestanzten Löcher. Levin strahlte Besitzerstolz aus. Ich hätte ihm vor allen Leuten eine schmieren können.

Auch meine Chefin hatte die Situation erkannt. Sie gesellte sich, mit dem Glas in der Hand, zu Dorit und mir. »Die stiehlt uns aber die Schau, was?« meinte sie. »Hella, ich würde für mein Leben gern das Haus besichtigen. Der Wintergarten ist bezaubernd…«

Das ganze Haus konnte ich nicht zeigen, ich beschränkte mich auf die eigenen Räume. Aber ich richtete es so ein, daß ich in Margots Hörweite zu meiner Chefin sagte: »Die obere Wohnung wird im nächsten Monat renoviert, dort sollen Schlafzimmer, Gäste- und Kinderzimmer untergebracht werden.«

»Sie haben recht, Hella«, sagte meine Chefin, »wenn Sie beizeiten ans Kinderzimmer denken – ich habe das verpaßt.«

Meine Chefin war geschieden und kinderlos, sie machte aber stets den Eindruck, dank ihres Reitpferdes eine zufriedene Frau zu sein.

Mit großer Genugtuung registrierte ich, daß Margot verstanden hatte. Man sah ihr die Kränkung sehr wohl an. ›Gut so‹, dachte ich, ›du wirst bald freiwillig gehen.‹

Margot war nicht ganz so dumm, wie Dorit und ich sie gern hinstellten. Mit uns Hausgenossen sprach sie zwar wie ihr der Schnabel gewachsen war, aber ich hörte verwundert, daß sie – wenn auch mit Mühe – bei fremden Männern einen anderen Ton anschlug. Sie redete über alles mögliche, über Kommunalpolitik und Polizei (alles Scheiße), über Schule und Autos (die Gesellschaft hat, was sie verdient) und übers Fernsehprogramm (mal wieder das Letzte). Die Männer hörten nie zu, sondern starrten in ihren Ausschnitt.

Ich unterbrach dieses Geplänkel mit der harschen Aufforderung, unverzüglich Gläser zu spülen. Aber ihre guten Kleider... protestierte Margot.

»Das kann man kaum Kleid nennen«, sagte ich und hatte nun einige Lacherinnen auf meiner Seite, »außerdem kannst du ja wohl die Quiche in den Backofen schieben, fünfzehn Minuten erhitzen und dann servieren. Aber zuerst holst du zehn Flaschen Roten aus dem Keller.«

Margot übertrug Levin diese Aufgabe, Dieter spannte sie beim Küchendienst ein und den feinen Gero kommandierte sie zum Abtrocknen ab.

Dorit sah es und mußte unwillkürlich lachen. »Alle Achtung«, sagte sie, »bei mir hat Gero noch nie...«

Nach der Quiche, die im Stehen gegessen wurde, kam gegen neun der »Schweinemann« und brachte ein komplettes Spanferkel, das er auf dem Küchentisch tranchierte und portionierte. Ich hatte verschiedene Salate, Gemüse und Kartoffelgratin bereitet, Sitzecken in Küche, Wohnzimmer und Wintergarten eingerichtet und Geschirr zum

Selbstbedienen verteilt. Alles schmeckte phantastisch, ich war stolz.

Margot half in den kritischen Momenten, in denen alle Gäste einen Platz und einen gefüllten Teller verlangten, überhaupt nicht mehr. Sie hatte mit dem Schweinemann – einem jungen Fleischer – einen Flirt begonnen und hielt ihn von seiner Arbeit ab. Mit der großen Tranchiergabel steckte er ihr eine Riesenportion knuspriger Haut, die er für das Beste an diesem Tier hielt, in den Mund. Ich kam gerade dazu, wie Margot sich spritzend auf den Küchenboden übergab, so daß die dort tafelnden Gäste kreischend hochfuhren und fluchtartig den Raum verließen.

»Mir is schlecht«, stöhnte Margot und riß vor mir aus.

Wer, wenn nicht ich, wischte den Boden auf? Levin und Dieter winkten freundlich aus der Ferne, als ich sie herbeizitieren wollte – »gleich, noch fünf Minuten.«

Im Seidenkleid kniete ich auf den Fliesen und putzte, wobei es mir durch den scharfen Geruch selbst übel wurde. Mein Ekel gegen Margot nahm pathologische Formen an.

Als alles wieder blitzblank war, betrat Dieter die Küche. »Also, was gibt's, Hella«, sagte er, »wie kann ich mich nützlich machen?«

Obgleich er nicht ahnen konnte, was geschehen war, traf ihn nun die ganze Härte meines Zorns. »Schaff mir dieses Weib aus dem Haus!« brüllte ich. »Sie hat meine Küche vollgekotzt, und ich mußte es aufwischen!«

Dieter fragte in aller Unschuld, warum Margot nicht selbst geputzt hätte. Inzwischen kamen der Schweinemann – den es an den Hosen getroffen hatte – und andere

Vertriebene wieder in die Küche zurück, um sich ihre Teller neu zu füllen. Ich konnte Dieter keine Szene mehr machen, doch bis zum heutigen Tag ist mir noch so knuspriges Spanferkel ein Greuel geblieben.

10

»In jungen Jahren hatte ich einen Freund, der mich auf ziemlich miese Art sitzengelassen hat«, erzählte Frau Hirte unverhofft.

Interessant.

»Eigentlich war ich selbst schuld, ich war viel zu leichtgläubig«, fuhr sie fort.

»Sie sagten doch gerade, daß Sie jung waren…«

»Das ist keine Entschuldigung. Wissen Sie überhaupt, daß Sie auch einen entscheidenden Fehler machen?«

»Welchen?«

»Sie haben ein falsches Bild von der Wirklichkeit.«

»Hat das nicht jeder?«

Frau Hirte schüttelte den Kopf.

Wenn ich etwas nicht mag, dann sind es alte Leute, die mit ihrer Lebenserfahrung und Menschenkenntnis belehrend auftrumpfen. Bisher hatte sie das nie getan, falls es aber jetzt damit losging, war ich die letzte Nacht ihr Entertainer gewesen.

Aber sie machte keine Anstalten mehr, mich kritisch zu beurteilen, ihre Wißbegierde siegte. »Wie geht's weiter mit Margot?«

Nun, in dieser Nacht wollte ich sie das Gruseln lehren.

Am Tag nach unserer Fete ging es mir miserabel. Eine Woche zu früh und mit ungewohnter Schmerzhaftigkeit bekam ich meine Tage. Zum Glück war Sonntag; ich beschloß, im Bett zu bleiben. Als die Gäste spät in der Nacht endlich gegangen waren, hatten wir nicht mehr aufgeräumt. Sollten es doch die anderen machen.

Gegen zwölf schüttelte mich Levin fast sanft und sagte: »Ein Kaffee wäre jetzt nicht falsch.«

Ich setzte eine leidende Miene auf. Seufzend machte er sich selbst seinen Kaffee und brachte mir eine Tasse Tee ans Bett, um mich milde zu stimmen. »Es gibt viel zu tun«, sagte er, »ich werde Margot und Dieter holen.«

Recht so.

Hinfällig verbrachte ich den Tag in meiner Höhle und überdachte die Lage. Nichts war so gelaufen, wie ich es gewollt hatte. Viel Geld und ein eigenes Haus waren zwar vorhanden, aber ein Kind, mein dringendster Wunsch, war nicht in Sicht und ohne eheliche Aktivitäten auch nicht zu erwarten. Einen Mann besaß ich zwar, aber einen untreuen, oberflächlichen, ziemlich faulen. Im Grunde war die einzige Möglichkeit, mich schnell von ihm zu trennen und mir einen neuen zu suchen; schließlich wurde ich nicht jünger. Doch wie würden meine Eltern reagieren? »Ich hab's ja gleich gewußt«, würde meine Mutter sagen. Mein Vater verfiele in Depressionen. Sollte ich es noch einmal mit Levin versuchen? Er war noch so jung, man konnte ihm mehr Verantwortungsbewußtsein und Ernsthaftigkeit eintrichtern. Schließlich hatte Hermann Graber ihn mir anvertraut, mußte ich seinen letzten Willen nicht respektieren? Außerdem fühlte ich mich viel zu schlapp, um eine Entscheidung zu treffen.

Ich mochte an die zwei Stunden lang vor mich hin gegrübelt haben, als es unverhofft an die Schlafzimmertür klopfte. Es war Dieter. Wie es mir gehe, ob ich etwas brauche. »Wir sind gleich fertig, und alles ist wieder tipptopp«, sagte er. »Mir dröhnt nur ziemlich der Kopf. Magst du mit spazierengehen?«

Es hätte mir mehr geholfen, eine Stunde lang im Novembernebel herumzulaufen als im Bett zu liegen. Aber ich lehnte trotzdem ab; der Gedanke, daß Margot und Levin allein im Hause blieben, erschien mir unerträglich, obgleich es doch am Montag schon wieder der Fall sein würde.

»Margot muß weg!« sagte ich plötzlich laut vor mich hin. Eine schriftliche Kündigung – per Einschreiben – war sicher der erste Schritt. Und zwar schon morgen, beschloß ich.

Gottlob ließ sich Margot an meinem Schmerzenslager nicht blicken, aber Levin kam und fragte, ob ein erneuter Tee oder eine Tütensuppe fällig wären. »Der Margot geht's auch nicht gerade gut«, bemerkte er unpassenderweise. Ich starrte zum Fenster hinaus.

»Hast du in diesem Jahr noch Urlaub gut?« begann er wieder.

Ich war zwar schlecht gelaunt, aber trotzdem neugierig.

Levin zog eine Heiratsanzeige aus der Tasche. Eine Dr. med. dent. Isabel Böttcher kündigte die Heirat mit einem Kollegen an, der einen ellenlangen spanischen Namen trug. Das sei eine Studienfreundin, die sich in Granada in einen Mann aus bester Familie verliebt habe. Eine Hochzeit in Andalusien, das sei doch eine Sause wert.

Ich war bei allem Gram nicht abgeneigt. Das Fest fand schon am kommenden Wochenende statt. »Ob man noch Flugtickets bekommt?« fragte ich.

Levin lachte. Fliegen sei langweilig, natürlich werde er den Porsche nehmen.

Ich schwieg und litt. Mehr als fünf Tage konnte ich auf keinen Fall frei nehmen, mit dem Auto war mir das zu anstrengend. »Fahr alleine«, hauchte ich.

Levin schüttelte den Kopf. »Bei der langen Strecke sollte man sich gelegentlich abwechseln. Warum willst du nicht? So alt bist du doch auch noch nicht!«

Es war scherzhaft gemeint, aber es traf mich. »Weißt du eigentlich, was es heißt, berufstätig zu sein? Solche Touren sind wie geschaffen für arbeitsscheue Studenten.«

»Ich seh's ja ein«, sagte Levin, »ich werde mal Dieter und Margot fragen.«

»Wenn du Margot mitnimmst, reiche ich morgen die Scheidung ein.«

Levin sah mich wachsam an. »Eifersüchtig?«

»Auf so eine? Ich kann sie nicht ausstehen, das weißt du. Aber zu Eifersucht habe ich ja wahrlich keinen Grund.«

Levin witterte Unheil. Er verzog sich.

Ich erfuhr am Abend, daß er schon bei Morgengrauen starten werde, da Dieter nicht mitfahren konnte. »Damit du dich nicht aufregst, mache ich zwischendurch auch mal Pause«, sagte er.

Ich nahm fünf Baldriandragees, um ihm am nächsten Morgen nicht versehentlich den Kaffee zu machen. Levin packte und schlief wohl ein paar Stunden neben mir, ohne daß ich es merkte. Als ich aufwachte, waren Porsche und Levin unterwegs nach Spanien.

Levins Abwesenheit nutzte ich zu einer unfairen Tat. Ich setzte eine Anzeige in die Zeitung: MÖBEL AUS OPAS ZEITEN BILLIG ABZUGEBEN. Bisher hatten wir nicht darüber gesprochen, wem Hermann Grabers düsteres Eichenbuffet und ähnliches Inventar gehörten – mir oder ihm. Im Testament blieb dieser Punkt unerwähnt. Ob Levin nun daran hing oder nicht, ich wollte die Mansarden leeren und sie nutzen, und zwar für mich. Er hatte sein Studierstübchen, wo blieb meines?

An einem einzigen Nachmittag war alles verkauft. Ich habe durchaus Gefallen an schönen alten Möbeln, aber dieses Zeug war nie schön gewesen, und ich freute mich, es loszuwerden. Dieter war nicht da, und somit entging ihm, wie raffgierige Leute mit Lieferwagen, auch Profi-Trödler und Händler, keuchend den ganzen Plunder wegschleppten. Margot gaffte zwar, aber sie grübelte nicht darüber nach, ob meine Tat moralisch einwandfrei war. Grinsend winkte sie einem jungen Pärchen zu, das die schwarze Garderobe mit den geschnitzten Auerhähnen und Hirschen abtransportierte.

Am Wochenende war ich mit Margot allein und gedachte, sie wie eine Sklavin schuften zu lassen. Mehrmals fragte sie, wozu ich die Mansarden eigentlich brauche. Für Gäste zum Beispiel, sagte ich, als Bibliothek vielleicht oder Hobbyraum.

Die Zimmer unter dem Dach waren bisher nicht renoviert worden. Ein neuer Teppichboden sollte verlegt werden, helle Tapeten mußten her. Margot stöhnte. Es lohne sich doch nicht, vorher zu putzen! Damit hatte sie irgendwie recht, aber den groben Dreck und die Spinnweben wollte ich aus Prinzip nicht im Haus haben, Ungeziefer konnte sich ausbreiten.

Wir schrubbten und kehrten gemeinsam. »Isch hab' als gedenkt«, bemerkte Margot kameradschaftlich, »die kloa Krott hot Bärenkräft druff.«

Das sollte ein Kompliment sein. Ich schwieg, aber sie plauderte weiter.

Sicher sei Levin schon auf dem Heimweg, vielleicht bereits in Barcelona, denn am besten schlafe es sich doch daheim...

Ich bekam eine Gänsehaut.

Es kostete mich einige Überwindung, ihr in diesem Moment fast intimer Zweisamkeit erneut die Kündigung auszusprechen. Aber als sie wiederholt von »unserm« Levin sprach, konnte ich nicht mehr an mich halten.

»Es hat dich nicht zu interessieren, wann mein Mann zurückkommt«, erklärte ich. »Dich geht eigentlich nur an, daß du dir dringend eine Wohnung suchen mußt. Wenn du es nicht freiwillig tust, werde ich einen Rechtsanwalt einschalten. Wir haben keinen Mietvertrag mit euch, wie du vielleicht weißt.«

Margot verlegte sich auf unterwürfige Bitten. Sie könne ja die Wohnung im ersten Stock räumen und mit Dieter hier oben wohnen, dann hätte ich vier zusätzliche Zimmer.

»Wie stellst du dir das vor«, widersprach ich. »Hier oben ist kein Bad und keine Küche, die Wasserrohre reichen nur bis zum ersten Stock.«

Das könne man doch machen lassen, schlug sie mit dem Blick eines furchtsamen Kaninchens vor.

»So? Und wer bezahlt das? Du vielleicht?«

Die Gaubenfenster der Mansarde hatten es mir besonders angetan. Ich konnte mir gut mein geheimes Refugium hier oben vorstellen, ein Reich, zu dem allen Hausbewohnern der Zutritt verwehrt war. Die Fenster waren blind vor Schmutz.

Inzwischen war Margot in einen Arbeitsrausch geraten und holte frisches Wasser und stinkige Lappen aus der eigenen Wohnung. Offenbar hatte sie das Gefühl, mich damit milder zu stimmen. Eigentlich brauchten die Fenster nur gestrichen zu werden, sie waren von unverwüstlich guter Qualität. Ich saß auf dem Fensterbrett und angelte mir die Klappläden, um sie zu schließen und auf den Grad ihres Verfalls zu untersuchen. Es war solide Arbeit, aber natürlich blätterte der Anstrich ab. Margot begab sich mit einem Eimer an das zweite Fenster.

»Die Läden müssen ausgehängt werden, Dieter soll sie abbeizen und streichen«, sagte ich.

Das täte er bestimmt, versicherte Margot bereitwillig.

Ich kletterte auf das Fensterbrett und versuchte, den Laden aus den Angeln zu heben, es gelang mir nicht.

»Des is nix für uns, des is was für die Mannsleit«, sagte

Margot mißbilligend. Aber mein Ehrgeiz war geweckt. »Halt mich mal fest, Margot«, befahl ich.

Margot packte meine Beine und klemmte mich in einen eisernen Schraubstock. Ich roch ihren Schweiß. Leider war ich zu kurzarmig, um die Klappläden fest in den Griff zu kriegen. »Ein Tropfen Öl in die Scharniere«, sagte ich, »und es ist ein Kinderspiel.«

Ich lief hinunter, um mein Nähmaschinenöl zu holen.

Als ich wieder oben war, kniete Margot auf dem Fensterbrett. Ihr Gesicht war ganz rot vor Anstrengung. »Hella, kumm un heb misch!« rief sie eifrig, »isch hob längere Ärm!«

Ich trat herzu und hielt sie widerwillig an den Knöcheln fest. Ihre Beine waren blau-rot marmoriert, nach einer Rasur wuchsen dunkle Stoppelhaare. Die ausgeleierten Leggins reichten nur bis zum Knie. Aus den grünen Pantoffeln lugten leichengelbe Hornhautfersen heraus. Ich ekelte mich unsäglich; was mich endgültig aus der Fassung brachte, war ein feines Rinnsal Schweiß, das langsam und stetig aus dem Hosenbein auf meine rechte Hand zulief.

Sie richtete sich aus der Hocke auf. Mit einem Ruck hielt sie den Laden plötzlich in den Händen und geriet von dem unerwarteten Gewicht ins Wanken.

In diesem Augenblick erreichte mich der glitschige Schweißtropfen, und ich ließ aus einem spontanen Impuls unbeschreiblichen Ekels jählings los. Margot stürzte ab, den Fensterladen in beiden Händen. Entsetzt starrte ich in die Tiefe. Zwei Stockwerke unter mir lag sie, ob tot oder lebendig konnte man nicht erkennen. In meiner Hast warf ich den Eimer mit schwarzem Wasser um, fiel über den Besen, rappelte mich hoch und sprang die Treppenstufen hinunter wie von Furien gehetzt.

Es dauerte nur Sekunden, bis ich draußen im Garten war, wo Margot auf den Steinen der Terrasse lag. Sie atmete, war aber bewußtlos. Ich fühlte ihren Puls, der gerade noch zu ertasten war. Was tun? Ich war ganz allein zu Hause.

Selbstverständlich rief ich den Rettungsdienst an. Zwei Sanitäter und ein Notarzt brachten Margot ins Krankenhaus. Einer Ohnmacht nahe versuchte ich, Dieters Spedition zu erreichen und herauszubringen, ob man ihn benachrichtigen könne. Nur ein Anrufbeantworter lief. Vielleicht war Levin in Spanien über den Radiosuchdienst zu finden?

Ich rief Dorit an. Mit tonloser Stimme sagte ich, Margot sei aus dem Mansardenfenster gestürzt.

»Ist sie tot?« fragte Dorit betroffen.

»Nein, aber man konnte mir noch nicht sagen, wie schwer verletzt sie ist.«

»Mein Gott, du bist ja fix und fertig«, sagte Dorit, »hast du es etwa gesehen?«

»Nicht direkt, aber ich war im gleichen Raum. Dann sah ich sie unten liegen, das war gräßlich.«

»Wie kann man denn einfach aus dem Fenster fallen«, fragte die kluge Dorit, »das passiert doch nur Kindern...«

»Sie wollte die Fensterläden abmontieren, sie müssen gestrichen werden.«

Dorit pfiff durch die Zähne. »Man soll zwar über Schwerverletzte nicht böse reden, aber es ist doch unverantwortlicher Leichtsinn, eine solche Arbeit selbst machen zu wollen!«

Ich korrigierte Dorit nicht.

»Es wird schon wieder werden«, sagte sie tröstend, »und vielleicht lernt sie ja etwas daraus. Beruhige dich erst einmal. Und wenn du möchtest – komm doch her!«

Ich wäre gern nach Heidelberg gefahren und hätte mich von Dorit bemuttern lassen. Aber ich war nicht in der Lage, Auto zu fahren, und mußte auch auf Dieter warten.

Um wieder einen klaren Kopf zu bekommen, machte ich mir einen starken Kaffee, doch ich erbrach ihn sofort. Dann stieg ich die Treppe hoch und betrachtete den Tatort. Mit einem Fernrohr nahm ich suchend die Häuser, die hinten an unseren Garten grenzten, ins Visier. Auch Freunde von Gero wohnten da. Hatte man von dort aus etwas beobachten können? Nein, die verhaßten Tannen versperrten die Sicht. Selbst mit dem Fernglas hätte ich meinerseits nicht erkennen können, ob man in einem jener Häuser Fenster putzte. Ein wenig beruhigte mich diese Tatsache. Außerdem waren weder Nachbarn noch Straßenpassanten herbeigeeilt, um neugierig zu gaffen, als der Krankenwagen vorfuhr.

Das Problem war Margot selbst. Sie wußte, daß ich sie losgelassen hatte. Was konnte ich zu meiner Entlastung vorbringen? Ekel war keine Entschuldigung. Und wenn mich eine Wespe gestochen hätte? »Blödsinn«, korrigierte ich mich laut, im November gab es keine Wespen. Vielleicht eine besonders eklige Spinne? Das war möglicherweise einleuchtender als ein simpler Schweißtropfen.

Nach einer Stunde rief ich im Krankenhaus an. Ob ich

eine Verwandte sei, fragte man. Nein, nur eine Bekannte. Dann könne man keine Auskunft geben, aber es sei wichtig, daß die nächsten Angehörigen umgehend benachrichtigt würden und ins Krankenhaus kämen. Ich versprach, dafür zu sorgen. Hatte Margot Eltern? Ich kannte nicht einmal ihren Mädchennamen. Wen sollte ich fragen? Ich rief einen Freund von Levin an, der mir nicht weiterhelfen konnte.

Als Dieter endlich eintraf, rannte ich ihm schon auf der Einfahrt entgegen. Er sah mir gleich an, daß etwas passiert war. »Ich bringe dich zu Margot ins Krankenhaus«, stammelte ich und holte nur noch meinen Mantel. Im Garderobenspiegel sah ich, daß ich immer noch das Kopftuch trug, das ich mir zum Putzen umgebunden hatte.

Auf der kurzen Fahrt erzählte ich ihm die gleiche Geschichte wie Dorit.

Man brachte uns auf die Intensivstation. An Apparate und Schläuche angeschlossen lag Margot in tiefem Koma. Ein Arzt führte uns hinaus, nahm Dieter mit sich und unterrichtete ihn über Margots Zustand. Wie ich hinterher erfuhr, hatte man keine Hoffnung. Dieter durfte an ihrem Bett sitzen bleiben, ich wartete draußen. Zwei Stunden später war sie tot.

Stumm ließ sich Dieter heimfahren. Zu Hause nahm ich ihn mit in die Küche und kochte ihm Tee, stellte auch einen Cognac daneben. Er nahm nur den Tee.

Ich hatte keine Ahnung, ob und was ich Tröstliches anführen sollte. »Sie hat bestimmt nicht gelitten«, sagte ich, »sie hat sofort das Bewußtsein verloren.«

»Mein Gott!« sagte Dieter nur, »sie ist so ein Pechvogel. Hier in diesem Haus hatte sie es endlich einmal gut, und schon ist es vorbei. Sie hat es unendlich genossen, durch eure Großzügigkeit ein schönes Zuhause zu haben, ein Badezimmer, eine warme Heizung...«

Das war zuviel. Ich heulte los und konnte gar nicht wieder aufhören. Dieter strich mir übers Haar. Über seine eigenen Gefühle schwieg er sich aus.

Am darauffolgenden Montag mußte ich wieder arbeiten. Wahrscheinlich war es die beste Medizin. Nachmittags rief Dieter in der Apotheke an, was er noch nie getan hatte. Levin war nicht eingetroffen, aber die Polizei sei dagewesen. Bei Unfällen, die schwere Verletzungen oder gar den Tod zur Folge hatten, wurde routinemäßig ermittelt. Da ich die einzige Zeugin sei, sollte ich gleich nach Dienstschluß auf dem Viernheimer Polizeirevier vorbeifahren.

Ich erschrak. »Was wollten sie wissen?« fragte ich.

»Sie haben sich vor allem die Mansarde angesehen, das Fenster und die Fallhöhe. Auch den zerschmetterten Fensterladen haben sie fotografiert und die Plüschpantoffeln.«

Es war ein Fehler, daß ich zugegeben hatte, im gleichen Raum gewesen zu sein. Aber als ich Dorit und Dieter die Situation schilderte, mußte ich davon ausgehen, daß Margot überlebte und ihre eigene Version erzählen würde. Dann hätte ich die Spinne ins Spiel gebracht. Unsere Aussagen wären nicht deckungsgleich gewesen.

Bei der Polizei mußte ich warten und steigerte mich in immer größere Ängste hinein. Als man schließlich meine Aussage protokollierte, kam mir die Sache nicht mehr so dramatisch vor.

»Waren Sie mit Frau Krosmansky befreundet?« wurde ich gefragt.

Ich hielt mich zurück: »Wir wohnten in einem Haus...«

Woher und wie lange ich sie kenne, ob niemand außer uns beiden im Haus gewesen sei. Mir gefielen diese Fragen nicht.

Schließlich bekam ich einen milden Vorwurf des Beamten zu hören: Es sei doch bekannt, daß die meisten schweren Unfälle im Haushalt geschähen. Wie könne man nur so leichtsinnig sein, an einem feuchten, trüben Novembersonntag in Pantoffeln auf Mansardenfensterbrettern herumzuklettern und Klappläden abzumontieren.

»Es ging alles so schnell«, sagte ich, »wir hatten den Ehrgeiz, an diesem Wochenende ohne männliche Hilfe in den Mansarden klar Schiff zu machen. Ich putzte das rechte Fenster und habe gar nicht so genau darauf geachtet, was Frau Krosmansky machte. Plötzlich hörte ich einen schauerlichen Schrei, und als ich hinsah, lag sie schon unten.«

Schon vorher hatte ich mir überlegt, daß sowohl meine als auch Margots Fingerabdrücke auf beiden Fenstern zu finden waren; man konnte meine Aussage in keinem Punkt widerlegen. Ich unterschrieb das Protokoll und wollte heim.

»Eine letzte Frage«, sagte der Beamte, als ich schon an der Tür war. »Wie kam es, daß das Ehepaar Krosmansky ins Haus von Hermann Graber – ich meine, in Ihr Haus – eingezogen ist?«

»Nun, es sind Bekannte meines Mannes«, sagte ich kühl.

Die beiden Polizisten wechselten einen Blick. »Wieder mal unser Levin«, orakelte der ältere der beiden.

Dieter hatte netterweise den Tisch gedeckt, der Teekessel summte, aus dem Backofen kam ein appetitlicher Duft.

Der Tee tat sehr gut.

»Wahrscheinlich haben sie dir gesagt, daß wir beide vorbestraft sind«, forschte Dieter.

»Wen meinst du mit ›wir beide‹?« fragte ich. Er meinte sich und Margot. Nein, die Polizei hatte wohl auch eine Art Schweigepflicht, sie hatte nicht über den Lebenswandel des Ehepaares Krosmansky gesprochen.

»Sie werden sich wundern, daß du mit uns in einem Haus wohnst«, meinte Dieter noch.

Daran hatte ich bisher gar nicht gedacht.

Dieter holte einen Gemüseauflauf aus dem Ofen, und ich genoß es, nicht mit meinen Gedanken allein zu sein.

11

Die Nachtschwester, die als letzte Tat vor dem Schichtwechsel zum Fiebermessen kam, sah besorgt mein naßgeschwitztes Hemd. Es ging mir nicht gut. Nach dem Duschen zog ich mir eines von Dorits hübschen Nachthemden über.

Ich schielte zu Frau Hirte. Hatte sie in der Nacht zugehört oder geschlafen? Wie nahm sie Margots Tod auf?

Anscheinend positiv. Als sich unsere Blicke trafen, sagte sie: »Einen schönen guten Morgen!« und dann bot sie mir völlig überraschend und ein wenig verlegen das Du an. »Ich heiße Rosemarie«, sagte sie in komplizenhaftem Ton.

Später fragte sie: »Ist Levin noch am Leben?« Sie erwartete wohl, daß nun einer nach dem anderen in meiner Geschichte draufging – wie bei den zehn kleinen Negerlein.

Auch am nächsten Tag war Levin nicht zurück. Dieter hatte sich die Mühe gemacht, in Granada telefonisch zu recherchieren, er sprach ein wenig Spanisch. Das junge Paar war auf Hochzeitsreise, erfuhr er, die Gäste waren abgereist.

Sorgen machte ich mir keine um Levin, auch wenn Dieter das dachte. Sollte meinem Ehemann bei seinem Fahrstil wirklich etwas passieren, so hörte ich das früh genug. Die Ruhe ohne Levin und Margot tat mir gut. Ich wollte die Verschnaufpause genießen, die mir das Schicksal geschenkt hatte. Dieter hatte eine stille Art, gelegentlich in der Küche aufzukreuzen, die mich eher freute als störte. Sorgen machte mir nur mein Kater Tamerlan; seit Margots Tod wollte er kaum fressen, er trauerte. Mir war zwar klar gewesen, daß er meine Abwesenheit dazu benutzte, sich in der oberen Etage einzunisten, doch daß er ausgerechnet meine Feindin liebte, hatte ich ihm nicht zugetraut. Aber wer konnte ahnen, was sich in seinem dicken Kopf abspielte.

Eines Abends – Levin war überfällig – kam ich nach Hause und sah im Dunkeln eine verhuschte Gestalt vor der Haustür stehen, die mich in ihrer ärmlichen Zottigkeit sofort an Margot erinnerte. Es war ihre Mutter. Dieter war nicht zu Hause. Was blieb mir anderes übrig, als die Frau mit hinein zu nehmen? Sie wohnte in einem Dorf in der Umgebung, hatte den Kontakt mit ihrer Tochter schon lange abgebrochen und jetzt erst durch die Polizei von ihrem Tod erfahren. Voller Vorwürfe sah sie mich an. Beklommen entschuldigte ich mich, ich sei nur die Hausbesitzerin.

Ich mußte Tee kochen und Taschentücher ausleihen. Frau Müller erzählte, daß der Vater ihrer unehelichen Tochter inzwischen tot sei. Schon mit fünfzehn gehörte Margot zur Hascher-Szene; schließlich nahm sie harte Drogen. Sie kam zum Entzug in ein Heim, riß aus, wurde auf dem Babystrich aufgegriffen, besserte sich durch die Betreuung einer Sozialhelferin und begann eine Schneiderlehre. Als sie wiederholt unentschuldigt der Werkstatt fernblieb, wurde sie entlassen. Nach diesem Rückfall ging das Ganze von neuem los. Schließlich wollte Frau Müller nichts mehr von ihrer Tochter wissen.

Hatte ich solche Geschichten nicht schon oft gehört?

Zum Glück traf wenig später Dieter ein. Nun mußte er sich bittere Anschuldigungen anhören. Als er sich nach vielen Stunden zu mir in den Wintergarten setzte, war er ebenso angeschlagen wie ich.

Am nächsten Tag kam ein Telegramm. BIN IN MAROKKO, ALLES OKAY, LOVE LEVIN. Dieter las es auch und schüttelte den Kopf. »Nicht die feine englische Art.«

Mir war es egal. Ohne Störenfriede war mein Haus eine Wohltat. Ich hatte das dringende Bedürfnis, mir selbst etwas Gutes zu tun. Täglich brachte ich aus Heidelberg irgendeinen Gegenstand zur Verschönerung mit, prächtige Blumensträuße und Duftkerzen, Seidenkissen und einen edlen Teppich.

Jeden Abend aßen Dieter und ich gemeinsam; beim Küchendienst wechselten wir uns ab. Ich ertappte mich dabei, daß ich mich für das Abendessen ein bißchen schön machte und eine Spur enttäuscht war, wenn er nicht vor mir da war.

Gelegentlich hatte ich Lust, Tapeten für die Mansarde auszusuchen, aber dann kamen mir Skrupel, diese Räume zu betreten. Dieter lebte nun allein in der oberen Etage, und um die Wahrheit zu sagen, ich mochte nicht mehr an seinen Auszug denken.

Eines Tages stand mein Bruder vor der Tür – zum Glück ohne Familie. Zwar blieb er nur einen Abend, aber ich freute mich sehr. Ganz vertraut und gemütlich saßen wir beisammen und redeten über unsere Kindheit, die Eltern und meine Hochzeitsfeier. Bis Bob bemerkte: »Es wundert mich, daß Papa auf deiner Hochzeit Fleisch gegessen hat, vielleicht hat er den Schock überwunden, wer weiß.«

»Welchen Schock?«

»Sag bloß, Mutter hat es dir nie verraten...«

Ich starrte ihn an. Wieder einmal hatte unsere Mutter meinem Bruder Geheimnisse anvertraut, die ich nicht zu hören bekam. Alte Wunden brachen auf. »Nun leg schon los!« befahl ich.

Unser lieber Großvater war ein großer Nazi gewesen, das wußten wir alle, aber es wurde nicht darüber gesprochen.

Erst Jahre nach seinem Tod, als mein Vater die letzten Schriftstücke gesichtet hatte, dämmerte es ihm, daß er der Sohn eines Verbrechers war. Mein Großvater hatte an einem experimentellen Euthanasie-Programm mitgewirkt; er hatte – auf Befehl zwar – geisteskranken Patienten der Städtischen Klinik vergiftete Arzneien zusammengemischt, die mehr oder weniger schnell zum Tode führten. In einem verschlüsselten Protokoll waren Fälle notiert, die die Anfangsbuchstaben der Verstorbenen enthielten. Immer wieder tauchte der Satz auf: »Exitus nach Verabreichung von Königsberger Klopsen«. Anscheinend hatte er angeordnet, die schlecht schmeckende Arznei in einer gut gewürzten Fleischspeise zu verbergen. »Nach dieser

Entdeckung wurde Vater zum Vegetarier«, sagte Bob und sah mich erwartungsvoll an.

Ich bekam Herzrasen.

»Du hast von Großvater doch nur den Ledersessel geerbt«, sagte Bob. »Ich will Opas Pendeluhr nicht mehr im Haus haben. Wie ich dich kenne, würdest du sie nehmen?«

Ich nickte. Wahrscheinlich hatte meine Familie die Glasfläschchen längst vergessen. »Woran ist Großmutter eigentlich gestorben?« fragte ich unvermittelt.

»An einer Gürtelrose, glaube ich«, sagte Bob schnell, der meine finsteren Gedanken ahnte.

Der nächste Besuch war Dorit mit den Kindern. Es war ein milder Tag, und die beiden Kleinen rannten im Garten herum und versuchten, Amseln zu fangen. Wir konnten sie vom Wintergarten aus im Auge behalten.

»Hast du den Schock überwunden?« fragte meine Freundin.

»Einigermaßen«, antwortete ich, »aber Levin ist verschwunden.«

»Wie bitte? So kurz nach der Hochzeit hat er sich aus dem Staub gemacht?« Dorit mochte es nicht glauben.

»Nein, so ist es wohl nicht. Er hat Freunde in Andalusien besucht, ist von dort aus nach Marokko gefahren und bisher nicht wieder aufgetaucht. Soll ich mir deswegen Sorgen machen?«

»Ich würde mich wahnsinnig aufregen, wenn es Gero wäre«, meinte Dorit. »Levin ist noch sein freies Studentenleben gewohnt; unverschämt ist es aber auf jeden Fall!«

»Dorit, meinst du, daß Levin ein verantwortungsvoller Vater wäre?«

»Das weiß man nie. Aber wer A sagt, muß auch B sagen – du hast ihn haben wollen!«

»Dorit, noch habe ich keine Kinder, ich könnte alles wieder rückgängig machen.«

»Du bist mir ja eine richtige Heiratsschwindlerin! Sackst ein Vermögen und eine Traumvilla ein und jagst den Mann wieder auf die Gasse! Wie finde ich denn das?«

Da hatte sie recht. Wenn ich mich scheiden ließe, mußte ich aus moralischen Gründen auf meinen Besitz verzichten, jedenfalls wäre ich sonst allen meinen Prinzipien untreu geworden. Oder? »Ich hänge an diesem Haus«, sagte ich.

»Kann ich gut verstehen«, erwiderte Dorit. »Ich würde es auch nicht mehr herausrücken. Übrigens ändern sich viele Männer, wenn sie ein Kind haben, und werden endlich erwachsen.«

Als es dämmerte, riefen wir Franz und Sarah in den Wintergarten; ich hatte Kakao und Kekse bereitgestellt. ›Wenn ich doch für eigene Kinder kochen könnte‹, dachte ich, ›rote Nasen putzen, wollene Pullover stricken, jetzt vor Weihnachten mit ihnen Plätzchen backen könnte...‹

Nach unserem Kaffee- und Kakaostündchen verließen sie mich wieder. Dorits gelbes Seidentuch mit blauem nautischem Dekor war liegengeblieben. Flüchtig steckte ich die Nase hinein und roch das teure Parfum.

Ich ging ans Fenster, sah nur noch das Rücklicht ihres Wagens und blickte auf die Uhr. Wo blieb Dieter?

Auf einmal wurde mir bewußt, wieviel Zeit ich im Leben schon damit verbracht hatte, auf Männer zu warten. Es war eine nervenaufreibende Beschäftigung, denn ich war unfähig, während der Wartezeit etwas Vernünftiges, Zusammenhängendes zu tun. Wie oft hatte ich Essen warm gehalten, wieder vom Herd genommen, damit es nicht zerfiel, und wieder aufgewärmt, bis es schließlich völlig zerkochte. Genau wie meine Mutter.

Also fing ich nicht an zu kochen, aber ohne Beschäftigung wurde das Warten noch schlimmer. In meiner Verzweiflung reinigte ich meinen blauen Pullover mit Tesafilm von Katzenhaaren. Immer wieder spähte ich aus dem Fenster, ob nicht ein Lichtschein das Nahen von Dieters Mercedes ankündigte. Er kam, als ich den Tränen nahe war, und entschuldigte sich sofort.

»So, du bist spät?« fragte ich. »Ist mir gar nicht aufgefallen.«

Ich konnte mich nicht verstellen: Dieter war erfahren genug, um zu wissen, was los war. Er nahm mich in die Arme und küßte mich. Wir machten Raclette und es uns hinterher auf dem Sofa bequem. Die Ehebetten oben und unten blieben ungenutzt.

Wenn mich nicht Margot allnächtlich im Traum heimgesucht hätte, wären die nächsten Tage glücklich wie nie zuvor gewesen. Levin konnte mir gestohlen bleiben. Leider würde ihm nur sicher bald das Geld ausgehen...

Dieser wunderbare Zustand des Sich-in-der-Schwebe-Befindens und Verdrängens war natürlich nicht von Dauer. Schon nach einer Woche zogen Wolken auf. Ich kam pfeilschnell nach meiner Arbeit zu meinem Liebsten heim, als ich Dieter schon an der Haustür ansah, daß etwas nicht stimmte.

Levin hatte aus Marokko angerufen. Er saß in Untersuchungshaft, weil er eine alte Frau angefahren hatte. Nach seiner Schilderung hatte sie sich absichtlich vor den Porsche geworfen. Gegen eine Kaution könne er entlassen werden und sich eventuell beim Prozeß von einem Rechtsanwalt vertreten lassen.

»Um Gottes willen!« rief ich, »was ist denn der armen Frau passiert?«

»Zum Glück nicht viel, ein gebrochener Arm, der wieder heilen wird«, sagte Dieter. »Levin hat mich gebeten, ihm sofort das Geld zu beschaffen. Es ist gewissermaßen Bestechungsgeld, das man persönlich überbringen muß.«

Ich nickte; wieviel?

Man verlangte eine horrende Summe. Obgleich ich sofort zustimmte und am nächsten Tag auf die Bank wollte, hatte ich kein gutes Gefühl. Warum konnte man das Geld nicht an die deutsche Botschaft überweisen?

An Dieters traurigem Gesicht sah ich, daß er viel lieber bei mir geblieben wäre. Die anstrengende Fahrt war sicher auch für ihn kein Vergnügen. Also hob ich klaglos das versprochene Geld ab, tauschte es in Dollars ein und nahm Abschied von Dieter. Margots Beerdigung fand ohne ihn statt.

Dorit und Gero Meißen luden mich, die ich nun allein zurückgeblieben war, zum Abendessen ein. Die Kinder schliefen, Gero rauchte eine Zigarre und verbreitete einen anheimelnden Duft. Am Fenster hing schon weihnachtliche Dekoration, zum Nachtisch gab es Bratäpfel. Gero verfolgte bei unserem Geplauder mit halbem Ohr die Nachrichten. Bei einer Fahndungsmeldung fiel ihm etwas ein. »Du wirst mich für ein altes Klatschweib halten, Hella«, sagte er, »aber wahrscheinlich solltest du wissen, was ich neulich vom Viernheimer Klüngel erfahren habe.«

Ich wollte immer alles wissen, was Gero unter der Hand von seinen Stammtischfreunden hörte.

»Die Familie Graber war stets ein Gesprächsthema in Viernheim, deswegen hört der Klatsch auch beim Enkel nicht auf. Nicht, daß ich etwas Böses über deinen Levin gehört hätte – aber sein Umgang soll nicht immer der beste sein.«

Ich spitzte die Ohren. Es ging um Dieter.

»Ich weiß, er ist vorbestraft«, sagte ich.

»Weißt du überhaupt, warum?«

»Drogen?«

»Das auch«, sagte Gero genüßlich und ließ mich zappeln. »Vor allem hat dein Untermieter wegen Körperverletzung gesessen.«

Also war doch etwas Wahres an Levins Gerede. Mir persönlich war Dieter immer nur in sanfter und friedfertiger Verfassung unter die Augen getreten.

»Das ist wahrscheinlich lange her«, entschuldigte ich meinen Liebhaber. »Menschen ändern sich, aber ihre werten Mitmenschen vergessen und verzeihen nie.«

Gero lenkte ein. »Hella, ich gebe nur wieder, was ich gehört habe. Er mag inzwischen ein anständiges Mitglied der Gesellschaft sein; trotzdem solltest du ein bißchen aufpassen.«

Dorit beobachtete mich scharf. Sie hatte dank weiblicher Intuition sofort bemerkt, daß ich schon bei Dieters Namensnennung nervös wurde und einen roten Kopf bekam. Geros Worte hatten mich sehr getroffen.

»Es ist schön, dich wie in alten Zeiten einmal wieder ganz für uns zu haben«, sagte Gero noch. Doch beim Abschied bemerkte er versöhnlich: »Die Ehe bekommt dir nicht schlecht, du siehst gut aus.«

›Ja‹, dachte ich, ›ein paar Tage lang war ich mit einem Hausfreund glücklich gewesen.‹ Es war zu spät, Dieter zum Teufel zu jagen; ich hatte mich Hals über Kopf in ihn verliebt, und zwar viel heftiger als bei Levin.

Was hatte ich bei einer Scheidung gegen Levin vorzubringen? Im wesentlichen sein Verhältnis mit Margot. Aber durfte ich diese Demütigung und meinen Haß öffentlich zugeben? Die Polizei würde sich dann vielleicht genauer für Margots Tod interessieren. Ich hatte keine Ahnung, ob der Fall abgeschlossen war. Levin sollte vorsichtshalber nie wissen, daß ich ihn und Margot beobachtet hatte. Im übrigen hoffte ich sehr, daß Dieter ihm nicht erzählte, daß er mein Lover geworden war. Sonst läge die Vermutung nahe, er sei es schon längere Zeit gewesen, und ich hätte einen weiteren Grund gehabt, Margot abstürzen zu lassen. Ach was, so blöde würde Dieter schon nicht sein, uns zu verraten.

Und doch – Mißtrauen hatte sich eingeschlichen. Dieter war nun seit vier Tagen unterwegs; einmal hatte er kurz angerufen, aber ich verstand ihn kaum.

Eines Abends stieg ich in die obere Wohnung hinauf, die ich – Margots wegen – nur ungern betrat. Hier hatten sie zusammen gehaust. Teilweise standen hier noch die abscheulichen Möbel von Hermann Graber herum, teilweise Sachen vom Sperrmüll.

Alles, was von Margot stammte, war mir zuwider. Im Bad stand noch ihr klebriger Haarspray, ihr Schminkzeug, ihr Nagellack. Dieter hatte alles so gelassen, als käme sie demnächst von einer Reise zurück. Und seine Sachen? Zögernd öffnete ich den Schrank im Schlafzimmer. Dieters senffarbene Tweedhosen mit dem tief hängenden Hintern und Margots kleines Schwarzes hingen einträchtig nebeneinander.

Im staubigen Wohnzimmer standen zwei alte Sessel, eine Stehlampe mit Rüschenschirm, ein Vertiko mit ausgehängten Türen, in dem Radio und Fernseher untergebracht waren, und Hermann Grabers gewaltiger Eichenschreibtisch. Vorsichtig zog ich die Schubladen auf. Eine war abgeschlossen. Es war nichts Besonderes zu finden, Zigaretten, Kataloge und Quittungen, Fotos, Scheren und Büroklammern, Umschläge und Papier – Restbestände von Levins Großvater – und eine Packung Pralinen, wie sie mir Levin gelegentlich mitbrachte.

Mich interessierte das abgeschlossene Fach. Wie auf meiner Hochzeitsfeier kam mir Blaubarts letzte Frau in den Sinn, die unbedingt das verbotene Zimmer inspizieren mußte, obgleich sie, wie ich, die Katastrophe witterte. In dieser Schublade würde ich den entscheidenden Hinweis zu Dieters Charakter finden. Aber im Augenblick fehlte mir ganz einfach der richtige Schlüssel.

Mußte ich die Schublade wirklich mit einem Messer aufstemmen? Ob Dieter den Schlüssel mitgenommen hatte? Wahrscheinlicher war, daß er ihn irgendwo versteckt hatte. Ich setzte mich in einen der eingedellten Sessel und überlegte, wo man einen kleinen Gegenstand verbergen konnte. Hinter einem der häßlichen Ölschinken?

Ich erlebte einen unerhörten Triumph, als ich eine fast schwarze Heidelandschaft abhängte und den Schlüssel entdeckte. Ohne Suchen und Wühlen hatte ich wie ein Meisterdetektiv das große Geheimnis durch Imagination gelöst.

Angsterfüllt schloß ich auf. Am liebsten hätte ich die Schublade gar nicht aufgezogen, ich hatte keine Lust mehr auf die Enttarnung des Agenten.

Schon auf den ersten Blick sah ich das Geld in der offenen Zigarrenkiste. Es waren Dollars. Und es war genau die Hälfte der Summe, die ich umgetauscht hatte.

12

Es gibt Krankenhaustage, da liegt man einsam im Bett, ganz ohne Besuch und Post; ein andermal kommen sie scharenweise, und man ist abends völlig erschöpft.

An einem solchen Tag erschien als erste meine frühere Kollegin Ortrud, von der ich annehme, daß sie mich nicht leiden kann, denn ich war immer besser als sie. Leider weiß ich bis heute nicht, wieviel sie verdient. Die Chefin machte ein solches Geheimnis daraus, daß ich annehme, sie wurde bevorzugt. Es waren schließlich zwei Sportlerinnen, die sich da gefunden hatten: die Chefin eine begeisterte Reiterin, die Kollegin Hockeyspielerin. Montags zeigten beide ihre blauen Flecken. Ich wurde durch den rauhen Händedruck unangenehm an ihre Leidenschaft erinnert. »Hella, was machst' für Sache«, sagte Ortrud und befreite sich von einem Strauß verstaubter Strohblumen.

Ich war froh, als sie wieder ging. Immerhin verdanke ich ihr den Tip mit den Babygläschen. In einer Apotheke gibt es nicht allzuviel Eßbares für den täglichen Gebrauch. Aber aus Junior-Pfirsichkompott kann man, dekoriert mit Sahne und ein paar frischen Beeren, ein vorzügliches Dessert bereiten, und das natürlich zum Großhandelspreis.

»Ich hatte eine Freundin«, belehrte mich Rosemarie Hirte, »die Trockenblumen mit Haarspray auffrischte, natürlich ohne FCKW.«

Frau Römer, Pawel, Kolja, Dorit und Gero überfüllten an diesem Tag unser Zimmer. Zum ersten Mal bekam meine Nachbarin männlichen Besuch, es war ein Apotheker namens Schröder.

Schließlich wurden alle unbarmherzig von Dr. Kaiser hinausgescheucht. Hinterher war ich fast zu müde zum Erzählen.

Das entdeckte Geld in Dieters Schublade brachte mich völlig aus der Fassung. Ich legte mir verschiedene Erklärungen dafür zurecht. Die unwahrscheinlichste war, daß es sich um Dieters persönlichen Besitz handelte. Es sah eher so aus, als wollte er mich übers Ohr hauen. Nur Dieter hatte mit Levin gesprochen, die wilde Geschichte, die er mir erzählt hatte, mußte gar nicht stimmen. Aber wenn mein Liebster vorhatte, sich mit dem Geld abzusetzen, dann hätte er den Gesamtbetrag mitgenommen. Und sollte er mir etwas vorgelogen haben, dann kam es ans Licht, wenn Levin zurück war.

Des Rätsels Lösung war sicher, daß beide unter einer Decke steckten. Die Geschichte mit der angefahrenen Frau mochte sogar stimmen, sie paßte zu Levins Fahrweise, es konnte auch noch angehen, daß Dieter eine Kaution nach Marokko bringen sollte. Aber bei den Dollars im Schreibtisch war Betrug im Spiel.

O Undank! Ich fluchte. Warum fiel ich immer wieder auf die gleichen beschissenen Typen herein? Gut, daß ich Levin keine Vollmacht über mein Konto gegeben hatte, auf legalem Weg kam er an mein Vermögen nicht heran.

›Mich kriegt ihr nicht‹, dachte ich, ›so clever wie ihr bin ich allemal.‹ Aber allein der Gedanke, daß man mir vielleicht nach dem Leben trachtete, war gräßlich. Bei einem offenen Kampf zog ich bestimmt den kürzeren; besser war es, lieb und ein bißchen naiv zu wirken. Oder sollte ich Levin mein Haus und mein Vermögen als edle Geste überlassen?

›Geld verändert den Charakter‹, dachte ich, ›früher waren mir materielle Dinge weniger wichtig, ich war bescheiden in meinen Ansprüchen.‹ Doch kaum hatte ich es zu etwas gebracht, begriff ich, daß ich mich früher eben geirrt hatte.

Am nächsten Tag rief Dieter an. Alles sei glattgegangen, sie seien bereits in der Nordafrika-Exklave Ceuta und würden am nächsten Tag die Fähre ins südspanische Algeciras nehmen.

Levin übernahm den Hörer und sülzte treuherzig: »Paß auf, Schatz, ich verstehe, daß du sauer bist. Aber wenn ich dir erzähle, was ich durchgemacht habe... Findest du es sehr schlimm, wenn Dieter und ich noch ein paar Tage hier im Süden bleiben und uns ein bißchen erholen?«

Ich tat ein wenig beleidigt und sehr besorgt und hörte förmlich, wie sich Levin aufatmend eine Zigarette ansteckte.

Nun hatte ich noch ein paar Tage Zeit, um mir eine Strategie auszudenken. Ein zweites Mal stieg ich die Treppen hoch. Vielleicht gab es Zeichen, die ich übersehen hatte. Tamerlan war mit mir hinaufgehuscht und ließ sich sofort auf einem der grünbezogenen Sessel nieder, in dessen Oberfläche er ein moosiges Relief gekratzt hatte.

Lange stand ich im Schlafzimmer und betrachtete die Bettbezüge aus Flanell mit dem kitschigen Heckenrosenmuster, wahrscheinlich von Levins Großmutter in den sechziger Jahren als Neuheit erstanden. Wann waren sie das letzte Mal gewaschen worden? Mit einem leichten Würgereiz hob ich die dreiteiligen Matratzen und das Keilkissen an. Aber dieses beliebte Versteck galt wohl nur für alte Leute, Profis hatten einen Banktresor.

Leider konnte ich meine Dollars nicht einfach wieder an mich nehmen.

Noch einmal sah ich die Papiere durch. Das Fehlen von Zeugnissen, Dokumenten und Krankenversicherungsnachweisen ließ darauf schließen, daß Dieter noch ein zweites Depot besaß. Auch seine sonstige Habe war so spärlich, daß man sie in zwei Koffern davontragen konnte. Immerhin fand ich ein Foto, das ihn mit Eltern und Geschwistern zeigte – eine große Familie, die steif und fein gemacht posierte. Es sah nicht so aus, als ob die Eltern einen Fotoapparat besessen und von ihren Kindern in allen Lebenslagen Schnappschüsse gemacht hatten, wie das bei mir zu Hause der Fall gewesen war. Arme Leute, man sah es.

Eine schwere Jugend! Welches Recht hatte ich, Dieter zu verurteilen? Plötzlich spürte ich, daß meine Dollars unwichtig waren. Ich liebte diesen Mann, ganz gleich, was er vorhatte, und er liebte mich auch. Meinem Instinkt wollte ich vertrauen.

Immer wieder überlegte ich, ob ich zum Anwalt gehen

sollte. Wenn er dabei leer ausginge, würde Levin einer Scheidung kaum zustimmen, aber konnte er mich daran hindern?

Er konnte es durchaus – zumal ich für ihn eine unangenehme Mitwisserin war. Ich mußte eine ähnliche Taktik anwenden wie Hermann Graber: ein Testament aufsetzen, daß im Falle meines Todes das Vermögen ans Rote Kreuz fiele. Noch am folgenden Tag wollte ich ein solches Dokument gegen eine Gebühr beim Amtsgericht hinterlegen. Levin sollte eine Fotokopie erhalten.

Als ich nach dieser lästigen Pflicht am Abend heimkam, sah ich Porsche und Mercedes einträchtig nebeneinander in der Einfahrt stehen. Die Herren waren wieder da. Mit zitternden Knien blieb ich ein paar Minuten im Auto sitzen. Sollte ich Levin oder Dieter umarmen oder keinen von beiden?

Gleichviel, früher oder später mußte ich hinein. Die Haustür öffnete sich, bevor ich den Schlüssel heraussuchen konnte, und Levin schloß mich unerwartet fest in die Arme.

Der Tisch war (bis auf die Plastikuntersetzer) festlich gedeckt, Kerzen brannten, es roch nach heißer Butter. Er habe viel gutzumachen, sagte Levin und schenkte mir ein Glas Sherry ein.

Nach einem anstrengenden Arbeitstag und einer längeren Fahrt durch grauen Novembernebel in eine warme Stube zu kommen, ist natürlich immer etwas Schönes. Oft hatte ich andere auf diese Weise empfangen, selten wurde es mir zuteil. Der köstliche Sherry tat gut auf den leeren Magen, und ich sah Levin gleich ein bißchen interessierter an. Der ölige Bronzeton seiner Haut war fast so appetitanregend wie der Essensduft.

»Dieter sitzt noch in der Badewanne, er wollte eigentlich nicht beim Essen dabeisein, aber ich denke, du hast nichts dagegen«, sagte Levin.

Ich schüttelte benommen den Kopf und ließ mir das Glas ein zweites Mal füllen. Auf meinem Platz lagen hübsch verpackte Geschenke. ›Gleich werde ich mit Liebhaber und Ehemann an einem Tisch sitzen‹, dachte ich, ›Levin scheint nichts zu ahnen...‹

Bevor ich mir noch diese Situation vorstellen konnte, kam Dieter herein und sah fast ebenso verführerisch braungebrannt wie Levin aus. Beide waren bester Laune. Dieter küßte mich auf die Wange und sah dann im Backofen nach dem Filet Wellington. »Gleich fertig«, sagte er, »ich hoffe, du hast Hunger!«

Was führten sie nur im Schilde?

Wir aßen und tranken, lachten und scherzten, und es wurde ein hinreißender Abend. Natürlich war es ein Genuß, zwischen zwei vergnügten Männern zu sitzen, die mir beide Komplimente machten und haarsträubende Geschichten erzählten. Ich packte meine Geschenke aus. Orientalische Süßigkeiten, Rosenöl, zu eng geratene spanische Stiefeletten und ein antiker Silberleuchter. Levin gab gerne Geld aus.

Von Dieter bekam ich ein marokkanisches Kelimkissen, das vorzüglich in den Ledersessel meines Großvaters paßte. Es war wie Weihnachten. Fast hatte ich ein schlechtes Gewissen.

So viele schöne Gaben von meinem Geld! Ein bißchen habe ich mich betrunken und wurde rührselig. Es war wohl Zeit, schlafen zu gehen, bevor der schöne Abend in Geflenne endete.

Alles drehte sich. Hatten sie mir irgend etwas in den Sekt gemischt? Wohl kaum, denn Levin kam schon bald ins Schlafzimmer und nahm mich mit nie bewiesener Leidenschaft an die braungebrannte Männerbrust. Ich muß gestehen, daß meine Absicht, nur noch mit Dieter zu schlafen, in diesem Augenblick vergessen war.

Am nächsten Morgen hatte ich einen Kater, aber das war leider kein Grund, der Arbeit fernzubleiben. Die beiden Männer schliefen. Mit einem dicken Brummschädel saß ich in der Küche und schlürfte starken Kaffee. Meine Situation war wieder völlig verworren. Bei meinem Katerfrühstück saß Margot wie ein Geist neben mir und sagte, früher sei sie unter den beiden Freunden aufgeteilt worden, jetzt käme ich an die Reihe.

Voller Zweifel setzte ich mich ins Auto. Jetzt im Winter war es um sieben noch dunkel, überall standen elektrisch beleuchtete Tannenbäume in den Vorgärten. Als Kind hatten sie mich an die kommenden Weihnachtsferien denken lassen und mir den dunklen Schulweg erleichtert. Doch mittlerweile fuhr ich seit Jahren an den Feiertagen nur ungern nach Hause und überließ diesen Dienst lieber meinem Bruder, der unseren Eltern immerhin ein Enkelkind präsentieren konnte. Dieses Jahr würde ich mit zwei kriminellen Männern feiern, nicht etwa im Kreise einer eigenen kleinen Familie. Ich war keinen Schritt weitergekommen.

Auch am nächsten Abend war Levin lieb und aufmerksam; wir waren allein. Vorsichtig fragte ich, ob das Geld gereicht habe.

Levin musterte mich aufmerksam. »Wir haben es zum Glück nicht völlig für den Freikauf ausgeben müssen, sonst hätten wir ja nichts für die Rückfahrt und die paar Urlaubstage gehabt.«

Ganz harmlos stellte ich einige Fragen über das Untersuchungsgefängnis, denn es kam mir immer unwahrscheinlicher vor, daß man wegen eines Verkehrsunfalls eingesperrt wird.

Levin erzählte, daß er beinahe von den Angehörigen der verletzten Frau gelyncht worden sei, die Polizei habe ihn vor dem wütenden Mob gerade noch retten können.

»Wie alt war die Frau?« fragte ich.

»Vielleicht dreißig.«

Dieter hatte von einer alten Frau gesprochen, das war die erste Ungereimtheit. Die zweite war, daß Levin wesentlich intensiver gebräunt war als Dieter. Ich äußerte meine Zweifel nicht. Vielleicht waren meine Ängste ja absurd. Beide Männer verhielten sich reizend. Seit Margot nicht mehr da war – über die wir im übrigen nie sprachen –, hatte sich auch Levins sexueller Appetit verbessert. Es war klar, daß sie ihn völlig in Beschlag genommen hatte. Dieter vermied es, mir allein zu begegnen. Es kam weder zu einer Aussprache noch zu erneuten Zärtlichkeiten.

Als Apothekerin machte ich spaßeshalber gelegentlich meinen eigenen Schwangerschaftstest, und das nicht etwa erst, seit ich mit Levin verheiratet war. Kurz vor Weihnachten war es wieder so weit. Der Test fiel zum ersten Mal in meinem Leben positiv aus.

Natürlich wußte ich, daß im Frühstadium die Fehlerquote hoch war und erst eine Ultraschalluntersuchung Gewißheit brachte. Indessen sagte mir mein Gefühl, daß ich wirklich schwanger war. Ich konnte morgens vor Übelkeit nichts essen; gegen zwölf Uhr bekam ich aber eine derartig starke Lust auf frisches Hefegebäck mit gelbem Pudding und drei Kirschen obenauf, daß ich ohne Mantel – im weißen Kittel – zum Bäcker nebenan flitzte und mir vier Hefeteilchen kaufte.

War ich schon vorher verwirrt, so wurde ich jetzt verrückt. Von wem war das Kind? Ich bejubelte eine absolut unmoralische Schwangerschaft, vielleicht einem Flittchen wie Margot angemessen, aber doch nicht einer Frau Hella Moormann-Graber. Ich kicherte vor mich hin, heulte im Auto, hätte es gern der ganzen Welt verraten, und wollte doch vorläufig schweigen.

Die Frage war, ob ich dieses ersehnte Kind von zwei fragwürdigen Vätern behalten sollte. Auch früher hätte ich bereits Gelegenheit gehabt, ein Kind ohne Ehemann zu bekommen – und hatte es aus Verantwortungsbewußtsein verhindert (übrigens nicht ganz pedantisch, sonst hätte sich so mancher Test erübrigt). Jetzt hatte ich einen überzähligen Papa, und es war wieder nicht recht.

Wie gern hätte ich mit Dorit über meine Schwangerschaft gesprochen, aber es schien mir noch zu früh. Nur Tamerlan bot sich als Psychiater an, und ich nahm seine Dienste häufig in Anspruch. Vorsichtshalber trank ich keinen Schluck Alkohol, preßte mir Orangen aus (und erbrach) und machte lange Spaziergänge an der frischen Luft.

›Dem ersten Lebewesen, das mir zu Hause begegnet, muß ich mein Geheimnis verraten‹, dachte ich endlich wie unter neurotischem Zwang. Im Märchen hatte man an Katze oder Hund gedacht; ich stellte mir einen der Männer vor, und es war doch nur Tamerlan, der mir um die Beine strich. Der Porsche stand vorm Haus, aber weder Levin noch Dieter waren zu sehen. Ich stieg die Treppe hinauf, auch die obere Wohnung war leer. Schließlich nahm ich allen Mut zusammen und betrat die Mansarde. Levin stand am bewußten Fenster und weinte.

Leise trat ich neben ihn und legte meinen Arm um seine Taille. Weinende Männer lassen mich schmelzen wie Schokolade im Wasserbad. »Sie hat nicht gelitten«, sagte ich, »sie hat sofort das Bewußtsein verloren.«

Levin reagierte nicht darauf. Er schneuzte sich kurz. »Wo ist mein Hirsch?« fragte er.

»Wer?« fragte ich verunsichert.

Wie sich herausstellte, meinte er jene klobige Garderobe mit den geschnitzten Auerhähnen und Hirschen, die das junge Paar davongetragen hatte. Seine Großmutter hatte ihm deretwegen immer Geschichten über die Tiere des Waldes erzählt, klagte er. Ich tröstete ihn und verschwieg ihm meine Mutterfreuden.

Frau Hirte gluckste: »Morgen höre ich, welcher der Platzhirsch wurde, nicht wahr?«

13

Eigentlich ist Rosemarie keine schlechte Bettnachbarin; wenn ich an die weinerlichen Frauen denke, die ich auf dem Flur antreffe, dann habe ich sogar das große Los gezogen. Es tut mir leid, daß ich anfangs etwas auf sie herabgesehen habe.

Sie scheint viel in der Natur unterwegs zu sein, entweder mit fremden Hunden, oder sie fährt diesen Mann im Rollstuhl spazieren. Dabei hat sie sich zu einer Hobby-Ornithologin herangebildet und kennt sich unter den paar Vögeln, die noch unsere Wälder bewohnen, bestens aus. Neulich berichtete sie mir, daß vor hundert Jahren ein Spinner alle Vögel, die in Shakespeares Gesamtwerk vorkommen, in Nordamerika ansiedeln wollte; seitdem gibt es dort Stare.

Aber ich konnte ihr natürlich Interessanteres mitteilen, zum Beispiel von meiner Schwangerschaft.

Bald war Weihnachten, ich erwartete ein Kind und konnte eine lang verdrängte Gier nach Kitsch und Sentimentalität endlich zulassen. Ich hatte den Christbaumschmuck meiner Großeltern geerbt, weil meine Mutter ihre eigene Vorstellung von modischen Bäumen mit rosa oder lila Schleifen verwirklichte. Zum ersten Mal öffnete ich die kleine Kiste voll mit brüchigem Lametta, Engelshaar, gläsernen

Glocken, wachsverklebten Kerzenhaltern, hölzernen Teddybären, Rotkäppchen und Schlittschuhläufern in feinster Laubsägearbeit, und natürlich Großmutters Rauschgoldengel. Dieter und Levin sahen mir zu, als ich die Schätze auspackte. Das meiste war für den Tannenbaum gedacht, aber die geschnitzten Kurrende-Sänger und das Räuchermännchen aus dem Erzgebirge konnte man bereits im Advent aufstellen.

Levin hatte Sinn für Nostalgie und braute einen Punsch aus Rotwein, Gewürznelken und Zucker. Das Gesöff stieg schnell zu Kopf, die Männer wurden albern.

Lange hatte ich den geliebten Rauschgoldengel nicht mehr angeschaut. Als Kind hielt ich diese Figur für das Christkind in Person. Das feine Gesicht und die Händchen waren aus Wachs. Ein gefalteter Rock aus steifem, leicht ramponiertem Goldpapier ließ den Engel prächtig funkeln und stramm stehenbleiben.

»Was hat sie gesagt?« fragte Dieter, »Rauschgiftengel?« Levin brach in unbändiges Gelächter aus. Dieter lachte mit, und beide konnten gar nicht wieder aufhören.

»Unser Rauschgiftengel wird böse«, sagte Levin, »sieh ihn dir bloß an, wie die Ader unter dem Goldhaar schwillt, dort arbeitet ein analytischer Verstand.«

An diesem Abend blieben sie bei dieser Anrede. Unter normalen Verhältnissen hätte ich ebenfalls dem Rotweinpunsch zugesprochen, aber meine speziellen Umstände hielten mich davon ab. So kam es, daß ich keinerlei Spaß verstand.

Ihr Scherz hatte eine Bedeutung, die ich erahnte: Sie hatten meine Dollars für einen größeren Deal verwendet, und Levin hatte nie in düsteren Zellen gesessen, sondern sich irgendwo beim Surfen amüsiert. Voller Zweifel sah ich von einem zum anderen. ›Welcher ist der Vater meines Kindes?‹ dachte ich ununterbrochen. Nach allen meinen Berechnungen hatten beide etwa die gleiche Chance, im nächsten Jahr Vater zu werden.

»Euer Rauschgiftengel geht ins Bett«, sagte ich. »Begießt eure großen Erfolge ohne mich. Aber bildet euch nicht ein, ihr könntet mich für dumm verkaufen.«

Ich fragte den Engel: »Was soll ich tun? Warum mache ich alles falsch im Leben?« Der Engel nahm Haltung an und zitierte aus Wallensteins Lager: »Und setzet ihr nicht das Leben ein, nie wird euch das Leben gewonnen sein.« Obgleich ich schlief, spürte ich, daß der Himmelsbote weißes Pulver wie Schnee über mich streute: Koksflöckchen, Weißröckchen, dein Weg ist so weit.

Als ich am nächsten Morgen einen Blick in die unaufgeräumte Küche warf, war mir wieder einmal speiübel. Hatte Levin mir diesmal ein Pulver ins Essen gegeben? Auf alle Fälle suchte ich die Kopie meines Testaments heraus und legte sie demonstrativ auf den schmierigen Küchentisch.

Bei meiner Arbeit kam ich im allgemeinen nicht zum Nachdenken. Abgesehen von eiligen Menschen, die schnell ein Medikament abholten, gab es einige redselige Stammkunden. Es waren in der Regel alte und einsame Menschen, deren einzige Abwechslung der Gang zum

Arzt und zur Apotheke war. Ich wußte, daß mein Beruf eine soziale Funktion hat: Nicht nur Beratung, auch Zuhören wird gefordert. Während ich mich nie drückte, verschwand meine Chefin gern beim Anblick ausdauernder Jammerlappen aus dem Sichtfeld. Auch meine sportliche Kollegin Ortrud murmelte dann schadenfroh: »Hella, it's your turn.«

Zuweilen mußte ich mir absurde Geschichten anhören, häufig handelten sie von »bösartigen« Verwandten. Die Schwiegertochter wolle sie umbringen, sagte eine alte Frau, sie habe ihr schon mehrmals die Tropfen falsch abgezählt. Ich bezweifelte eigentlich nie, daß es in gewissen Familien ein *Corriger la fortune* gab und die Chancen dafür auch in der Intimität einer Wohngemeinschaft günstig standen.

Meistens sind es die Mütter, die in der Apotheke erscheinen, um für kranke Kinder, Omas und Ehemänner Medikamente zu besorgen, für sich selbst die Pille. Eine Ausnahme war Pawel Siebert, ein unfroher Mann mittleren Alters, der in der Nähe wohnte und für seine Familie die Einkäufe erledigte. Meine Chefin hatte ihn zu seiner Aufheiterung mitgebracht, als ich damals zur Party einlud.

Er war ein stiller, sympathischer Mann, der einen in kein Gespräch verwickelte. Mit der Zeit und an Hand der ausgestellten Rezepte hatten wir herausgefunden, daß seine Frau in psychiatrischer Behandlung war. Von Dorit hatte meine neugierige Chefin erfahren, daß die Arme unter einer Psychose litt und von paranoid-halluzinatorischen Schüben heimgesucht wurde.

Ich war allein in der Apotheke, als dieser ebenso beklagenswerte wie gutaussehende Mann kurz vor Ladenschluß eintrat. Er schien diesmal etwas zugänglicher zu sein.

»Wie geht es Ihrer Frau?« fragte ich kühn.

Er sah mich wachsam an. »Sie ist vorübergehend im Krankenhaus.«

›Es gibt Menschen, die sind schlimmer dran als ich‹, kam mir in den Sinn. Wie er es schaffe, berufstätig zu sein und die kranken Kinder zu versorgen, fragte ich mit einem Blick auf das Rezept, auf dem er einen Doktortitel hatte.

Er war Lektor in einem wissenschaftlichen Verlag und konnte einen Teil seiner Arbeit zu Hause erledigen. »Mit dem Haushalt werde ich gut fertig«, sagte er nicht ohne Stolz, »nur selten gibt es da Probleme.« Übrigens müsse er sich entschuldigen, daß er meinen Namen vergessen habe, obgleich er schon bei mir zu Hause gewesen sei.

Das konnte ich verstehen. »Moormann, Hella Moormann«, sagte ich, »oder noch richtiger: Hella Moormann-Graber.«

Das erinnere ihn an meine Heiratsanzeige in der Zeitung. »Meine Frau hat damals gesagt: ›Ein Totengräber heiratet eine Moorleiche‹«, sagte er lustig.

Fast tat es mir leid, daß er von meiner Heirat wußte. Über seine Frau ärgerte ich mich: die saß im Irrenhaus, ließ ihren Mann den Haushalt versorgen und machte dumme Witze über Moorleichen.

Ich begann die Apotheke zu schließen. »Mein Mann, der Totengräber, wartet sicher schon ungeduldig auf seine Moorleiche«, sagte ich mißmutig.

Pawel Siebert sah, daß ich seinen Scherz nicht gut aufgenommen hatte. Bedauernd blickte er mich an, und plötzlich war klar, daß wir uns mochten.

Auf dem Heimweg überfiel mich die Angst in so starker Form, daß ich am liebsten wieder in meine schützende Apotheke zurückgefahren wäre. Wie hatte Levin das Testament aufgenommen?

Mein Gatte erwartete mich mit ernstem und tief gekränktem Ausdruck. Das Testament lag vor ihm. »Soll das ein Scherz sein? Wenn ja, dann ist es ein schlechter.«

»Das habe ich von deinem Großvater gelernt«, sagte ich. »Es lohnt sich nicht, mich umzubringen, denn du gingest dabei leer aus.«

Levin sah mich mit offenem Mund an. Jetzt erst begriff er und war aufs äußerste verletzt. »Bist du wahnsinnig geworden? Ich gebe mir alle Mühe, dir Liebe und Zärtlichkeit zu zeigen, und du glaubst allen Ernstes, ich wollte dich abmurksen! Auf dieser Basis können wir nicht zusammenbleiben.«

Nun tat er mir leid, und ich bereute. Es stimmte tatsächlich, daß er seit seiner Reise netter geworden war. Aber ich gab nicht klein bei.

»Warum bin ich euer Rauschgiftengel?« fragte ich.

Wie hätte ich das nur ernst nehmen können, ein kleines Wortspiel, zwei angetrunkene Männer...

»Ich habe es sehr ernst genommen, ihr habt mit meinem Geld irgendein schmutziges Geschäft gemacht«, sagte ich. »Ihr wollt euch am Elend und Tod junger Menschen bereichern.«

Nun wurde Levin böse. »Wieso dein Geld?« fuhr er

mich an. »Es ist nie dein Geld gewesen, jeder Pfennig stammt aus meiner Familie. Angenommen ich wäre wirklich ein Unhold, dann könnte ich dich jetzt foltern und zwingen, vor meinen Augen ein neues Testament zu machen. Und damit hättest du dein Todesurteil unterschrieben.«

»Ich bin weder alt und krank, noch habe ich eine Zahnprothese. Da müßtest du dir schon etwas Besonderes einfallen lassen, um nicht als Mörder verurteilt zu werden.«

Man sah Levin an, wie es in seinem Kopf arbeitete. »Du kannst aus einem Mansardenfenster stürzen; Selbstmord wegen schwerer Depressionen.«

»Das nimmt dir keiner ab«, sagte ich, »noch nie im Leben war ich depressiv, das können alle meine Freunde bezeugen.«

»Ich ließe dich einen Abschiedsbrief schreiben«, sagte Levin, »der deine Freunde überzeugen müßte.«

Haßerfüllt starrten wir uns an. Ich war völlig fertig. Da mir nichts mehr zu diesem Thema einfiel, fing ich an zu heulen. »Ich kriege ein Kind«, schluchzte ich.

»Was kriegst du? Deine Tage kriegst du wahrscheinlich, ich weiß doch, wie hysterisch du dann bist.«

Ich lief ins Schlafzimmer, um auf meinem Bett weiterzuweinen. Kurze Zeit später hörte ich die Haustür zuknallen und den Porsche davonbrausen.

Levin kam die ganze Nacht nicht nach Hause.

Am nächsten Morgen waren Roß und Reiter immer noch verschwunden. Im Morgenmantel ging ich in die Küche und setzte Wasser auf. Ohne Publikum verlor ich die Lust am Weinen. Gerade als ich meinen Kamillentee ins Spülbecken spuckte, trat Dieter ein. Ich wischte mir den Mund mit Küchenpapier ab und setzte mich schwer atmend an den Tisch. Dieter sah mich prüfend an. Wir wurden beide verlegen.

»Ich habe bereits mehrmals gehört, daß es dir morgens schlecht war«, sagte Dieter in besorgtem und etwas anzüglichem Ton. Er preßte eine Zitrone aus und ließ mich an dem frischen Duft schnuppern. Dann ging er an den Kühlschrank, zog eine Coladose heraus und schenkte mir ein Glas ein. »Geheimtip«, empfahl er. Ich trank, und erstaunlicherweise tat mir das eisig-scheußliche Getränk gut. Dieter strich in einer einmalig lieben Geste über mein Haar und ging.

Meinem Ehemann, der doch im allgemeinen neben mir schlief, war meine Würgerei in der Frühe nie aufgefallen. Dieter dagegen hatte es im Stockwerk darüber registriert. Wenn Dieter aber an eine Schwangerschaft dachte, dann mußte er doch seine eigene Vaterschaft in Erwägung ziehen. Oder rechneten Männer nie nach?

Ich war an diesem Tag beim Gynäkologen bestellt. Fieberhaft erwartete ich sein Urteil.

Danach hatte ich es sehr eilig, Dorit aufzusuchen.

»Und was sagt der werdende Vater?« fragte sie.

»Er ahnt noch nichts von seinem Glück, du bist die erste, das habe ich dir versprochen.«

»Ich weiß diese Ehre wohl zu schätzen«, sagte Dorit, »aber tu ihm gegenüber so, als ob er der erste wäre.«

Nun hatten wir viel über Befindlichkeiten und abstruse

Gelüste in der Schwangerschaft zu reden, ein Thema, das Dorit schon immer liebte, das sie mir aber aus Taktgefühl selten aufgezwungen hatte.

Da ich aber weder einen Freudentanz aufführte, noch nach Sekt verlangte, um dann die Gläser an die Wand zu knallen, fragte sie mit ahnungsvollem Verdacht, ob etwas mit Levin nicht stimme.

»O nein«, sagte ich, »aber mir ist pausenlos schlecht, und ich kann es sowieso noch nicht richtig glauben.«

»Das wird mit jedem Tag besser«, sagte Dorit, »die Übelkeit ist nach dem dritten Monat wie weggeblasen, und bei zunehmend rundem Bauch wird der Traum zur Realität.«

Ich blieb lange bei meiner Freundin, mit dem Resultat, daß Gero als zweiter die Neuigkeit zu hören bekam. Er küßte mich, zwinkerte seiner Frau zu und sagte: »Hoffentlich nimmt Dorit das nicht zum Anlaß, mich zu einem Dritten zu überreden!«

Sie lachte. »Du bringst mich direkt auf eine Idee...«

Schließlich fuhr ich heim. Ob Levin da war? Und wenn, was machte er für ein Gesicht?

Wie gehabt, saßen beide Männer in der Küche und hatten brav gekocht. »Ich habe heute eine tiefgefrorene polnische Gans für Weihnachten gekauft«, sagte Dieter.

»Und ich war beim Arzt«, sagte ich mutig, »ich bin im zweiten Monat.«

Levin sah mich skeptisch an.

Dieter holte sofort die unerwünschte Flasche Sekt. Ganz gegen meine neuen Prinzipien trank ich ein Schlückchen und genoß es, endlich wieder im Mittelpunkt zu stehen. Als hätte unsere böse Auseinandersetzung nie stattgefunden, verstanden wir uns alle drei an diesem Abend ausgezeichnet. Der Rauschgoldengel stand im Wintergarten auf einer Palme und gab uns seinen Segen.

Leider war ich es dann, die zickig wurde. Ich hatte das unheimliche Gefühl, daß Margot in der Hängematte lag und uns zusah; in Wahrheit wiegte sich dort der wollüstige Kater. Margot, die auch ein Kind bekommen hatte – von wem, war ebensowenig zu rekonstruieren –, verfolgte mich.

»Sauft nicht so viel!« schrie ich plötzlich, und die Männer starrten mich erschrocken an.

Auch Tamerlan sprang aus der Matte, die noch lange heftig weiterschaukelte.

Wie schon oft, zog ich mich zurück, nicht ohne befohlen zu haben, die Küche in Ordnung zu bringen.

Eine zweite Reise wurde unfreiwillig und plötzlich zur bitteren Notwendigkeit für Levin. Er bekam einen Anruf aus Wien, seine Mutter habe einen schweren Autounfall erlitten. In Levins unglücklichem Gesicht konnte man lesen, daß diese Geschichte nicht erfunden war. Er verlangte kein Geld, aber selbstverständlich besorgte ich ein Flugticket und wechselte Schillinge ein. Gern hätte ich ihm einen Mantel gekauft, aber Levin trug aus Prinzip nur kurze Jacken.

Sollte ich mitkommen? Eine Flugreise war mir im Augenblick zuwider. Von Levins Mutter wußte ich nur, daß sie eine glühende Bewunderin der Annette von Droste-

Hülshoff war, nach der sie eine ersehnte Tochter benennen wollte. Als es zu ihrer Enttäuschung ein Sohn wurde, mußte Annettes jugendlicher Freund Levin Schücking als Namensgeber herhalten.

Es war fünf Tage vor Heiligabend, ich hatte mir zwei Wochen Urlaub genommen. Etwas beklommen fiel mir ein, daß ich nun mit Dieter allein im Haus war. Wahrscheinlich strebte er eine Aussprache an.

Bereits beim Abendessen, das wir beim Schein der Adventskerzen einnahmen, seufzte Dieter tief und einleitend, so daß ich fragen mußte: »Was ist?«

»Es ist nicht einfach für mich mitanzusehen«, sagte Dieter mit seiner freundlichen, nun traurig-belegten Stimme, »wie du mit Levin glücklich bist; die Tage mit mir sind anscheinend vergessen.«

Ich beteuerte das Gegenteil.

Persönliche Gefühle seien nicht vorrangig, sagte Dieter, es gehe jetzt nur noch um das Wohl des Kindes. Dabei sah er mich mit einem solchen Leidensblick an, daß ich ihn spontan umarmte.

»Wir sind ein paar Tage allein«, begann ich, »ich habe Urlaub...« Ich kam mir reichlich frivol vor.

»Du bist schwanger«, sagte Dieter mahnend.

Mich ritt der Teufel. »Das Kind ist von dir«, sagte ich.

Dieter wußte sich richtig zu benehmen: Er umarmte und küßte mich und zeigte herzliche Freude. »Wann wirst du es Levin sagen?« fragte er.

»Im Augenblick geht das wirklich nicht«, wehrte ich ab, »seine Mutter liegt womöglich im Sterben.«

An diesem Abend ging ich mit Dieter und dem eifersüchtigen Tamerlan ins Bett. Ich wunderte mich über mich selbst, aber es war einfach wunderbar.

14

Rosemarie kapierte einiges nicht. Wie das mit den Kindern sei, die mitunter in unser stilles Zimmer poltern, wer gehöre zu wem?

Dorit habe zwei Kinder, erklärte ich, Franz und Sarah, die in etwa gleichaltrig mit Pawels Kindern seien – Kolja und Lene.

»Was für Namen«, maulte Rosemarie, »aber das ist ja nicht der Punkt. Kolja und Lene sind also die Kinder von Pawel und der wahnsinnigen Alma, stimmt's?«

Ich nickte.

»Und der Kleinste, diese Nervensäge?«

»Der heißt Niklas.«

Sie knurrte: »So ein Kuddelmuddel! Willst du einen Spritzer Parfum? Erzähl endlich weiter.«

Als Levin aus Wien anrief, schluchzte er laut. Seine Mutter war nicht mehr bei Bewußtsein, die Prognose ungünstig. Nur für wenige Minuten ließ man ihn auf die Intensivstation. Ich versuchte zu trösten und Mut zu machen, aber ich konnte nachvollziehen, daß ihn meine Worte in einer solchen Situation gar nicht erreichten.

Wenn ich am Anfang unserer Freundschaft versuchte, etwas aus Levin herauszukitzeln, dann gelang es mir meist, denn im Grunde war er ein Kind, das gern seine Geheimnisse verriet. Nur über Männerangelegenheiten verriet er nichts. Dieter war anders, ein konsequenter Schweiger. Ich erfuhr kaum etwas über seine Familie.

»Wie viele Geschwister hast du?« fragte ich.

»Zu viele.«

»Leben deine Eltern noch?«

»Wenn sie nicht gestorben sind...«

Während wir zärtlich aneinandergeschmiegt auf dem Sofa lagen, versuchte ich trotzdem, etwas über Dieters Vergangenheit zu erfahren. »Zufällig habe ich gehört, daß du wegen Körperverletzung vorbestraft bist«, sagte ich vorsichtig und kuschelte mich noch dichter an ihn.

»Hm«, sagte Dieter.

»Zweimal zugeschlagen«, gab er schließlich zu.

Ich erschauerte wohlig.

Beim ersten Mal hatte ihn ein Junkie verpfiffen. In diesem Zusammenhang gab Dieter seine Dealer-Vergangenheit zu. Anscheinend hatte er seinem Opfer mehr als eine blutige Nase verpaßt. Die Beichte des zweiten Schlags wurde ihm zur Qual. Wie ich bereits wußte, war Margot schwanger gewesen und mit Dieter verheiratet. Er freute sich nicht auf dieses Kind, sperrte Margot ein und wachte darüber, daß sie keine Möglichkeit hatte, Heroin zu besorgen. Eines Nachts hatte sie sich aus dem zweiten Stock abgeseilt und war verschwunden. Nach Tagen fand er sie auf dem Frankfurter Westend-Strich. Dieter las sie auf, brachte sie nach Hause und prügelte sie krankenhausreif.

»Aber am Bauch war nichts«, sagte Dieter, »darauf habe ich geachtet.«

Das verstand ich nicht. »Wie kann man vor Wut ausrasten und dabei gleichzeitig den schwangeren Bauch schonen?«

»Das weiß ich auch nicht«, sagte Dieter zahm.

Sie habe nicht mehr gefixt, aber er habe weiter gedealt, stellte ich fest.

Wenn man einmal im Geschäft sei, könne man nicht so ohne weiteres aussteigen.

»Was habt ihr in Marokko gekauft?«

»Nur ein bißchen Shit, ehrlich. Kein Gramm Heroin, das kriegt man dort doch gar nicht.«

Immerhin erfuhr ich, daß ihm Margot ein Alibi für seinen einzigen großen Coup verschafft hatte; für die Falschaussage forderte sie kein Geld, sondern Heirat.

Nun hätte ich gern nach der Hälfte meiner Dollars gefragt, aber ich traute mich nicht.

Es folgten ein paar beschauliche Tage. Wir hörten gemeinsam das Weihnachtsoratorium in der Weinheimer Markuskirche und buken hinterher noch spät am Abend Nürnberger Elisenlebkuchen. Endlich hatte ich einen Mitwanderer durch den Odenwald und die Pfalz. Am schönsten waren die rebenbewachsenen Höhenwege, die im Norden nach Heppenheim, im Süden nach Schriesheim führten. Fasanen schreckten aus Brombeergesträuch auf, Quitten, die hier gut gediehen, verfaulten in den Schrebergärten und verbreiteten ihren unwiderstehlichen Duft, Efeu rankte um Obstbäume, und die neblig-trüben Tage waren so märchenhaft und verzaubert, wie es der Sommer niemals bieten konnte. Einmal bummelten wir über den Heidelberger Weihnachtsmarkt, rösteten zu Hause die gekauften Maronen und spielten Schach. Obgleich Dieter die Kastanien und selbstgebackenen Plätzchen allein essen mußte – ich blieb vorsichtshalber bei frischen Hefeteilchen und eisiger Cola –, war es eine kurze Zeit wunderbaren Friedens. Ich wußte genau, daß sie nicht von Dauer sein konnte.

Fast jeden Tag beschwor mich Dieter, ich müsse mich scheiden lassen: Es sei sein Kind und nicht Levins. Im Gegensatz zu mir schien er über alle Zweifel erhaben.

In der Zeitung hatte ich zufällig gelesen: *Das gesetzliche Erbrecht des Ehegatten ist ausgeschlossen, wenn der Erblasser vor seinem Tod die Scheidung bei Gericht beantragt hat und dem Ehepartner die Klage bereits zugestellt wurde.*

Wahrscheinlich hatte Dieter die nämliche Auskunft eines Experten studiert und wußte somit, daß der Ehegatte seine verstorbene Frau nicht beerbt, wenn zum Zeitpunkt des Todes die Scheidungsklage bei Gericht bereits eingereicht ist. Ich musterte ihn scharf. Wollte er selbst mein Erbe werden?

Plötzlich konnte ich mich nicht mehr beherrschen. »Ihr habt nur die Hälfte des Geldes verbraten«, sagte ich, »warum hast du mich belogen?«

Dieter wurde blaß. »Hat Levin das gesagt?« fragte er unsicher.

»Ja«, log ich.

Meine Dollars habe er zur Hälfte für mich aufbewahrt, sagte er.

»Warum hast du sie mir dann überhaupt abgeknöpft?«

»Levin wollte es, er hat Schulden bei mir.«

»Aber Levin hat doch eigenes Vermögen!«

Große Verlegenheit. »Ich verspreche dir, Hella, daß ich mich nicht mehr von ihm beeinflussen lasse, ich war von Anfang an dagegen, von dir Geld zu verlangen.« Diensteifrig rannte er los und holte die Dollars.

»Geld ist kein Thema«, sagte ich und zählte aus pädagogischen Gründen nach, »ich hasse es aber, wenn man mich betrügt.«

Dieter nickte. »Ab jetzt fängt ein neues Leben an«, sagte er, »ich bin auch nicht scharf auf Geld, von mir aus kannst du Levin bei der Scheidung alles geben.«

»Ich denke gar nicht daran«, sagte ich; »aber davon abgesehen, kann ich ihn – wenn er vom Totenbett seiner Mutter kommt – doch nicht mit der Neuigkeit empfangen, daß du der neue Ehemann und außerdem der Kindsvater bist. Sonst tut er sich am Ende noch selbst etwas an!«

Während wir über ihn redeten, rief Levin zu allem Überfluß erneut an und war verzweifelt. Es war zum Steinerweichen. »Das Schlimmste aber ist«, brachte Levin am Ende schluchzend hervor, »daß ich meiner Mutter nicht mehr sagen kann, daß wir glücklich verheiratet sind und ein Kind erwarten!«

In zwei Tagen war Weihnachten. Dieter hatte eine kleine Tanne gekauft, er freute sich auf das Fest. Noch nie habe er es so gut gehabt, sagte er, ein behagliches Heim, eine liebe Frau, die Aussicht auf ein Kind. Mit seinen früheren Bekannten aus der Dealerzeit habe er endgültig gebrochen. Durch mich sei er ein anderer Mensch geworden.

Dorit hatte in diesen Tagen wenig Zeit. Bei zwei kleinen Kindern haben die Weihnachtsvorbereitungen einen anderen Stellenwert. Beim Telefonieren war sie atemlos und gehetzt, es hatte wenig Sinn, ihr jetzt die Sache mit den zwei Vätern zu erläutern. Aber Levins Klagen brachten mich auf die Idee, meine eigenen Eltern anzurufen und ihnen mitzuteilen, daß sie im nächsten Jahr mit Großelternfreuden rechnen konnten.

»Wir warten schon lange auf diese Nachricht«, erwiderte meine Mutter. »Schließlich bist du seit über einem halben Jahr verheiratet.«

Ich beherrschte mich. »Also habe ich einmal im Leben eure Erwartungen erfüllt«, sagte ich nur.

Mein Vater riß das Gespräch an sich, er hatte mitgehört. »Hoffentlich geht alles gut«, sagte er.

Auch dieser fromme Wunsch kränkte mich. »So alt bin ich nun auch wieder nicht, ich kann in zehn Jahren immer noch Kinder kriegen«, behauptete ich.

»Es war nicht auf dein jugendliches Alter gemünzt«, sagte Vater charmant, »sondern auf deinen jugendlichen Ehemann.«

Ich legte auf. So bald würden sie nicht wieder von mir hören, jedenfalls wollte ich den üblichen Weihnachts- und Neujahrsanruf vergessen.

Zwei Stunden später meldete sich mein Bruder Bob. Die Alten hatten ihn bereits benachrichtigt. »Gratuliere«, sagte er, »was hältst du davon, wenn wir euch zu Silvester besuchen? Ich bringe dir dann Großvaters Uhr mit.«

An und für sich hätte ich mich über Bobs Besuch sehr

gefreut – vor allem, wenn seine Frau nicht dabeigewesen wäre –, aber im Augenblick wollte ich mit meinen Männern und meinem Zustand allein sein. Mein Bruder hätte Verwicklungen geahnt, die noch nicht zu überblicken waren.

»Ach, Bob«, sagte ich, »das ist wirklich lieb, aber mir ist ständig schlecht. Ich will die Feiertage dafür nutzen, lange im Bett zu liegen und möglichst wenig Küchenarbeit zu machen – bereits der Geruch einer gebratenen Zwiebel verursacht mir Übelkeit. Ich wäre eine schlechte Gastgeberin.«

Auf diese Weise vertat ich die Chance, meinen Bruder im Hause zu haben, als ich ihn wirklich gebraucht hätte. Die Silvesterfeier wird mir mein Lebtag in unguter Erinnerung bleiben.

Als ich am 24. Dezember von einer anstrengenden Einkaufstour heimkam, lag ein Zettel auf dem Tisch. Levin wolle am Frankfurter Flughafen abgeholt werden, seine Mutter sei in der Nacht gestorben. Dieter war sofort losgefahren. Ich hatte mir den Knöchel an einem Einkaufswagen angestoßen, den Finger an der Heckklappe geklemmt und stand nun mit meinen schweren Tüten vor dem Kühlschrank. Die beiden Herren erwarteten wahrscheinlich ein fertiges Essen.

Ein abgemagerter, niedergeschlagener Levin kam nach Hause, wollte wie ein Kind in die Arme genommen und gewiegt werden. Er trank ein bißchen Tee und lag dann sich schneuzend in der Hängematte, während Dieter das Bäumchen im Ständer befestigte und ich die Tannennadeln aufsaugte. Schließlich begann ich damit, den Schmuck meiner Großeltern anzubringen. Es roch nach Wald. Levin holte sich den Plattenspieler und eine Lieblingsplatte in den Wintergarten: Orpheus und Euridice.

Ach, ich habe sie verloren, all mein Glück ist nun dahin! vernahmen wir in voller Lautstärke. Bisher hatte ich bei diesen Klängen immer phantasiert, die Verlorene sei ich, und die herzzerreißende Klage gelte mir. Nun galt sie seiner Mutter, war das nicht inzestuös?

Dieter schien meinen Gedankengängen nicht zu folgen, geistesabwesend befestigte er einen Stern an der Tannenspitze.

Ich hätte lieber das Radio angestellt und amerikanische Weihnachtsschnulzen gehört, statt dessen erklang: *Ach, vergebens! Ruh und Hoffnung, Trost des Lebens ist nun nirgends mehr für mich.*

Levin wimmerte in diese Worte hinein, daß ich den Text kaum mehr verstand. Wie hätte ich ihn gerade jetzt mit Trennungsplänen quälen können.

Ein melodramatisches Kaffeestündchen folgte.

»Falls es überhaupt einen Trost gibt«, sagte Levin, »dann ist es das Kind. Ein geliebter Mensch stirbt, aber ein neuer wird geboren. Wenn es ein Mädchen wird, soll es den Namen meiner Mutter bekommen.«

Ich wußte, daß sie Auguste hieß. »Hatte sie noch einen zweiten Namen?«, fragte ich vorsichtig und hoffte zum ersten Mal auf einen Sohn.

»Sicher«, sagte Levin, »Auguste Friederike. Man nannte sie übrigens Gustel, das ist doch ganz hübsch.«

»Mit Friederike bin ich einverstanden«, sagte ich und sah, wie nun Dieter zusammenzuckte.

Nach dem Essen zündeten wir die Kerzen an und saßen ein wenig verlegen um unseren Baum herum. Dieter holte Wein, und Levin wurde nach fünf Gläsern euphorisch. »Im nächsten Jahr sind wir nicht mehr zu zweit«, sagte er und übersah Dieter an meiner Seite, »unser Kind wird jubeln, wenn es die brennenden Kerzen und die bunten Kugeln sieht.«

Dieter schluckte und sagte dann: »Und in zwei Jahren kann unser Kind schon laufen.«

Levin achtete nicht auf das Possessivpronomen. Er trank weiter, umarmte mich, behauptete, daß dieses Weihnachtsfest das schönste in seinem Leben sei, aber fünf Minuten später hielt er es schon wieder für das traurigste.

Dieter sagte nichts mehr und trank nur noch. Ich war in ängstlicher Stimmung, alle beide gefielen mir nicht. Draußen hatte es angefangen zu regnen, nicht etwa zu schneien, wie man es Jahr für Jahr erwartete. Im Radio hörte man Glocken und Kinderchöre.

»Unser Kind soll Klavier spielen lernen«, sagte Levin, »Hella, meinst du, daß es musikalisch wird? Schließlich war mein Vater Organist.«

Ich schielte nach Dieter, der plötzlich nach der erstbesten Weihnachtskugel griff und sie gegen das große Wintergartenfenster schmetterte.

Levin erstarrte, ich ließ meinen Lebkuchen fallen.

Aber Dieter war noch nicht fertig. Eine Kugel nach der anderen flog gegen die Scheibe und zerschellte in funkelnde Splitter.

Ich wollte Dieter daran hindern, aber Levin hielt mich fest. Leise sagte er: »Am besten wir verschwinden, er wird jetzt unberechenbar!«

Mir war es nicht recht, Dieter mit dem brennenden Baum allein zu lassen, aber Levin zog mich ins Schlafzimmer und schloß ab. Darüber hinaus rückte er die Kommode vor die Tür und errichtete eine regelrechte Barrikade. Ich schwitzte Blut und Wasser. »Er wird uns doch nichts tun«, flüsterte ich.

Levin schien sich keine Gedanken darüber zu machen, warum Dieter so tobte, während ich es nur allzugut wußte. Wir hörten gotteslästernde Flüche und schließlich ein splitterndes Geräusch und nicht enden wollendes Klirren. Ich ahnte, daß eine der großen Scheiben im Wintergarten zu Bruch gegangen war. Als es längere Zeit still blieb, schlichen wir hinaus. Dieter war nicht mehr da. Aber im Wintergarten sah es aus wie auf einem Schlachtfeld. »Wir müssen die Pflanzen sofort in die warmen Räume bringen«, sagte ich, »sie erfrieren bei diesen Temperaturen.«

Der Rest der Heiligen Nacht verging damit, Kübel und Töpfe zu schleppen, wobei Levin von keinerlei Zweifeln geplagt wurde, ob mir das Tragen gut tat. Schließlich kehrten wir die Splitter und Scherben zusammen, und Levin versuchte, das große Loch notdürftig mit Plastiksäcken und Pappstücken zu verschließen. Wind und Regen wurden zwar provisorisch abgehalten, aber für einen Einbrecher war es ein leichtes hineinzuspazieren. Wie sollte man am 25. Dezember einen Glaser finden? Wir vertagten das Problem und gingen zu Bett. Levin schlief sofort ein, während ich vor lauter Zorn und Erschöpfung nur noch ein tränenloses Schnauben von mir gab.

Als der Morgen dämmerte, dämmerte es auch mir, daß ich nicht unschuldig an diesem Desaster war. Es half wohl nichts, ich mußte mich für den einen oder den anderen Vater entscheiden. Nach Dieters Tobsuchtsanfall fragte ich mich, ob er der Begünstigte sein konnte, er hatte sich disqualifiziert. Und wie würde er bei einer Absage reagieren? Ich wagte nicht, es mir vorzustellen.

Tamerlan sah mich an diesem ersten Feiertag vorwurfsvoll an: Nichts war am gewohnten Platz, überall standen Pflanzen in großen Töpfen im Wege. Da mir sonst niemand zuhörte, hielt ich meinem Kater eine Rede. »Wärst du ein Hund«, so sagte ich, »dann würde ich dich jetzt auf einen langen Spaziergang mitnehmen; außerdem könntest du nachts aufpassen, daß keine Diebe bei uns einsteigen. Auf die Männer ist ja leider kein Verlaß.«

Beide schliefen. Ich trank Tee und aß eine Schnitte, wider Erwarten ohne Brechreiz. Dann zog ich mich warm an und setzte mich ins Auto. Ich fuhr ein Stück in den Odenwald hinaus und machte – in großer Einsamkeit – einen langen Wintermarsch, um meinen Kopf zu lüften. Aber bedeutsame Entscheidungen konnte ich auch mit klarem Kopf nicht treffen, ich beschimpfte Dieter und schalt Levin ein Muttersöhnchen. »Wichtig bist nur du«, sagte ich zu meinem Kind.

Als ich mit roten Backen und warmen Füßen endlich wieder zu Hause war, lag ein Zettel von Dieter auf dem Tisch:

»Um drei Uhr kommt ein Glaser zum Ausmessen.« Außerdem hatte er – denn Levin schied aus – die gefährlichen Zacken der Fensterscheibe herausgeschlagen und sämtliche Splitter von Christbaumkugeln und Fensterglas in die Mülltonne befördert.

Levin kam aus dem Bett. »Entschuldige, Schatz«, sagte er. »Ich mußte einiges an Schlaf nachholen.«

»Ist schon gut.«

»Kannst du dich erinnern, was Dieter eigentlich so in Wut gebracht hat?« fragte er.

Ich schüttelte den Kopf.

Levin verlangte nach Kaffee. Ich setzte Wasser auf und sah, daß Dieter die gefrorene Gans in der Nähe des Herdes deponiert hatte; da sie aber mindestens vierzehn Stunden zum Auftauen brauchte, würde es wohl heute nichts mit dem Festessen.

»Wo ist Dieter überhaupt?« fragte Levin.

Ich wußte es auch nicht.

Der Glaser kam, schüttelte mißbilligend den Kopf und dachte sich seinen Teil. »Und das am ersten Feiertag«, murrte er, »wie kann so etwas passieren, da ist doch ein Kraftakt nötig!«

Ich sah den klugen Mann nachdenklich an. Er hatte recht, durch eine hauchzarte Weihnachtskugel konnte eine Scheibe nicht zu Bruch gehen. Dieter mußte Hermann Grabers Vorschlaghammer aus dem Keller geholt haben, und das ließ sich nicht mehr als eine Handlung im Affekt entschuldigen.

Trotz des ungemütlichen Wetters verzog ich mich

warm verpackt nach draußen, aber zum nochmaligen Wandern konnte ich mich doch nicht entschließen. Im Garten legte ich eine Plastiktüte auf die nasse Bank und setzte mich hin. Ein zutrauliches Rotkehlchen ließ sich direkt neben mir nieder. Ich blieb regungslos. Es sah mich mit seinen schwarzen Augen aufmerksam an.

Als Kind hatte mich das Märchen von »Jorinde und Joringel« tief beeindruckt – Hunderte von eingesperrten Nachtigallen sind in Wahrheit verzauberte Mädchen. Seither weiß ich, daß Vögel Tiere wie andere auch sind, aber ebenso Boten unserer Seele. In unendlich vielen Liedern, Gedichten und Märchen kommt ein Vogel als Symbol dunkler oder guter Mächte vor, als Überbringer von Nachrichten, als Vorzeichen für Tod und Unheil oder Hoffnung und neue Liebe. Angesichts der Poesie dieser Lieder ahnte ich, daß es noch eine andere Liebe gab, die mir bisher versagt war.

Schon manchmal hatte ich überlegt, ob ich nicht lieber ein Tier wäre, und wenn – welches. Wenn ich die Wahl hätte, dann wollte ich fliegen. Anfangs dachte ich an eine Fledermaus; es gibt ganz unterschiedliche Sorten, die aber alle etwas Teuflisches, Dämonisches an sich haben. Mit ihren großen aufgestellten Ohren, ihren leicht hervortretenden Augen und ihren spitzen Zähnen sind sie Boten der Finsternis, Blutsauger. Doch wenn man sie an einem warmen Sommerabend in südlichen Ländern unendlich leicht und behende schwirren sieht, dann möchte man sich anschließen. Ähnlich geht es mir mit meinen Lieblingsvögeln, den Schwalben. Mit den Fledermäusen haben sie gemeinsam, daß sie Schwerarbeit leisten, um sich und ihre Brut zu ernähren. Wollte ich mein Leben lang schuften, nur um satt zu werden?

Lieber entschied ich mich für einen Raubvogel. Keinen Adler, eher einen Bussard, der nicht gar so monumental daherfliegt. Wer hat nicht schon an einem Urlaubstag im Gras gelegen und einen kreisenden Raubvogel beobachtet. Weit über uns und unseren Problemen zieht er in blauer Luft, abgehoben, entrückt. Nur gelegentlich stürzt er sich auf eine Maus, denn von irgend etwas muß auch seine Majestät satt werden.

Vielleicht würde ich es einmal schaffen, das Leben eines Raubvogels zu führen, allein damit beschäftigt, die erbeutete Maus ins Nest zu meinen Jungen zu tragen. Ein zweiter Bussard kreiste mit mir, weitere Vögel halten es so hoch dort oben gar nicht aus. Ich stände unter Naturschutz, die Mäuse ließe man mir gern, an Lämmern vergriffe ich mich nie.

15

Endlich habe er einen jungen Mann für die Gartenarbeit gefunden, sagte Pawel bei einem abendlichen Besuch. Seine Deutschkenntnisse seien zwar schwach, dafür sei er intelligent und arbeitswillig. »Er kann nichts dafür, daß er Analphabet ist; wenn man etwas mehr Zeit hätte...«

Wie er aussehe, wollte ich wissen. »Ein hübscher Junge«, sagte Pawel.

Voller Entzücken überlegte ich, ob man sich in der Volkshochschule nach geeignetem Lehrmaterial erkundigen konnte.

»Vorsicht«, sagte Rosemarie, als wir allein waren, »nicht schon wieder!«

Ich ärgerte mich. Meine Gespräche mit Pawel gingen sie nichts an, früher hatte sie wenigstens anstandshalber weggehört oder war auf den Flur gegangen.

Sie war aber nicht mehr zu bremsen und hielt mir eine regelrechte Moralpredigt. Ich machte mir von den meisten Menschen ein falsches Bild, das könne ja nicht gutgehen...

›Na, über dich mache ich mir keine Illusionen‹, dachte ich, ›du bist eine verschrumpelte alte Jungfer ohne Vergangenheit und ohne Zukunft‹, und fuhr doch mit meinen Räubermärchen fort.

In weihnachtlicher Stimmung riefen meine Eltern an. »Wir haben lange nichts von dir gehört«, behaupteten sie.

Kurz angebunden wünschte ich ihnen ein frohes Fest. ›Wenn ihr wüßtet‹, dachte ich.

Auch meine Chefin meldete sich und druckste herum. Ob ich nicht ein paar Tage eine erkrankte Kollegin vertreten könne. »Ich bin sonst ganz allein im Laden, Hella. Sie wissen ja, was nach den Feiertagen auf uns zukommt.«

Natürlich hatte sie recht. Unzählige Menschen haben zu viel gegessen, getrunken und geraucht und werden krank. Andere können die gesteigerten emotionalen Erwartungen ihrer Familie zum Fest der Liebe nicht aushalten und fordern Valium wie Dorit. Zur Überraschung meiner Chefin sagte ich klaglos zu. In der sicheren Welt der Apotheke fühlte ich mich besser als in meinen eigenen vier Wänden.

Am zweiten Weihnachtsfeiertag war ich allerdings noch zu Hause. Dieter tauchte wieder auf, sprach kaum und bereitete die Gans korrekt mit Rotkohl und Klößen zu. Die Stimmung war triste. Levin schien keine Lust zu haben, seinen Freund auf den Tobsuchtsanfall anzusprechen, ich tat es erst recht nicht. Vom 27. bis 30. Dezember mußte ich arbeiten, an Silvester hatte ich dummerweise wieder frei.

Es gab wirklich einen Sturm auf die Apotheke, als hätten wir Schlußverkauf. Als letzter tauchte Pawel Siebert auf. »Was haben sich Ihre Kinder denn diesmal eingefangen?« fragte ich beim Heraussuchen fiebersenkender Zäpfchen.

»Beide haben Masern, und das in den Weihnachtsferien!«

Ich bedauerte ihn. Das zweite Problem, erzählte er nun schon zutraulicher, sei die Geburtstagstorte seiner kleinen Tochter. »Das Rezept ist zwar da«, sagte er resigniert, »aber ans Backen traue ich mich nicht.«

Meine Stunde war gekommen. Ich geriet in Begeisterung. Am Abend vor dem Geburtstag der rot gesprenkelten Tochter stand ich in einer fremden Küche und backte eine Schokotorte, bei der ich mich mit Mickymäusen aus Marzipan profilieren konnte.

Der traurige Pawel entpuppte sich als liebenswürdiger Helfer, der nach getaner Arbeit mit mir anstoßen sollte: er mit Rotwein, ich mit Apfelsaft. Die Kinder wollten gelegentlich in Schlafanzug und Pantoffeln die Küche stürmen, wurden aber von ihrem Vater ausgesperrt. »Es ist eine Überraschung«, brüllte er und aß eine Mini-Maus mit schwarzen Schokoladenohren einfach auf. Ob ich nicht Lust hätte, morgen vorbeizukommen und meine köstliche Torte zu probieren. »Wissen Sie, masernkranke Kinder können ihre Freunde nicht einladen. Aber Sie sind doch immun…«

»Mal sehen«, sagte ich.

Zu Hause herrschte Grabesstille. Nur Tamerlan sprang mir entgegen. Allerdings hatten die Handwerker inzwischen eine neue Scheibe eingesetzt, und einer meiner Männer hatte die Pflanzen an ihren angestammten Ort getragen, gründlich saubergemacht und einen Strauß gelbe Rosen auf den Tisch gestellt. Da die Heizung im Wintergarten noch gedrosselt war, während Levin immer voll aufdrehte, nahm ich an, es war Dieters Werk.

»Was soll ich überhaupt hier«, sagte ich mir resigniert. Dann rief ich Dorit an. »Heute habe ich für einen Kindergeburtstag eine Schokoladentorte gebacken«, erzählte ich.

Dorit war gleich neugierig. »Ach, der Siebert?« sagte sie. »Die Lene geht mit unserer Sarah in den Kindergarten. Ein süßes Kind und trotz der verrückten Mutter kein bißchen verstört.«

»Warum heißt der Typ eigentlich Pawel?« fragte ich.

Seine Familie stammte aus Prag. Er holte seine Tochter stets vom Kindergarten ab. »Der Mann gefällt mir«, meinte Dorit. »Ich habe eine Schwäche für Wissenschaftler, noch dazu, wenn sie einen Rauschebart haben wie Karl Marx.«

Ich mußte lachen, mir gefiel nämlich der Bart auch besonders gut. »Zu dumm, daß wir beide vergeben sind und Pawel ebenfalls. Und bald wird mein Bauch sich wölben, und kein fremder Rauschebart will mit mir Schokotorte backen.«

»Weißt du was?« schlug Dorit vor, »wir könnten zusammen Silvester feiern, meine Eltern werden sicher gern auf die Kinder aufpassen.«

Meinem Bruder Bob hatte ich bereits abgesagt; auch an Dorits Idee hatte ich keine rechte Freude. Der weinerliche Levin und der eifersüchtige Dieter in Verbindung mit Alkohol waren keine glückliche Kombination. Aber vielleicht waren eine nette Freundin und eine Respektsperson wie Gero ja die Rettung.

Als ich mir ein mildes Süpplein gekocht hatte und es lustlos löffelte, kam Dieter herein. »Tut mir alles leid«, sagte er muffig, »aber so geht es nicht weiter. Du mußt Levin sagen, daß ich der Vater bin.«

Ich antwortete nicht.

»Es hat doch keinen Zweck, ihn weiterhin zu schonen«, sagte Dieter, »jetzt leistet er sowieso Trauerarbeit, dann geht es in einem Aufwasch.«

Entnervt sah ich ihn an, grimmig er mich.

Plötzlich erinnerte er sich an die bewährte Taktik, den Rivalen durch Enthüllungen zu erledigen: »Ich wollte dich eigentlich nicht damit quälen, aber du hast ein völlig falsches Bild von Levin. Am ersten Feiertag habe ich meinen Bruder in der Pfalz besucht. Was ich da zu hören bekam...«

Ich wurde rot. Das konnte nichts Gutes bedeuten.

»Mach's kurz«, sagte ich.

»Levin hat es mit Margot getrieben«, sagte er tonlos und sah mich erwartungsvoll an.

Fast hätte ich mich durch ein wissendes Nicken verraten.

»Nicht nur damals, als ich saß«, sagte Dieter, »wahrscheinlich auch hier in diesem Haus, wenn ich mit dem LKW unterwegs war und du gearbeitet hast.«

Woher wußte Dieters Bruder solche Intimitäten?

»Sie hatte auch mit Klaus etwas angefangen.«

Eine blasse Erinnerung stieg in mir auf: Vor langer Zeit hatte mir Levin mitgeteilt, daß Margot ihren Mann mit dessen bestem Freund und seinem eigenen Bruder betrogen hatte. »War Margots Kind von dir?« fragte ich.

»Das Kind? – Woher soll man das so genau wissen? Gut, daß ich die Sache mit Levin jetzt erst erfahren habe, ich hätte sie eigenhändig aus dem Fenster geschmissen.«

Nun wurde ich zum zweiten Mal dunkelrot, und er merkte es. »Hella...?« fragte er voll dumpfer Ahnung.

Ich brach in Tränen aus und preßte die Hände demonstrativ gegen den Bauch. Mit Schwangeren muß man rücksichtsvoll umgehen.

Dieter lief auf und ab. »Hast du etwa...?« sagte er und legte den Arm um meine Schulter.

Ich versuchte, den Kopf zu schütteln.

Er hob mein Gesicht in die Höhe und sah mir in die roten Augen. »Levin verdient dein Mitgefühl nicht«, sagte er, »er hat keinerlei Rücksicht genommen.«

Das stimmte. Doch ich predigte:

»Man soll nicht Gleiches mit Gleichem vergelten. Ich werde noch mit ihm reden, aber zu dem Zeitpunkt, den ich für richtig halte.«

»Wenn ein kranker Zahn heraus muß«, hielt mir Dieter entgegen, »dann hat es wenig Sinn, den Zeitpunkt zu verschieben.«

»Doch«, sagte ich entschieden. »Wenn der Patient einen fiebrigen Infekt hat, muß man warten.«

Am nächsten Tag besuchte ich das kranke Kind. Obgleich noch fleckig im Gesicht, lag Lene keineswegs im Bett, sondern stritt sich mit ihrem Bruder um die neue Schaukel, die in einem Türrahmen angebracht war. Pawel freute sich über meinen Besuch, Lene über die große Lego-Packung. Da die Kinder uns duzten, taten wir es auch.

Meine Torte war delikat, ich wollte zum Probieren nur eine Viertelstunde bleiben. Während Pawel den Tisch abräumte, las ich aus einem Kinderbuch vor. Die Zeit verging viel zu schnell. Als ich Pawel nach dem Vorlesen in sein vertrauenerweckendes Gesicht sah, überkam mich ein Verlangen, mich in die Arme nehmen zu lassen und den melierten Bart an meinen Wangen zu testen. ›Wir haben uns verpaßt‹, dachte ich, ›aber Freunde können wir werden‹.

Die Kinder stellten den Fernseher an. Wir unterhielten uns mit gedämpfter Stimme. Nach der Geburt von Lene, erfuhr ich, erkrankte seine Frau, hörte Stimmen und brachte sich selbst Verletzungen bei. Es habe ihm fast das Herz gebrochen, daß man sie von ihren Kindern trennen mußte. Es gebe immer wieder Intervalle, in denen sie nach Hause komme, aber sie stehe dann unter starken Medikamenten.

»So grausam es klingt«, sagte er, »ich bin fast froh, wenn sie wieder fort muß. Die Anspannung ist für mich zu groß, auch die Sorge um das Wohl der Kinder.«

Er nahm meine Hand. Ohne lange zu überlegen, lud ich ihn zur Silvesterfeier ein.

»Lieber nicht«, sagte Pawel. »Wenn es knallt und kracht, möchte ich die Kinder nicht gern allein lassen. Ganz abgesehen davon, daß sie noch nicht richtig gesund sind.«

Das sah ich ein. Mein Gesicht mußte einen bekümmerten Ausdruck angenommen haben. Falls die Kinder um zwölf Uhr fest schliefen, sagte er einlenkend, könne er noch vorbeikommen. Wahrscheinlich falle ihm sonst nur die Decke auf den Kopf. Aber könne er es mir zumuten, erst aufzukreuzen, wenn die Party sozusagen vorbei war?

»Mach es, wie du Lust hast, du brauchst dich überhaupt nicht festzulegen«, sagte ich. »Es soll nur ein gemütliches Zusammensein werden, ein paar Freunde, schöne Musik, etwas Gutes zum Essen.«

»Ja, so mag ich es auch am liebsten«, sagte Pawel, und ich verabschiedete mich.

Am Morgen des 31. Dezember sagte Dorit ab. Nun hatten ihre Kinder die Masern. »Ach Gott«, sagte ich, »jetzt habe ich Pawel Siebert eingeladen! Aber wahrscheinlich kann er sowieso nicht kommen. Hast du seine kranke Frau einmal gesehen?«

»Ja, sicher. Früher war sie bildschön, aber jetzt! Tranig, furchtbar tranig – sie kriegt irgendein Sedativum, sieht ganz verquollen aus. Einmal holte sie Lene vom Kindergarten ab, es war ein Trauerspiel! Das quicklebendige Kind an der Hand eines Lamas!«

Seit unserer Studienzeit verwandten Dorit und ich diesen Begriff für langsame Menschen, und da wir selbst das Gegenteil davon waren, sahen wir etwas verächtlich auf sie herab. Sicher bin ich wesentlich attraktiver für Pawel als ein krankes Lama, dachte ich, aber bildschön bin ich nie gewesen.

Levin hatte sich mittlerweile wieder etwas gefangen. Mit traurigen Augen schlich er wie ein mutterloses Kätzchen um mich herum, aber er weinte wenigstens nicht mehr so viel. Bald würde ich ihn ins Gebet nehmen. Aber was sollte ich sagen? ›Ihr seid beide keine ideale Besetzung‹, dachte ich, ›aber ein vaterloses Kind will ich auch nicht.‹

Da Dorit und Gero nicht kamen, hatte ich viel zuviel eingekauft. Mit Pawel rechnete ich kaum, es machte wenig Sinn, noch tief in der Nacht von Heidelberg nach Viernheim zu fahren.

Dieter kam in die Küche. »Was gibt es Gutes?« fragte er.

»Roastbeef, schön rosa.«

»Also blutig«, sagte Dieter, »bitte nicht, ich ekle mich vor rohem Fleisch.«

Schade um das teure Lendenstück, es schmeckte einfach besser, wenn es nicht völlig durchgebraten war. »Levin mag es aber lieber rosa«, sagte ich, ohne es genau zu wissen.

Dieters Miene verfinsterte sich. »Der arme Waisenknabe ist natürlich wichtiger; im übrigen kann ich auch ins Wirtshaus gehen.«

Nur das nicht, dann blieb ja noch mehr übrig. »Kein Problem«, sagte ich, »deine Portion lasse ich einfach zehn Minuten länger unter dem Grill.«

Dieter war besänftigt. Lammfromm schälte er Kartoffeln für das Gratin und schnitt sie in feine Scheiben.

Dann betrat Levin die Küche mit frischen Pfirsichen. »Aus fernen Ländern. Ich spendiere den Nachtisch: Obstsalat aus Melonen, Pfirsichen und blauen Trauben.« Levin behauptete zwar, nicht kochen zu können, aber er kaufte stets genau die Zutaten für seine Leibgerichte ein. Ich sah mir die Pfirsiche an. Sie waren so hart, daß man sie nicht schälen konnte.

16

»Ich verstehe nicht, wie man immer solche Nieten ziehen kann«, sagte Rosemarie Hirte, »aber wie sollte gerade ich den ersten Stein werfen.«

»Sag ruhig deine Meinung«, bot ich ihr an, »hättest du dich für Levin oder für Dieter entschieden?«

Sie rümpfte die Nase. Ein gemurmeltes »Ich hätte alle beide zu guten Indianern gemacht« war mir unverständlich. Nach einer Weile kam ein zweiter Kommentar: »Arm oder reich, der Tod macht alle gleich.«

An diesem Tag löste sie mit Hingabe Kreuzworträtsel und fragte nur gelegentlich nach einem Fluß im Hindukusch oder nach böhmischen Dörfern. Erst als ich ihr URIAN *für »ungebetenen Gast« nennen konnte, wurde sie an meine anstehende Silvesterfeier erinnert.*

Aus zerquetschtem Knoblauch, Senf, Olivenöl, Salz, frisch gemahlenem Pfeffer und Tomatenmark bereitete ich eine pastöse Emulsion. Die Rinderlende teilte ich und bohrte den dicken Grillstab durch beide Hälften. Sorgfältig pinselte ich die ölige Würze über das Fleisch, schnitt Zwiebeln in feine Ringe, legte sie in die Saftpfanne und stellte schließlich den Grill an. Das Roastbeef rotierte etwas unrund, aber aus Erfahrung wußte ich, daß es letzten Endes immer gut wurde. Dieter hatte die fein geschnittenen Kartoffeln in einer flachen Auflaufform ausgebreitet. Er bestreute sie mit Salz und Rosmarin und goß Rahm darüber. Levin quälte sich mich den Pfirsichen ab.

Durch die geschäftige Atmosphäre in der warmen Küche kam eine gewisse Gemütlichkeit und Vertrautheit, wie wir sie in früheren Tagen gemeinsam genossen hatten, wieder auf. Levin legte eine Schallplatte mit Schlagern der dreißiger Jahre auf und versuchte sogar einen kleinen Stepschritt. Bei ›Ausgerechnet Bananen‹ stürzte er über eine Speckschwarte, die Dieter zum Einreiben der Form benutzt hatte.

»Entschuldigung«, sagte Dieter reumütig, »ist mir entglitten.«

Levin nahm es nicht krumm. Ich wunderte mich über seine Friedfertigkeit.

Nach fünfundvierzig Minuten nahm ich das halbe Roastbeef aus dem Ofen, wickelte es fest in Alufolie und stellte es warm. Dieters Anteil sollte noch eine Viertelstunde länger rotieren.

Schließlich saßen wir am schön gedeckten Tisch im Wintergarten und bemerkten, daß es bereits elf Uhr war. »Sehr gut«, sagte Levin. »wir essen ins neue Jahr hinein, das ist nicht der schlechteste Trick, böse Geister zu bannen.«

Das Essen sah vortrefflich aus, sowohl Dieter als auch Levin konnten mit der blutigen, beziehungsweisen unblutigen Beschaffenheit ihres Fleisches zufrieden sein. Auch ich bekam Appetit, obgleich ich deftige Gerüche noch nicht gut vertrug und nach dem Fettgeruch in der Küche gerne wieder im Wintergarten war.

Levin nahm mir Messer und Gabel aus der Hand. »Hausherrenpflicht«, sagte er. »Sogar mein Opa, der alte Patriarch, hat den Braten selbst geschnitten.«

Und schon schüttelte er mißbilligend den Kopf, das Messer war ihm zu stumpf. Seit seiner abgebrochenen Ausbildung als Zahnmediziner war Levin Präzisionsinstrumente gewohnt. Er holte einen Wetzstahl, den er profimäßig handhabte. »Roastbeef muß hauchdünn geschnitten werden«, dozierte er.

Mir war es recht, daß er auch etwas zu tun fand.

Levin begann mit unserem rosa Anteil, schnitt kunstvoll die erste Scheibe ab und legte sie mir auf den Teller.

Dieter sah angewidert beiseite, roter Fleischsaft lief auf die Platte, auf der auch sein durchgegartes Bratenstück ruhte. »Ihr Kannibalen«, sagte er.

Dann begannen wir zu essen, lobten uns gegenseitig für die vorzügliche Zubereitung, tranken uns zu und versuchten, aufkommende Animositäten zu überspielen.

»Seht mal hinaus!« rief ich, »es schneit!«

Was uns an Weihnachten entgangen war, sollte uns nun das neue Jahr bringen. Aus dem dschungelhaften Wintergarten, dessen Lichtschein in den Garten drang, sah man hinaus in weiße Flocken, die gleichmäßig und unaufhörlich zur Erde wirbelten.

Levin, das große Kind, freute sich. »Ein Symbol«, sagte er, »das neue Jahr fängt unschuldig wie ein Neugeborenes an, in schneeweiße Windeln gehüllt. Aller Schmutz auf Erden wird zugedeckt.«

»Blödes Geseich«, sagte Dieter.

Wir sahen ihn erschrocken an.

»Wenn das kommende Jahr ein neuer Anfang werden soll«, knurrte Dieter, »dann wäre kurz vor zwölf der richtige Moment, um endlich Tabula rasa zu machen!«

Meinte er mich?

Levin stellte sich unschuldig. »Den Tisch decke ich schon ab, aber vorher gibt es meinen delikaten Obstsalat. Danach mache ich Tabula rasa.«

Keiner lächelte.

Ich versuchte, unter dem Tisch Dieters Hand zu erwischen, aber er entzog sie mir mit einer heftigen Bewegung. »Du weißt genau, was ich meine«, sagte er.

»Weiß ich nicht«, sagte Levin unsicher.

Mir wurde angst und bange, ich begann, Teller einzusammeln.

»Warte«, sagte Levin, »ich wollte gerade noch ein Stück Roastbeef pur essen!« Er nahm das scharfe Messer in die Hand.

Dieter fuhr unbeirrt fort: »Du hast es mit Margot getrieben.«

Keine Antwort. Levin tat, als ob er sich mit äußerster Konzentration ein hauchdünnes Scheibchen Fleisch absäbelte, aber seine feinen Hände zitterten.

»Antworte gefälligst«, brüllte Dieter.

Levin hielt mit dem Schneiden inne und steckte sich ein winziges Stück mit der großen Fleischgabel in den Mund. Ich mußte an Margot und den Schweinemann denken. »Was willst du von mir?« fragte er.

»Du sollst es zugeben…«, sagte Dieter.

»Was?« fragte Levin hinhaltend.

»Ich weiß es von meinem Bruder.«

Levin zuckte mit den Schultern. »Wir kennen Margot«, sagte er, »*sie* wollte, nicht ich.«

Das mochte sogar stimmen, aber Dieter fuhr drohend fort: »Punkt zwei: Du mußt dich scheiden lassen.«

Erst jetzt geriet ich in Panik, denn bisher hatte ich mich heraushalten können.

Levin entrüstete sich: Wir erwarteten schließlich ein Kind; Dieter solle froh sein, daß ich diese geschmacklosen Beschuldigungen ohne hysterischen Anfall aufgenommen habe.

»Das Kind ist von mir«, sagte Dieter, »das Verkorkste war sicher deins. Wir sind quitt, wenn du mir Hella abtrittst.«

Levin fiel das Messer aus der Hand. Er erwartete auf der Stelle ein Dementi von mir. Ich schlotterte vor Angst. Auf keinen Fall wollte ich dem tobsüchtigen Dieter sozusagen als Ersatz für Margot überlassen werden. Ich heulte los, was das Zeug hielt, damit ein Verhör nicht in Frage kam.

»Du bist verrückt«, sagte Levin mutig, »das Kind ist hundertprozentig von mir. Hella, sag's ihm!«

»Wenn dir Hella die Wahrheit sagt, wirst du ganz klein und häßlich«, sagte Dieter. »Sie wollte dich nach dem Tode deiner Mutter schonen, sonst hätte sie längst die Katze aus dem Sack gelassen!«

Levin schüttelte mich, als wäre ich der Sack. »Nun rede endlich! Sag ihm, daß er wahnsinnig ist!«

Aber aus mir war kein verständliches Wort herauszuschütteln.

»Hau ab, Mistkerl!« rief Levin haßerfüllt, »du bringst nur Unfrieden in mein Haus! Geh zurück in die Gosse, wo du hingehörst!«

Dieter holte aus. Mit einem gewaltigen Faustschlag streckte er meinen langen, aber zierlichen Ehemann nieder. Blut quoll aus Levins Mund, und Dieter wurde schlecht bei diesem Anblick. Ich ging Richtung Telefon, um die Polizei anzurufen.

Als Levin Blut und Zähne spuckte, und dazwischen »Krankenhaus« ausstieß, bestellte ich nur einen Rotkreuzwagen.

Dieter erbrach sich in meine Edelstahlspüle. Er kam nicht wieder aus der Küche heraus.

Aus dem Bad brachte ich warmes Wasser und Handtücher. Levin stöhnte laut. In diesem Augenblick läuteten die Glocken das neue Jahr ein.

Ich saß am Boden, hielt Levins Kopf hoch, damit er das Blut nicht schluckte, und versuchte, durch Aufpressen nasser Tücher die Blutung zum Stillstand zu bringen. Zum Glück hörte ich schon bald die Sirene des Krankenwagens.

Mit grünem Gesicht betrat Dieter die Bühne. »Sie kommen«, sagte er, »ich verschwinde. Du darfst auf keinen Fall verraten, wie es passiert ist!«

Ich protestierte. »Ich muß die Wahrheit sagen...«

»Das hättest du vorhin tun sollen«, sagte Dieter. »Erzähl ihnen, Levin sei auf der Speckschwarte ausgerutscht und habe sich das Gesicht am Herd aufgeschlagen.«

Ohne Mantel schlüpfte er durch die Wintergartentür und verschwand im Schneetreiben. Ich mußte Levin verlassen, um den Sanitätern zu öffnen. Auf dem Weg zur Haustür machte ich blitzschnell einen Umweg über die Küche und stellte Dieters Gedeck in die Speisekammer.

Die Männer fackelten nicht lange, legten einen Notverband an und hoben Levin auf die Bahre. Trotz der Eile wollten sie wissen, wie es geschehen sei.

»Ein Unfall«, sagte ich gehorsam, »er ist ausgerutscht und mit dem Kopf gegen den Herd gefallen.«

Einer der Männer sah mich scharf an. »Warum liegt er dann nicht in der Küche?« fragte er.

»Er ist noch bis hierher getaumelt, bevor er in die Knie ging«, versicherte ich. »Die Blutspur habe ich bereits aufgewischt.«

»Typisch Hausfrau«, sagte der Sanitäter, »der Mann verblutet fast, und die Frau putzt erst einmal den Boden!«

Das Bild vom kreidebleichen, blutverschmierten Levin ging mir nicht aus dem Sinn. Wie klein war sein Gesicht, wie riesig war Dieters Faust gewesen. Um mich erst einmal abzulenken, mühte ich mich mit dem Fußboden, deckte den Tisch ab, stellte den Obstsalat kalt und räumte die Reste weg.

Als Küche und Wintergarten in etwa wieder ordentlich waren, ließ ich mir die Badewanne vollaufen, schüttete ein beruhigendes Tonikum hinein und stieg ins warme Wasser.

Endlich kam ich zum Nachdenken. ›Hauptsache, meinem Kind geht es gut‹, dachte ich mit einem gewissen Trotz.

Schließlich zog ich Nachthemd und Bademantel an und

begab mich erneut in den Wintergarten. Tamerlan war verschwunden, bestimmt litten Tiere, wenn sich ihre Herrchen die Köpfe einschlugen.

»Ta – mer –lan«, lockte ich voller Mitleid in den Garten hinaus. In den leise fallenden Schneeflocken tauchte auf einmal der Kater auf und näherte sich vorsichtig. »A, B, C, die Katze läuft im Schnee«, sang ich und hatte das Gefühl, in einen Film zu gehören.

Mit der Katze auf dem Arm lag ich in der Hängematte und fror trotz heißem Bad. Ich konnte weder klar denken noch konnte ich schlafen, und die Nacht war längst nicht zu Ende.

Um halb zwei klingelte das Telefon. Natürlich Dorit, die mir ein frohes neues Jahr wünschen will, dachte ich, das kann ich nicht aushalten. Als es aber nicht zu läuten aufhörte, schleppte ich mich doch an den Apparat. Sicher war es das Krankenhaus, und Levin war tot.

Es war zwar wirklich die Klinik, aber Levin ging es schon besser. Das Nasenbluten sei gestillt, die geplatzte Oberlippe genäht. Allerdings fehlten die vier oberen Schneidezähne. Wenn sie sofort gebracht würden, könnte man sie konservieren und später in der Universitäts-Zahnklinik Heidelberg eine Implantation versuchen.

Einen Zahn hatte ich gefunden und bereits in den Mülleimer geworfen. Die anderen vermutete ich draußen im Schnee, weil Levin auf dem Weg zum Krankenhaus noch einmal kräftig ausgespuckt hatte.

»Sie liegen unter einer Schneedecke«, sagte ich müde, »ich kann morgen früh, wenn es hell ist, danach suchen.«

Sie meinten , dann sei es vielleicht zu spät. Ich taumelte

erschöpft wie ich war, in meine Hängematte, als plötzlich ein Eiszapfen vor mir auftauchte. Wie die Katze war Dieter aus dem dunklen Garten hereingeschlichen.

»Hella, alles ist *deine* Schuld!« sagte er anklagend. Mich packte ob dieser Ungeheuerlichkeit die Wut.

»Habe *ich* Levin krankenhausreif geschlagen?« schrie ich.

»Wenn du klipp und klar gesagt hättest, daß ich der Vater bin, dann wäre nichts passiert. Du bist feige.«

Tamerlan, die pelzige Wärmflasche, sprang von meinem Schoß. Auf den glatten Fliesen fegte er einen winzigen Gegenstand in alle Ecken, als sei das Leben plötzlich Spiel und Spaß.

»Was hat er da?« fragte ich, um abzulenken.

Dieter sah nach, es war ein Zahn. »Was ist mit Levin?« fragte er.

»Du hast ihm die Schneidezähne ausgeschlagen.«

Dieter schien keine Reue zu empfinden. »Geschieht ihm recht. Die Schonzeit ist vorbei.«

»Ach, Dieter«, sagte ich zermürbt und unvorsichtig, »vielleicht ist er doch der Vater. Woher soll ich das so genau wissen.«

Dieter erstarrte. »Sag das noch einmal!«

Wie eine Löwin brüllte ich: »Laßt mich doch in Ruhe! Ich weiß es nicht! Vermutlich ist es keiner von euch Scheißkerlen!«

Es ging so schnell, daß ich es nicht mehr rekonstruieren kann. Ich lag am Boden, roh aus der Hängematte gerissen. Dieter hatte sich auf mich geworfen und würgte mich.

»Nutte!« schrie er immer wieder.

Alles Wehren und Strampeln nützte gar nichts, er war bärenstark. Nie wieder werde ich meine Todesangst vergessen. Aber schließlich glitt ich in eine Art Ohnmacht, und alle Angst verging. Ich wurde ganz ruhig. Mitten in Wolken und Nebel sah ich Pawel als Gott Vater mit dem Rauschebart. Auf einmal bekam ich wieder Luft. Der Würgegriff ließ nach, das Gewicht wich von mir. Benommen setzte ich mich auf. Neben mir rangen Pawel und Dieter.

Wenn nur die Polizei da wäre! Ich versuchte, auf die Beine zu kommen. Pawel lief blau an und bekam keine Luft mehr. Dieter brüllte: »Das also ist der Hurenbock, der sich nachts ins Haus schleicht und dir Kinder macht!«

Ich mußte sofort etwas unternehmen. Ohne die geringste Wirkung donnerte ich einen Keramiktopf mit gelbem Hahnenkamm auf Dieters Rücken. Was aber funkelte neben mir im Tonkübel eines Philodendron? Das scharfe Tranchiermesser, das Levin fallen gelassen hatte.

Ich bin zwar eine geschickte Apothekerin und Hausfrau, ich habe auch mehr Kräfte, als man mir zutraut, aber im Messerwerfen bin ich eine Null. Es flog viel zu flach durch die Luft und traf keineswegs den Rücken, sondern streifte bloß Dieters Arm. Anscheinend spürte er einen leichten Stich, aber es reichte, daß er sekundenlang von Pawel abließ, um sich herumzudrehen. Beim Anblick seiner eigenen Blutstropfen wurde ihm wieder schlecht.

Pawel bekam seine rechte Hand unter Dieters Gewicht frei und erwischte das Messer. Aber bevor er etwas anderes damit anstellte, als es zu umklammern, kollabierte Dieter und fiel ins Messer.

Als Pawel sich mühsam erhoben hatte, kommandierte er: »Die Polizei!« Ich rannte ans Telefon.

Zitternd kam ich zurück in den Wintergarten, und Pawel nahm mich in die Arme. Wie Hänsel und Gretel hielten wir uns stumm umfangen und strichen uns immer wieder beruhigend über den Rücken. Wir wagten beide nicht, einen Blick auf den Schwerverletzten zu werfen.

Als Polizei- und Krankenwagen eintrafen, waren wir noch nicht richtig vernehmungsfähig. Ich bekam eine Beruhigungsspritze. Pawel lehnte ab.

Die Sanitäter, die bereits Levin weggeschafft hatten, waren wichtige Zeugen, daß in diesem Hause bereits vorher eine Auseinandersetzung stattgefunden hatte; bedauerlicherweise schlug das jedoch nur negativ zu Buche, weil ich über Levins Verletzung nicht die Wahrheit gesagt hatte.

Nachdem man im Wintergarten fotografiert und Spuren gesichert hatte, mußten Pawel und ich mit auf die Wache kommen und ein Protokoll unterzeichnen. Unsere Strangulationsmale wurden von einem Krankenhausarzt dokumentiert.

Schließlich durften wir gehen. Ich bat Pawel, bei mir zu bleiben, weil ich um keinen Preis allein sein wollte. Doch es ging nicht, er hatte schon jetzt ein schlechtes Gewissen wegen seiner Kinder.

»Ich ruf' dich morgen an«, versprach er, »dann sehen wir weiter.«

Um mich zu betäuben, verbrachte ich den Rest der Nacht damit, meine Pflanzen im Wintergarten zu gießen.

Die Zwergkokospalme und der stachlige Christusdorn verlangten selten Wasser; die Gewächse aus Guyana brauchten dagegen viel Wärme und Luftfeuchtigkeit, mit Hingabe goß ich den südamerikanischen Tüpfelfarn. Mein schon so oft geschändeter Wintergarten sollte alle Liebe und Pflege erhalten, zu der ich fähig war; aber Tamerlan und die Orchideen sahen mich vorwurfsvoll an und litten.

17

»Schnee in Silvesters Nacht hat nie viel Geld gebracht«, sagte meine Bettnachbarin hämisch.

Ich hasse dumme Sprichwörter, falls es sich hier überhaupt darum handelte. Ich konterte: »Alter schützt vor Torheit nicht.«

Sie war nicht beleidigt. »Parfum?« fragte sie.

Anscheinend stank ich. »Haben wir heute Chefvisite?« fragte ich, weil sie besonders heftig sprengte.

Aber der Ersehnte kam nicht, es war Dr. Kaiser. Wir waren nicht gut auf ihn zu sprechen, weil er uns seit kurzem den Kaffee gestrichen hatte. Die Nachtschwester hatte verraten, daß wir vor lauter Geschwätz nicht zum Schlafen kämen. Wieder einmal schnitt er meine Fragen unbarmherzig ab: Er wisse schon, was gut für mich sei.

»Vielleicht ist Ihnen entgangen, daß ich Apothekerin bin«, sagte ich mit aller Arroganz.

Gerhard Kaiser gehört zu denen, die sofort klein beigeben.

Rosemarie schien mit Vergnügen seinen Kniefall zu beobachten.

Später fiel ihr noch etwas ein: »Schnee und Eis am Neujahrstag bringt nur Müh' und große Plag...«

»Stimmt ausnahmsweise«, sagte ich, »wer mag schon nach einer schlaflosen Nacht Schnee schippen. Aber ich mußte es, es war kein Mann zur Hand.«

Als ich dieser beschwerlichen Bürgerpflicht mit Schaufel und Besen nachgekommen war, beschloß ich, mich mit Tamerlan wieder ins Bett zu verkriechen. Das Telefon hatte ich außer Hörweite gestellt, um mich vor den guten Wünschen meiner Familie zu schützen. Ich wollte auch nicht über Dieters und Levins Befinden informiert werden.

Es gibt einige Fluchtburgen im menschlichen Leben, die jeder benützt, wenn es ihm schlecht geht: Ich denke, am wichtigsten ist das Bett. Wenn mir das Wasser bis zum Halse steht, dann gibt es nur noch dieses Allheilmittel. Freilich geriet ich oft in die Versuchung – an Medikamenten herrschte ja kein Mangel –, den Schlaf mit künstlichen Mitteln herbeizuzwingen. Dorit kommt ohne Valium nicht zur Ruhe, das war mir stets ein warnendes Beispiel. Meistens habe ich es geschafft, meine Schlaflosigkeit durch Tee, Baldrian und ähnlich harmlose Hausmittel zu besiegen.

Schlaf und Tod sind Brüder, sagt man. Wahrscheinlich ist auch meine Sehnsucht nach dem Bett keine sehr positive Haltung, aber eine Art Seelsorge. Und wenn man nur lange genug liegen bleibt, erwachen meistens neue Lebensgeister.

Viele Dinge mußte ich in Angriff nehmen. Bei einer Scheidung würde Levin finanzielle Bedingungen stellen. Meinetwegen sollte er sich einen Teil der Aktien und Wertpapiere unter den Nagel reißen; das halbe Vermögen und die Villa würden mir bereits genügen. Sollte ich mich selbständig machen? Ich konnte mit meinem Kind in den oberen Räumen wohnen und unten eine Apotheke einrichten. Konnte ich mir eine Kinderfrau leisten? Meine Eltern würden sich bestimmt wieder maßlos über mein neues Leben aufregen.

Wie immer wurde ich beim Plänemachen heiterer. Natürlich konnte ich Levin nicht sofort mit Scheidungsabsichten quälen. Mit ihm zu streiten, wo ihm vier Schneidezähne fehlten, wäre unfair. Immerhin mußte ich grinsen ob der höheren Gerechtigkeit: Stets würden seine dritten Zähne ihn an ein gewisses Glasschälchen erinnern.

Nachdem er mich beinahe erwürgt hatte, trauerte ich nicht um Dieter. Sicher, er war im Grunde kein wertloser Mensch, unter anderen Bedingungen... Ich mußte zugeben, daß gerade seine aufregende Vergangenheit mich angezogen hatte.

Nun gab es aber plötzlich einen dritten Mann: Pawel. Ein rührender Typ, dem man gelegentlich die Brille putzen oder das getrocknete Eigelb aus dem Bart zupfen mußte. Wie standen meine Chancen? Bis jetzt hatte ich den Eindruck, daß Pawel mich zwar gern mochte, aber an der Mutter seiner Kinder festhielt.

Als mich am Nachmittag der Hunger aus dem Bett trieb, ließ ich das Telefon einfach läuten. Ich kochte Tee und stopfte mir kaltes Roastbeef in den Mund. Beim Essen wurde ich immer gieriger, auch Tamerlan schien mit dem üblichen Katzenfutter nicht zufrieden. Wir teilten uns eine Dose Thunfisch. Meine Hälfte verrührte ich mit Kapern, Ketchup, rohen Zwiebeln und Zitronensaft.

Am Abend schellte es. Ich schlich ans Fenster und spähte hinaus. Pawel sah mich erschrocken an, ich muß wohl ziemlich fahl ausgesehen haben.

»Bist du krank?« sagte er, denn ich war im Morgenrock.

»Vielleicht ein bißchen, der Schock ist mir in die Glieder gefahren.«

»Wie geht es unserem Würger?« fragte er.

Ich zuckte mit den Achseln. »Vielleicht mittlerweile gestorben«, sagte ich.

Pawel zog verwundert die Augenbrauen hoch. Er rief im Krankenhaus an. Auskunft über Dieters Gesundheitszustand dürften nur Verwandte einholen, erfuhr er. Das wußte ich bereits seit Margots Unfall.

»Daraus schließe ich aber, daß er lebt«, sagte Pawel, »und wie geht es deinem Mann?«

Ich versicherte (und Pawel verstand mich nicht), daß Levin die längste Zeit mein Mann gewesen sei und ich ihn auf keinen Fall besuchen wollte.

»Es ist sowieso zu spät«, sagte Pawel, »in Krankenhäusern gibt es um fünf Abendessen und um acht wird geschlafen, dafür wird man um sechs geweckt. Aber man könnte noch auf der Station anrufen.«

Ich mochte nicht.

Wir tranken zusammen Tee. »Wo hast du deine Kinder gelassen?« fragte ich.

»Eine Nachbarin sitzt bei ihnen und liest ihnen *Heidi* vor«, sagte er, und ich spürte einen kleinen Stich. »Eine hübsche junge Nachbarin?« fragte ich mit einem mißratenen Versuch der Ironie.

Pawel grinste nur.

Immerhin hatte er sich Sorgen um mich gemacht, nur hatte er als alleinerziehender Vater wenig Zeit, er mußte bald wieder gehen. Aber ich war gestärkt, denn von Pawel ging etwas Positives aus, das ich bei meinen bisherigen Freunden vermißt hatte.

Am nächsten Tag hatte ich die Kraft, Levin im Krankenhaus zu besuchen. Er lag in einem Zweibettzimmer. Zuerst sah ich nur ein merkwürdiges Profil, das in auffälliger Weise einem Ameisenbären glich. Levins Mund- und Nasenpartie waren genäht, verbunden, geschwollen und violett unterlaufen. Er konnte nicht sprechen und saugte mühsam an einem Strohhalm, der schief in seinem Rüssel steckte.

»Wie geht's dir?« fragte ich überflüssigerweise.

Er rollte die Augen verzweifelt gen Himmel.

»Nun, da muß man halt mal die Zähne aufeinanderbeißen«, sagte ich mit niederträchtiger Freundlichkeit.

Dann saß ich ein wenig neben ihm, und wurde doch wieder gesprächig. Sollte ich ihm die Fortsetzung von Dieters Wüterei erzählen? Levin gab zu erkennen, daß er Bescheid wußte. Er schrieb auf einen Zettel, ein Polizist sei zum Verhör gekommen, habe aber eingesehen, daß Levin nicht aussagen konnte. Immerhin hatte er verraten, daß Dieter schwer verletzt im selben Krankenhaus auf der Intensivstation lag.

»Kommt er durch?« fragte ich.

Das wußte Levin nicht.

Ich zeigte meine Würgemale, er nickte anerkennend. Wir waren Leidensgenossen. Über die Vaterschaft sprachen wir ebensowenig wie über die Scheidung.

»Soll ich dir irgend etwas bringen? Bücher, Saft, Pudding?« fragte ich.

Levin schrieb auf: »Reisebücher, Comics, nichts Saures zum Trinken, vielleicht Bananensaft.«

Ich versprach es.

Dann begab ich mich in die Nähe der Intensivstation. Die Stationsschwester ließ sich nicht über Prognosen aus, sondern sagte nur, frisch Operierte dürften nicht besucht werden.

Kaum war ich wieder zu Hause, rief ich Pawel an. »Sollen wir zu dir kommen oder kommst du zu uns?« fragte er.

Die Kinder fühlten sich wohl bei mir, zum Glück hatte ich immer Milch und Kakaopulver vorrätig, zu dieser Jahreszeit sogar Berge von Weihnachtsgebäck.

Lenchen und ihr Bruder Kolja bauten mit Hilfe ihres Vaters einen Schneemann, den Tamerlan mißtrauisch umkreiste. »Hast du einen Schlitten?« fragte mich Kolja.

Ich hatte einen, aber leider keinen passenden Hausberg.

Pawel kam dadurch auf die Idee, ein paar Tage mit den Kindern in die Berge zu fahren. »Willst du mit?« fragte er mich.

Nur zu gern, aber vor langen Autofahrten in die Schweiz oder nach Österreich graute mir.

»Ist auch gar nicht nötig«, sagte Pawel, »ich bin kein großer Sportler, mir reicht es, mit den Kindern zu rodeln, und das kann man auch im Odenwald. Den beiden täte es gut nach ihren Masern.«

Wir zögerten nicht lange, denn die Schulferien gingen bereits dem Ende entgegen.

Pawel fuhr in einen kleinen Luftkurort. Am Parkplatz war der Schnee nicht gerade blendend weiß, die Auspuffgase hatten eine Spur hinterlassen, die sich wie Zimt auf dem zuckrigen Pulverschnee ausnahm, die aufgeschürfte Erde wie Borkenschokolade. Voller Tatendrang stiegen wir aus und blieben gleich wieder stehen, um in die Ferne zu blicken. Am Horizont wurden die Berge heller, die winterlichen Farben noch zarter, Bogen um Bogen stuften sich die Hügelzüge. In weiße Felder gebettet standen graue Apfelbäume, die neben grünem Brombeergesträuch und rötlichbraunen Buchenblättern mit einer leichten Kolorierung die Winterlandschaft belebten. Dunkle Tannen, schwarze Raben, eine Friedhofmauer.

Wir wanderten über sanfte Kuppen, krochen durch Viehzäune, ließen die Kinder auf Hochsitze klettern, auf Holzstämmen balancieren und teilten in einer bemoosten Schutzhütte Gummibären aus. Pawel erklärte dem uninteressierten Sohn, wie man die Himmelsrichtungen anhand der grünen Wetterseite an den Bäumen erkennt, zeigte eine Schautafel mit einheimischen Singvögeln und hackte wie seine Kinder mit dem Stiefelabsatz das Eis auf gefrorenen Pfützen in Sprünge. Ein Eichelhäher verfolgte uns.

Als ich zurückschaute, sah ich mit Wohlgefallen unsere vielfältigen Fußstapfen: für einen Spurensucher die Zeichen einer vergnügten kleinen Familie.

Am Ende unseres langen Spaziergangs ließen sich die faulen Kinder auf dem Schlitten ziehen. Schließlich saßen wir in einer warmen Gaststube und spielten das Spiel: Ich seh' etwas, was du nicht siehst.

Als alle roten, grünen und wer weiß was für farbigen Gegenstände erraten waren, behauptete Pawel, etwas Goldenes zu sehen.

Wir rieten vergeblich.

»Es ist Hellas Herz«, sagte er, und die Kleinen protestierten: »Das gilt nicht.«

Mein Goldherz klopfte.

Rosemarie Hirte knurrte: »Von wegen! Golden! Daß ich nicht lache! Auf solchen Kitsch fällst du natürlich rein!«

»Wer von euch«, fragte Pawel schließlich seine Kinder, »will zu mir ins Zimmer und wer zu Hella?«

Ich hatte so etwas befürchtet.

Die Kinder sahen mich an und schwiegen taktvoll. Dann sagte Lene: »Ich will zu meinem Papa.«

Der Junge war mit seinen sechs Jahren schon zu höflich, um meine Gesellschaft abzulehnen. »Am besten, die Erwachsenen schlafen in einem Zimmer und die Kinder im anderen.«

Pawel und ich sahen uns an. Ich nickte vielleicht zu schnell.

Wir schliefen zwar in ein und demselben Zimmer, aber nicht miteinander. Lange unterhielten wir uns wie ein vertrautes Ehepaar, dann machte Pawel das Licht aus. Mitten in der Nacht spürte ich Besuch im Bett, es war Lene. Ich knipste die Nachttischlampe an und sah Kolja bei seinem Vater liegen.

Levin hatte ich ausrichten lassen, ich sei ein paar Tage verreist. Wahrscheinlich nahm er das übel, aber ich wollte lieber meinem ungeborenen Kind einen Gefallen tun. Die drei Tage im Schnee, die langen Spaziergänge und Mittagsschläfchen taten denn auch sehr gut.

Als ich nach meinem ersten Arbeitstag wieder an Levins Bett saß, konnte er bereits Vorwürfe nuscheln. Er fragte nicht, wo ich gewesen sei, sondern beklagte die eigene zahnlose Existenz. In zwei Tagen durfte er heim, aber dann stand ihm die Prozedur beim Zahnarzt bevor.

»Was ist mit Dieter?« fragte ich.

Levin hatte ihn seltsamerweise besucht. Dieter lag nicht mehr auf der Intensivstation, sei auf dem Weg der Besserung, aber hochgradig depressiv. Eine Aussprache war mit beiden unmöglich.

Als Levin entlassen wurde, konnte ich ihn nicht auf der Stelle in die Wüste schicken; sein Bett hatte ich sowieso schon in das Studierstübchen verlegt. Nach einigen Tagen stellte er wie zu erwarten die Frage nach dem wahren Kindsvater.

Mir fiel kein salomonisches Urteil ein. Ich gab zu, mit Dieter geschlafen zu haben. Aber da er und Margot... »Am besten lassen wir uns sofort scheiden.«

Levin sprach die Sache tagelang nicht mehr an, er schien nachzudenken.

Jeden Nachmittag besuchte ich nach Dienstschluß meinen neuen Freund. Wir umarmten uns herzlich, mehr war nie. Die Kinder begannen mich zu lieben.

Viele musikalische Erlebnisse verdanke ich Freunden. Der eine hatte mir Mozart nahegebracht, der andere Satchmo. Levin liebte alte Schlager und die Beatles. Pawel besaß ein Klavier und sang mit Lene Kinderlieder. Er hatte eine wunderschöne Baritonstimme. Manchmal gab er ein kleines Konzert für mich, sang Mahler oder Brahms, genierte sich ein wenig und hörte unter volltönendem Lachen plötzlich auf, wenn er sich versungen oder verspielt hatte.

Ich war begeistert.

Eines Tages zeigte er mir alte Fotos seiner Frau. »Bildschön« oder so ähnlich, hatte Dorit gesagt. Aber wenn man von ihrem Wahnsinn wußte, war er bereits zu ahnen. Ich spürte ein Frösteln, als sei diese Gestalt aus einer anderen Welt emporgestiegen.

»Wunderschön«, sagte ich vorsichtig.

»Schön, aber unaufrichtig«, sagte Pawel. »Die Krankheit brach zum ersten Mal in ihrer Pubertät aus, das hat sie mir verschwiegen. Nun ja, vielleicht hätte das jeder getan.«

Wir vertrauten uns. Pawel war der einzige Außenstehende, der das Problem mit den beiden Vätern zu hören bekam. Ich war dankbar, daß er nicht lachte.

Eines Tages traf ich auch ihn in schlechter Verfassung an. Wortlos hielt er mir ein Einschreiben entgegen: Seine Hausbesitzerin kündigte ihm. »Jetzt muß ich wieder auf Wohnungssuche gehen«, sagte Pawel, »wie ich das hasse! Wenn du hörst, daß irgendwo etwas frei wird, sag mir Bescheid.«

Als Apothekerin hört man tatsächlich viel, vor allem auch von Todesfällen. Doch Pawel wollte in keinem Fall zu Angehörigen frisch Verstorbener laufen und um die leer gewordene Wohnung bitten.

Tagelang dachte ich nach. Ich wollte sehr gern mit Pawel unter einem Dach wohnen. Platz genug war in meinem Haus, aber wie sollte man die Zimmer verteilen? Gerade, als ich Pawel einen Antrag machen wollte, wurde Dieter entlassen. Er mußte zwar noch gepflegt werden, aber die ärztliche Versorgung war abgeschlossen.

Wahrscheinlich hätte ich die Annahme dieser Fracht verweigert, aber Levin hatte Dieter empfangen und das Taxi bezahlt. Nun lag der Rekonvaleszent in seinem Schlafzimmer, und Levin brachte ihm mit knurriger Miene das Essen. Alles schien wieder beim alten zu sein.

Zornig stieg ich die Treppe hinauf. Seit jener Silvesternacht hatte ich Dieter nicht mehr gesehen; inzwischen waren vier Wochen vergangen, meine blauen Würgemale waren verschwunden, nicht aber die seelischen Narben.

Dieter war blaß, abgemagert und todunglücklich. Er sah mich an wie ein Sterbender. Ich wagte weder, ihn auf die Straße zu setzen noch ihm Vorwürfe zu machen. Muffig nahm ich seine Gegenwart hin.

Am nächsten Tag schilderte ich Pawel meine Lage: beide Kindsväter wieder daheim, beide kränklich und übellaunig.

»Wie benehmen sie sich denn untereinander?« fragte Pawel. »Sie müßten sich doch hassen.«

Wahrscheinlich war dem auch so, aber trotzdem hackten sie sich nicht die Augen aus, sondern stützten sich gegenseitig in Krankheit und Leid.

»Und welcher glaubt nun, der Erzeuger zu sein?« fragte Pawel ratlos.

»Beide. Ich aber erkläre dich zum Vater meiner Wahl, den anderen beiden entziehe ich auf Grund schlechter Führung die Vaterschaft.«

Pawel lachte.

18

»Der Pawel könnte doch ein Glas Nescafé einschmuggeln«, sagte Rosemarie, »schließlich kriegt er genug Butter von uns.«

»Aber heißes Wasser?«

»Besorge ich aus der Stationsküche, wir brauchen nur noch eine Thermoskanne.«

Ich nickte, alles eine Frage der Organisation.

Da kam plötzlich der Chefarzt ohne Gefolge herein. Rosemarie strahlte, obgleich sie sich weder parfümiert hatte noch für ihn ein frisches Nachthemd hatte anlegen können.

Er brachte eine gute Nachricht für sie: keine Krebszellen im frisch eingetroffenen Befund.

»Das wußte ich«, sagte sie.

»Morgen kommt der Katheter heraus, am Wochenende können Sie nach Hause«, sagte er.

Ich war sprachlos.

»Und bei Ihnen rückt der Termin auch näher«, sagte er zu mir, »wir müssen Sie dann auf Station II verlegen...«

Wir wurden also bald getrennt.

Dorit fand mich an diesem Nachmittag in Tränen aufgelöst.

»Deine Chefin gibt mir ohne Rezept kein Valium mehr, was soll ich bloß machen«, klagte sie.

Dienstag nachmittags war nur Ortrud in der Apotheke; ich schrieb einen leicht erpresserischen Brief an meine ehemalige Kollegin.

»Warum kriegt sie das Zeug nicht vom Arzt?« wollte die naive Rosemarie wissen.

»Ach, was verstehen die denn davon«, sagte ich, »diese herzlosen Burschen.«

Nach den traumatischen Silvesterereignissen hatte sich Dorit mehrfach gemeldet, und ich hatte sie abgewimmelt. Entweder behauptete ich, die Suppe koche gerade über oder ich sei todmüde, es schelle in diesem Augenblick an der Haustür oder meine Chefin wolle mich gleich anrufen. Dorit wurde mißtrauisch und bestellte mich zu sich. »Keine faulen Ausreden«, sagte sie.

Sie wußte bereits viel zuviel. Lene hatte mit Dorits Tochter gespielt und dabei verraten, daß ich täglich zu Besuch kam. Wie eine prüde Gouvernante verlangte Dorit eine Erklärung.

»Wir mögen uns«, sagte ich möglichst unbefangen, »aber wenn du nun gleich etwas witterst, dann liegst du falsch.«

»Aber nein, schließlich bist du schwanger«, versicherte Dorit, »man weiß ja, daß Kinder in diesem Alter häufig phantasieren. Lene hat erzählt, du hättest mit Pawel in einem Zimmer geschlafen – in einem Hotel –, und die Kinder wären alle dabei gewesen. Da merkt man doch gleich: der Wunschtraum eines mutterlosen Kindes...«

Wir sahen uns prüfend an.

»Was sagt denn Levin zu dieser Freundschaft?« fragte sie.

»Er lag im Krankenhaus«, sagte ich, obgleich das nicht die passende Antwort war.

Die Ablenkung klappte. »Was hatte er denn?« fragte sie mitfühlend.

»Dieter hat ihm vier Schneidezähne ausgeschlagen.«

Dorit sah mich ungläubig an. »Warum?«

»Im Suff«, sagte ich.

Entsetzt starrte sie mich an. »Ich hoffe nur, du hast diesen Dieter auf der Stelle aus dem Haus geworfen, aber du bist ja blöd genug...«

Sie sprach mit mir wie mit einer Kranken. Ich sei zwar nicht der Heiland, aber zu gut für diese schlechte Welt. Sie werde mit Levin reden, damit er Dieter noch heute davonjage.

Wir bekamen zum ersten Mal in unserer langjährigen Freundschaft richtigen Krach. Sie warf mir Einfältigkeit und einen sozialen Tick vor.

Schließlich spuckte ich es aus: »Vielleicht ist das Kind von Dieter!«

Dorit wollte mir nicht glauben. Ich sei nicht mehr zu retten.

Als es Dieter besser ging, beorderte ich Levin zu einer Konferenz ans Krankenbett. Levin trug künstliche Zähne, die er haßte; seine Wut konzentrierte er auf mich, nicht etwa auf den Verursacher.

»Sie will, daß wir um das Kind würfeln«, sagte Levin.

Dieter sah mich gramvoll an.

›Gleich flennen sie alle beide‹, dachte ich. »Nein«, sagte ich, »aber ich will, daß ihr euch eine andere Bleibe sucht. Ich möchte nicht mehr mit euch zusammenwohnen.«

»Was haben wir dir denn getan?« fragte Levin wehleidig.

»Dieter hat mich fast umgebracht, und du hast mich vom ersten Moment an mit Margot betrogen.«

»Nun gut, aber jetzt sind wir quitt«, sagte Levin.

Dieter, der fast gar nicht mehr redete, tat nun doch seinen Mund auf. »Wenn ihr mich auf die Straße werft, bringe ich mich um«, sagte er so finster, daß man ihm sofort glaubte.

»Was heißt hier ›ihr‹«, sagte Levin, »mich will sie doch auch...«

»Okay«, sagte ich, »so herzlos bin ich nicht, daß ihr noch heute ins Obdachlosenasyl müßt. Aber ich will in Zukunft das Erdgeschoß allein bewohnen, ihr könnt euch gemeinsam im ersten Stock breit machen, bis ihr etwas Geeignetes findet.«

Die beiden sagten nichts mehr.

Schon am nächsten Abend war die untere Wohnung geräumt. Levin hatte in meiner Abwesenheit sein Hab und Gut nach oben getragen, um dort mit Dieter in trauter Zweisamkeit zu leben.

Als ich Pawel das Angebot machte, zu mir zu ziehen, lehnte er ab. »Ich kann doch nicht meine Kinder in unmittelbarer Nähe eines Verrückten...«, er unterbrach sich, weil er wahrscheinlich an seine Frau dachte, »ich meine, eines Gewalttätigen, aufziehen!«

Es wurde langsam Frühling, der hier an der Bergstraße zuerst einkehrt. Im März veranstalteten alle Kinder den Sommertagszug und verbrannten auf dem Marktplatz einen riesigen Schneemann aus Watte. Anfang April begann meine Magnolie aufzugehen, aber leider wurden die schönen, leicht rosa Blüten durch anhaltende Regengüsse bräunlich und lagen bald schon schlaff am Boden. Als die Kirschbäume wie riesige weiße Blumensträuße blühten, meinte ich, die ersten Kindesbewegungen zu spüren. Meine Schwangerschaft verlief vorbildlich, der Gynäkologe war zufrieden.

Dieter wurde, trotz Levins entlastender Aussagen, zu einer Haftstrafe verurteilt, die er demnächst antreten mußte. Gelegentlich begegneten wir uns an der Haustür. Er schämte sich sehr, was mich ein wenig rührte. Manchmal spürte ich seinen Blick vom oberen Stock, wenn ich im Garten saß. Ich ahnte, daß er meinen Bauch taxierte, der sich allmählich rundete.

Levin ging mir ebenfalls aus dem Wege. Anfangs hatte ich befürchtet, die beiden würden in meiner Abwesenheit den Wintergarten und vor allem die Küche benützen. Aber da beide geschickte Bastler waren, hatten sie sich eine Kochecke im oberen Stock eingerichtet. Heimlich sah ich mir die Sache an. Von Provisorium konnte man kaum sprechen, ein High-Tech-Herd, ein klobiger Kühlschrank, ein doppeltes Spülbecken mit Wasseranschluß und mehrere Regale aus Edelstahl waren installiert, es fehlten einzig die Fliesen. Sie schliefen in getrennten Zimmern und schienen eher eine Zweck- als eine Wohngemeinschaft zu bilden.

Levin fragte zwar zweimal nach meinem gesundheitlichen Zustand, aber er verlangte weder Geld noch Dienstleistungen.

Hätte ich nicht wenigstens in Pawel einen kameradschaftlichen Freund gehabt, wäre ich ein bißchen einsam gewesen. Andererseits plagte mich chronische Müdigkeit, ich ging früh zu Bett und war froh, nach der Arbeit und einem Besuch bei Pawel nicht mehr für andere dasein zu müssen.

Eines Tages war ich schließlich so anlehnungsbedürftig, daß ich Pawel nach der Empfangsumarmung nicht mehr losließ. »Was ist mit dir?« fragte er erschrocken.

An diesem Mann gefiel mir fast alles. (Daß er gelegentlich Kniebundhosen trug und täglich ›Die Schöne Müllerin‹ hören mußte, konnte ich ihm wohl abgewöhnen.) Ich hatte das verzehrende Verlangen, mit ihm zu schlafen, das war mit mir. Aber anscheinend wollte er nichts davon wissen; irgendwann mußte ich einen direkten Angriff wagen.

Gerade als ich Pawel resigniert freigab, näherte sich Kolja wichtigtuerisch und informierte mich: »Die Mama kommt am Wochenende!«

Mit dieser Möglichkeit hatte ich zwar schon immer rechnen müssen, aber den Gedanken verdrängt. »Freust du dich?« fragte ich den Jungen.

Er sah mich ernsthaft an. »Nein«, sagte er.

Und Lene mischte sich auch ein: »Die Mama ist nämlich krank.«

Pawel klärte mich auf, daß es ein Versuch sei; seine Frau

solle vorläufig die Wochenenden zu Hause verbringen und sich langsam wieder auf ein normales Leben einstellen.

»Die Kinder werden ihr von mir erzählen«, sagte ich, als Lenchen und Kolja außer Hörweite waren.

»Das haben sie längst getan«, sagte Pawel.

Ich bekam ein schlechtes Gewissen. Diese Frau mußte mich hassen. Ich nahm hier ein wenig ihren Platz ein. »Wie hat sie reagiert?« fragte ich.

»Mein Gott, sie ist viel zu krank, um sich für mögliche Konsequenzen unserer Freundschaft zu interessieren. Sie ist dir dankbar, daß du dich mit den Kindern abgibst.«

Das konnte ich nicht ganz glauben, aber es erleichterte mich. Schließlich hatte Pawel seine Frau nicht betrogen, obgleich ich es mir sehr wünschte. Wahrscheinlich hatte er ihr erzählt, daß eine glücklich verheiratete, schwangere Frau sich ein wenig mit den Kindern angefreundet habe.

»Meinst du, ich sollte mich am Wochenende bei euch blicken lassen?« fragte ich.

Pawel schüttelte den Kopf. »Sie ist sowieso überfordert.« Es klang deprimiert. »Es wird noch ein großes Problem, wenn wir umziehen«, sagte er, »ich muß ihr jetzt sagen, daß wir hier nicht bleiben dürfen.« Ihm stand das Unglück im Gesicht geschrieben.

An diesem einsamen Wochenende besuchte ich Dorit. Sie war böse auf mich, weil Dieter immer noch über mir wohnte. »Stell dir einmal ganz drastisch vor, er kriegt einen Koller und wirft dich die Treppe hinunter.«

»Nein, Dorit, er ist im Innersten seiner Seele...«

Dorit verstand mich nicht. »Allmählich komme ich zu dem Schluß, daß du ein für allemal die Finger von den Männern lassen solltest, du hast keine glückliche Hand. Zieh dein Kind allein auf, du hast es nicht anders verdient.«

»Mit Pawel könnte ich glücklich werden.«

»Pawel ist verheiratet, und du bist es auch.«

Dorit hatte in diesem Punkt sehr altmodische Vorstellungen, wahrscheinlich, weil sie ihre eigene Ehe als Norm ansah.

Nach dem Besuch bei Dorit wollte ich noch ein wenig allein spazierengehen; es war ein milder Frühlingstag, und ich schlug einen Weg dem Neckar entlang ein. Hier hatte ich fast alle bisherigen Liebhaber hingelotst, um mich bei Mondschein küssen zu lassen, hier wollte ich demnächst stolz mein Baby im Kinderwagen spazierenfahren. Auch die Enten führten kleine Familien aus, erboste Schwäne machten ihre Hälse noch länger, weil sie im Gebüsch ein Nest zu verbergen hatten.

Eine Menschenfamilie kam mir entgegen: Pawel mit seiner Frau und den beiden Kindern, die mich schon von weitem entdeckten und auf mich zuliefen. Ich wurde etwas nervös, denn ich wollte auf keinen Fall, daß Pawel diesen Zufall für Absicht hielt.

Alma reichte mir ihre schmale Hand; sie fühlte sich an wie eine tote Maus.

»Die Kinder haben mir bereits viel von Ihnen erzählt«, sagte sie wohlerzogen.

Pawel sah mich seltsam an. Er hatte Angst.

Wenn ich Almas Äußeres beschreiben soll, dann fallen mir Gemälde ein: Jugendstil oder Romantik. Ja sie konnte einem Märchen entstiegen sein. Das fließende Seidenkleid war von nostalgischer Machart und unterstrich ihren blutarmen Typ vorteilhaft, ihren Strohhut zierten rosa Bänder (dabei freute man sich in dieser Jahreszeit doch über jeden Sonnenstrahl), und die hellgrauen Schuhe hatten hohe Absätze (völlig ungeeignet für die feuchten Neckarauen). Alle Farben waren zart, die Stimme klang leise, die Augen wirkten umnachtet. ›Fehlt bloß eine Ohnmacht‹, dachte ich zornig. Klar, daß diese aufgedunsene Person nicht in der Lage war, ein Klo zu putzen.

»Komm mit uns, Hella«, sagte Lene, »dann ist es lustiger. Wir wollen um die Wette rennen.«

Würdevoll lehnte ich ab. Mein Bauch wäre mir im Weg.

Alma spukte in meinen Träumen herum. Schon nach diesen wenigen Minuten hatte sie einen nachhaltigen Eindruck auf mich gemacht. Wie eine körperlich oder gar geistig Kranke sah sie nicht unbedingt aus, eher wie ein raffiniertes Kind, das sich als Frau verkleidet hat. Wenn ich Pawel zehn Jahre früher getroffen hätte, wäre uns beiden allerhand erspart geblieben, aber was half es, sich das immer wieder vorzubeten.

Der Nachtdienst blieb mir wegen meiner fortschreitenden Schwangerschaft erspart. Aber zu Hause gab es keinerlei Hilfe, ich mußte meinen Müll selbst hinaustragen, die Treppen und Fenster meiner Wohnung putzen, die Einkäufe erledigen. Einzig der Garten wurde (wahrscheinlich von Dieter) in Ordnung gehalten. Ich engagierte eine Portugiesin, die einmal pro Woche zum Putzen kam. Womit Levin seine Tage verbrachte, wußte ich nicht; jedenfalls stand der Porsche auch nachts häufig nicht an seinem Platz.

Pawel fand keine geeignete Wohnung. Da Dieter vermutlich demnächst in eine Zelle umziehen mußte, spielte er immerhin mit dem Gedanken, bei mir einzuziehen. Ich spürte, daß ihm nicht ganz wohl war, als er schließlich einwilligte – nur als Übergangslösung. Den meisten Hausrat wollte er in einem Lagerhaus unterbringen.

Trotz meines Kugelbauches und meiner chronischen Müdigkeit half ich beim Packen und Räumen. Wenn Alma am Wochenende zu Besuch kam, sollte es keine grobe Arbeit geben, die sie reizbar machte. Ich begann, diese Frau um ihr ruhiges Plätzchen zu beneiden.

Am Umzugstag hatte Dorit Pawels Kinder zu sich geholt, während ich mir frei nahm und den Packern Anweisungen gab, in welche Zimmer die Möbelstücke gehörten. Pawel stand mir dabei treu im Wege. Jedes Kind bekam ein Mansardenzimmer, Pawel das Studierstübchen.

Erst am Abend merkte ich, daß ich mich restlos übernommen hatte. Ich schlief auf dem Sofa ein und war nicht zu wecken.

Am nächsten Tag mußte ich in die Apotheke, an ein gemütliches Frühstück noch ohne die Kinder war nicht zu denken.

»Woher hatte Alma ihre nostalgischen Klamotten?« fragte die stets praktische Rosemarie.

»Von reichen Eltern mit einem schlechten Gewissen.«

»Wir nähern uns langsam dem Happy-End«, sagte Rosemarie, »und es wird ja auch Zeit. Ständig geht mir das Sprichwort durch den Kopf: ›Trautes Heim, Glück allein‹.«

»Allein waren wir immerhin vorläufig: Dieter saß in der Strafanstalt, Levin ging auf Reisen. Bis auf die getrennten Schlafzimmer war alles, wie ich es mir erträumt hatte.«

19

»Ich wüßte einen schönen Vornamen«, sagte Rosemarie Hirte.

Dabei hatte ich ihr verboten, über das Problem in meinem Bauch zu sprechen. Sie ahnte allmählich, daß ich meine eigenen Ängste durch Erzählen überspielte.

»Beim letzten Ultraschall war doch alles in Ordnung«, beschwichtigte sie mich.

Sie konnte es nicht lassen, mein Verbot zu durchbrechen. Dank Dr. Kaisers Indiskretionen wußte sie natürlich längst Bescheid: Durch eine Anomalie der Placenta wurde der Embryo nicht ausreichend versorgt; mein zweites Kind war für sein Alter zu klein. Demnächst sollte die vorzeitige Geburt eingeleitet werden, weil die Ernährung außerhalb meines Körpers besser gewährleistet war.

»Welcher Name schwebt dir vor?«

Rosemarie lächelte. »Wie findest du ›Witold‹?«

»Aber es wird mit Sicherheit ein Mädchen. Und außerdem soll es erst einmal…«

»Okay, lassen wir das. Weiter mit der Familienidylle.«

Pawel hatte Alma in der Klinik besucht, und sie bestand darauf, endlich wieder ein Wochenende bei den Kindern zu verbringen.

»Das kann ich dir kaum zumuten«, klagte Pawel.

Obgleich ich wirklich nicht scharf darauf war, die schwierige Alma zu beherbergen, sagte ich doch, großherzig, wie ich war: »Warum denn nicht, wenn sie so gerne möchte…«

Inzwischen war es wärmer geworden, im Garten blühte es. Die Kinder wollten draußen spielen; Pawel konnte Alma vielleicht weitgehend bei sich im Grünen behalten, so daß ich ein wenig Ruhe hatte und mich öfters hinlegen konnte. Ich brauchte Erholung. Doch es sollte ganz anders kommen.

Ich saß mit den Kindern im Wintergarten und las ihnen *Das häßliche Entlein* vor, Pawel war losgefahren, um Alma abzuholen. Aber schon fünf Minuten später rief Lene: »Ein Auto! Der Papa kommt!«

Wir traten ans Fenster und sahen Levin und einen Fremden Koffer aus dem Porsche laden. Beide braungebrannt, in unpraktischen weißen Anzügen, wie junge Herren, die sich den Duft der großen weiten Welt unter die Achseln sprayen. Sie trugen überdies schräge Sonnenbrillen und verwegene Hüte, was vor allem Levin nicht stand. Er hatte ein zuhälterisches Grinsen aufgesetzt, das ich bisher nicht an ihm kannte. Ich seufzte und zog die Kinder vom Fenster weg, damit mein Ehemann nicht etwa dachte, er würde sehnlichst erwartet.

Später trafen Pawel und Alma ein. Die Globetrotter ließen sich zum Glück nicht blicken, aber im oberen Stock hörte man es hin und her gehen, Wasser lief, es wurde wohl gebadet und ausgepackt.

Pawel hatte sofort verstanden, als er den Porsche sah. Aber er deutete nur hinter Almas Rücken fragend nach oben. Ich nickte bestätigend.

Alma wirkte von der Fahrt sichtlich angestrengt. Sie legte sich unverzüglich in die Hängematte und ließ sich von den Kindern schaukeln, Tamerlan lag auf ihr. Ich sah das hübsche Bild mit Abscheu. Im übrigen durfte ich Alma Abführtee ans Lager bringen. Pawel bat mich, seiner Frau das Du anzubieten.

Als wir beim Essen saßen, klopfte es, und gleichzeitig ging die Tür auf. Levin und der Neue trampelten herein. Sie warfen ein Hallo in die Runde und starrten aufdringlich die dampfenden Klöße und das Gulasch an. Levin fragte: »Könntest du uns vielleicht ein paar Scheiben Brot leihen?«

Wie immer hatte ich reichlich gekocht. Gerade wollte ich Gastfreundschaft heucheln, als mir Pawel einen warnenden Blick zuwarf. Ich stand auf, um Brot aus der Speisekammer zu holen.

In diesem Moment sagte Alma, ganz die liebenswürdige Gastgeberin: »Nehmen Sie doch Platz, es ist genug für alle da. Pawel, bist du so lieb und holst noch zwei Teller und Besteck?«

Noch bevor ich wieder zum Sitzen kam, hatte Levin Stühle herbeigezogen und Teller aus dem Schrank geholt, denn Pawel machte keine Anstalten, sich zu erheben.

Sie waren hungrig und bester Laune. Die matte Alma blühte auf, die Kinder wurden albern und ferkelten auf meinem weißen Tischtuch herum.

Levin blickte öfters neugierig, vielleicht sogar wehmütig, im Wintergarten umher. Meinen Bauch schien er zu übersehen, die Untermieter ohne Verwunderung hinzunehmen, Pawels Einsilbigkeit zu ignorieren.

Kaum hatten wir den letzten Bissen geschluckt, als Pawel aufsprang und Alma und mich ziemlich autoritär in die Betten verwies – wir bräuchten einen Mittagsschlaf –, während er unter Beistand der Kinder die Küche aufräumen wollte. Die Gäste fühlten sich verabschiedet.

Ich ging ohne ein Wort hinaus, auf Auseinandersetzungen – egal mit wem über wen – verspürte ich keine Lust.

»Wie glänzen Auge und Flur«, sagte Pawel, als wir später im Garten Kaffee tranken.

Alma sah auf meinen Bauch und fragte: »Welcher von den beiden Kavalieren ist der Vater?«

Pawel und ich wechselten einen belustigten Blick. »Der Lange, er heißt Levin«, antwortete Pawel für mich.

Almas Interesse an der Umwelt beschränkte sich zum Glück auf diesen Punkt; daß mein Ehemann in einer separaten Wohnung lebte, war ihr nicht aufgefallen. Sie blickte mit müden Augen über die blühende Wiese (der frühere Rasen von Hermann Graber war verwildert) und schien Kaffee, Sonne und Freiheit zu genießen. Ihre weiße Hand lag kraftlos auf Pawels Arm, ich sah es ungern. Zu allem Übel schien sich auch noch mein undurchschaubarer Kater für sie zu interessieren, er lag behaglich auf ihrem Schoß, schnurrte aber nicht, sondern blinzelte wachsam in die Runde.

Plötzlich kam Lene angestolpert, atemlos schluchzend: »Der Kolja!«

Pawel und ich sprangen auf und rannten in die Richtung, in die Lenes Händchen zeigte. Das Lama rührte sich nicht.

Kolja war vom Baum gefallen. Eine Platzwunde am Kopf blutete zwar, schien aber ungefährlich zu sein. »Ich brauche ein Pflaster«, sagte der gute Junge.

Pawel trug ihn ins Haus, ich schnitt ein Büschel Haare ab und drückte ein sauberes Küchentuch auf die verletzte Stelle.

Pawel entschied, daß die klaffende Wunde genäht werden müsse. Ich legte einen Verband an, er fuhr mit dem Sohn zum Krankenhaus.

Lene hatte laut weinend beim Verarzten zugesehen, nun nahm ich sie tröstend auf den Arm und begab mich wieder zu unserem sonnigen Gartenplatz. Es irritierte mich, daß sich Alma überhaupt nicht um Koljas Unfall kümmerte. Aber sie saß nicht, wie erwartet, stoisch auf ihrem Rattanstuhl, sondern war verschwunden. Ich ging sofort auf die Suche, fand sie aber weder im Garten noch im Haus.

War Alma zu Pawel ins Auto geschlüpft?

Grübelnd setzte ich mich auf die Treppenstufen. Lene beruhigte sich allmählich, ich wollte das Kind nicht gleich wieder durch hektische Suchaktionen nervös machen. Doch sie fragte aus eigenem Antrieb: »Ist die Mama mitgefahren?«

»Ja«, behauptete ich.

Wie lange würde Pawel wegbleiben? Ich wußte, daß sich an arbeitsfreien Tagen eine stattliche Anzahl von Patienten im Wartezimmer der chirurgischen Ambulanz ansammelte – Fußballer, Hobbygärtner und schuldbewußte Väter, die ihren kleinen Töchtern beim Turnen versehentlich den Arm ausgerenkt haben.

Alma ließ mir keine Ruhe. Von neuem trabte ich mit Lene an der Hand durchs Gebüsch, die Straße auf und ab, in den Keller, in alle Zimmer. Wir suchen die Katze, behauptete ich. Ungern klopfte ich schließlich hilfeheischend an Levins Wohnungstür. Schon als er aufmachte, hörte ich – unendlich erleichtert – eine Frauenstimme. Alma saß mit den beiden Kavalieren vorm Fernseher. »Ich wollte nur wissen…« begann ich.

»Setz dich zu uns«, sagte Levin, »wir sehen gerade ein Tennisturnier.«

Ich schüttelte den Kopf und ging wieder. Unten angekommen, machte ich mir Vorwürfe. Levin und sein Reisekamerad wußten nichts von Almas Psychose, hoffentlich gaben sie ihr keinen Alkohol. Hatte Levin nicht ein Whiskyglas in der Hand gehalten? Alma nahm Psychopharmaka.

Nach anderthalb Stunden kam Pawel. Kolja zog freiwillig den Schlafanzug an und wollte ein wenig als kranker Held gefeiert werden. Er fragte nicht nach seiner Mutter.

»Alma hockt oben vorm Fernseher«, sagte ich zu Pawel.

Er sah mich nicht eben freundlich an und ging hinauf.

Als er seine Frau wieder heruntergeholt hatte, war sie merklich aufgedreht. Lene erzählte unaufgefordert von Koljas Sturz. Seltsamerweise lachte die Mutter herzlich darüber, Pawel und ich sahen uns befremdet an.

»Wann gibt's Essen?« fragte Alma. Sie war es von der Klinik her gewöhnt, früh die letzte Mahlzeit einzunehmen und zeitig ins Bett zu gehen.

Pawel ging in die Küche, ich deckte den Tisch.

»Falsch«, sagte Alma, »zwei Teller zuwenig.«

»Levin und sein Freund essen oben«, sagte ich entschieden, und ihr kamen die Tränen.

Pawel streichelte sie wie ein Tierchen und verabreichte ihr drei verschiedene Tabletten, die sie gehorsam schluckte. Nach dem Essen ging sie brav zu Bett, während wir noch mit den Kindern beisammensaßen und uns zum fünften Mal Koljas Sturz schildern ließen.

Als es Zeit zum Zubettgehen wurde, mußen wir uns abermals umsortieren. Ich zog ins Studierstübchen. Alma schlief bereits in meinem Ehebett, als die Kinder zu ihr schlüpften. Sie hatten das ferne Mansardenzimmer nie akzeptiert, das heute Pawel zufiel.

Mitten in der Nacht wurde ich wach. Das Licht war an, und sie stand vor mir. Es war wie ein verlängerter Traum. Solche Wesen pflegen in Südstaatengeschichten von ihrer schwarzen Sklavin ins Bett gebracht zu werden: weiß und phlegmatisch, mit wallendem Haar, von der Nanny glänzend gebürstet.

»Wo ist Pawel?« fragte sie und starrte das Bett an, als sei er unter meine Decke gekrochen. Zum ersten Mal entdeckte ich Mißtrauen in ihren Zügen.

»Er liegt in Koljas Bett, in der Mansarde.«

Sie setzte sich auf meine Liege. »Und wo schläft dein Mann?«

Schläfrig wies ich nach oben; Details gingen Alma nichts an.

»Schwul?« fragte sie heiter.

Ich schüttelte den Kopf und schloß demonstrativ die Augen.

Sie verstand und schickte sich zum Gehen an. »Übrigens – die Kavaliere sind überhaupt nicht langweilig«, waren ihre letzten törichten Worte.

Im Einschlafen dachte ich, daß »Desirée« ein passender Name für sie sei.

Wir schliefen alle lange. Die Kinder standen schließlich zuerst auf und spielten draußen Fußball. Dabei hatte Kolja die nachdrückliche Order bekommen, sich ruhig zu verhalten. Müde stand ich auf, pfiff die Kinder herein, ging unter die Brause und überlegte dabei, ob es zum Frühstück ein Ei geben sollte.

Morgen um diese Zeit bin ich sie wieder los, tröstete ich mich. Einen Mann und zwei Kinder zu bedienen ging noch an, aber ein verrücktes Frauenzimmer? Im übrigen kam sie mir verzogen und stinkfaul vor. Sie schien ihre Krankheit raffiniert zu nutzen, um weder Verantwortung noch einfache Arbeiten zu übernehmen, sondern um das angenehme Dasein eines verwöhnten Kindes zu führen.

Pawel stand auch auf und half mir. »Ich hoffe, daß dieses Wochenende das erste und letzte ist, an dem sie hier ist«, sagte er. »Wir müssen eine andere Lösung finden.«

Wie die Kinder trank Alma Kakao. Sie begann plötzlich ihren lädierten Sohn mit Rechenaufgaben zu quälen, die er anfangs mißmutig löste, dann aber verweigerte.

»Laß ihn doch, es ist Sonntag«, sagte Pawel.

Also legte sie sich mit Tamerlan wieder in die Hängematte und sah zu, wie wir abdeckten. Dann schlief sie ein. Ich wollte gern allein einen Spaziergang machen, aber Lene folgte mir.

Als wir zurückkamen, fanden wir Kolja und Pawel vorm Fernseher, ein Trickfilm lief, und Lene war gekränkt, die Hälfte verpaßt zu haben. Wo war Alma?

»Schläft.«

Mißtrauisch sah ich in der Hängematte und in allen meinen Betten nach. Offensichtlich war sie wieder oben. Ich informierte Pawel.

Er zog finster die Brauen zusammen. »Geh du sie bitte holen, mir ist es so zuwider…«

Mir auch, aber ich gehorchte. Ich brauchte weder zu klopfen noch zu klingeln, alle Türen standen offen. Sie bemerkten mich nicht, denn sie schwatzten laut bei plärrendem Radio.

»Das Kind ist nicht von mir«, hörte ich Levin sagen.

Alle drei lachten schallend. Alma piepste einen Kommentar.

»Völlig richtig, es ist von mir«, sagte der Fremde, und das war anscheinend genauso witzig wie damals die Sache mit dem Rauschgiftengel.

Ohne daß sie mich entdeckt hatten, schlich ich wieder hinunter. Ich ging in mein Zimmer, schloß die Tür ab und heulte über die menschliche Gemeinheit. War es mein Problem, wenn das Lama dort oben Bier trank? Freiwillig würde ich mich nie mehr bei Levin blicken lassen.

Irgendwann klopfte Pawel energisch an meine Tür. Ich öffnete. Auf der Treppe hätte ich eine vorzeitige Wehe verspürt, log ich. Pawel machte sich Sorgen, beschuldigte sich und seine Familie und ging Alma holen.

Als wir uns zum Mittagessen wieder versammelten, zeigte sie eine leicht beleidigte Erregung, die gewohnte Tranigkeit war wie abgefallen.

»Soll ich dich nicht heute schon zurückfahren?« fragte Pawel, der sie argwöhnisch beobachtete, mit sanfter Stimme. »Es ist anstrengend für dich.«

»Wollt ihr mich loswerden? Versprochen ist versprochen«, sagte sie erstaunlich selbstsicher.

Mir gegenüber legte sie eine gereizte Verstimmtheit an den Tag: eine Reaktion auf meinen Platz in ihrer Familie, die mir normaler vorkam als ihre bisherige Gleichgültigkeit.

Als Alma vom Klo nicht zurückkam, sondern anscheinend ein weiteres Mal trotz Verbot nach oben geschlichen war, resignierte Pawel. »Anscheinend gefällt es ihr dort«, sagte er, »ich bin es leid, ihr hinterherzulaufen. Man wird sie ja wohl nicht gleich...«

Ich sagte nichts. Das Problem war, daß Levin nicht ahnte, mit wem er es zu tun hatte. Er würde ihr bedenkenlos einen Joint oder einen Whisky anbieten. Aber war *ich* für Almas Wohl zuständig?

Sie lebte auf einer Frauenabteilung und bekam außer Ärzten und Pflegern selten einen Mann zu Gesicht. Ich glaubte im übrigen kaum, daß sie Pawel eifersüchtig machen oder ihm seine mögliche Untreue heimzahlen wollte. Eher benahm sie sich wie ein fünfjähriges Mädchen, das sich noch ohne jedes eingebleute Schamgefühl zu lustigen Männern gesellt. Levin und seinem neuen Freund machte es natürlich Spaß, Damenbesuch zu empfangen, ganz besonders, weil es von Pawel mißbilligt wurde. Was mochte Alma dort erzählen?

»Ich bezweifle, daß der Plan ihrer Ärzte aufgeht«, sagte Pawel. »Sie wollen Alma durch langsame Gewöhnung die Rückkehr in den Alltag erleichtern. Schließlich hält die Intervallphase schon länger an, vielleicht kommt es nie wieder zu einem akuten Schub. Aber wenn ich sie so beobachte, wird mir angst und bange.«

Er hatte recht. Auch ich hatte das Gefühl, man könne sie nicht mit gutem Gewissen allein oder gar allein mit den Kindern lassen. Dabei tat sie weder etwas Schlimmes, noch redete sie verworren. Wenn man von ihrem starren Blick absah, machte sie sogar von weitem etwas her.

»Mein Gott«, sagte Pawel, »du hättest sie sehen sollen, als wir heirateten! Alle beneideten mich um meine Frau: schön, klug, charmant, originell. Manchmal möchte ich diese verfluchten Pillen wegwerfen, die ihre Persönlichkeit ausschalten und sie zu einer Marionette der Pharmazie machen.«

Der Nachmittag verlief harmlos. Alma ging mit ihrer Familie spazieren, ich blieb daheim und ruhte mich aus. Auch der Porsche war fort. Als ich zwei Stunden lang gefaulenzt hatte, begann ich fast auf die Rückkehr meiner Gäste zu lauern.

Alma war zwar nach der Wanderung körperlich erschöpft, aber sie fiel durch eine zunehmende Ruhelosigkeit auf. Ich wußte, was sie bei nächster Gelegenheit tun würde. Tatsächlich schlich sie sich bald darauf aus dem Wohnzimmer und kam sehr schnell mit enttäuschter Miene zurück.

Bisweilen spürte ich, daß sie mich beobachtete.

An dieser – vielleicht nicht besonders spannenden Stelle – störte mich Rosemaries lautes Schnarchen wieder einmal auf unangenehme Weise, und ich hielt gekränkt den Mund.

20

Beim Frühstück zeigte sich Rosemarie reumütig. »Es lag nicht an dir, daß ich eingeschlafen bin, es kommt sicher von der Hormonspritze.«

Vielleicht hatte sie ja recht. Ein wenig rührte sie mich, wie sie schuldbewußt ihre Erdbeermarmelade und den Würfelzucker auf meine Bettdecke warf.

»Weißt du was«, schlug ich vor, »ich werde meine Tochter nach dir benennen; nicht mit deinem zweiten Namen – Thyra ist mir zu ausgefallen –, sondern die Hälfte von Rosemarie.«

»Welche Hälfte?« fragte sie begeistert.

»Es wird eine kleine Marie.«

»Darauf müßte man eigentlich anstoßen!« Wir ließen die dicken Tassen aneinanderscheppern. Ein Schwaps Muckefuck, aufgeputscht mit Nescafé, traf ihren apricotfarbenen Ärmel.

»Heute müssen wir aber zum Schluß kommen«, sagte sie, »ich nehme an, es gibt noch Tote.«

»Abwarten.«

Zum Abendessen reichte ich Räucherlachs mit Dillsauce.

»Meine Henkersmahlzeit«, sagte Alma und dachte wohl an die bevorstehenden Anstaltssuppen.

Wieder ging sie als erste zu Bett, es folgten die Kinder.

Gegen Mitternacht weckte mich ein gräßlicher Traum. Genau konnte ich mich zwar nicht erinnern, aber es fing harmlos an: Alma und Tamerlan (in Menschengröße) standen Arm in Arm vor mir und sagten: »Wir wollen heiraten!« Tamerlan trug hohe Stiefel, wie es sich für einen Kater geziemt, dazu die Walt-Disney-Kostümierung als Robin Hood. Alma gab ein leichenfarbenes Schneewittchen ab. »Gib mir Tamerlan zum Manne, dann kannst du Pawel haben«, sagte sie, und ich zeigte mich hoch erfreut über den guten Tausch.

»Damit es auch gerecht zugeht«, fuhr sie fort, »habe ich dein Kind als Zugabe genommen.«

Ich geriet in Panik und suchte mein Baby verzweifelt in einem eisigen Wald voll toter Bäume.

»Wie in einem bösen Märchen!« stöhnte ich und versuchte, wach zu werden. Ich stand sogar auf, ging in die Küche und trank Milch, sah nach den Kindern – die mit Alma friedlich im Ehebett schliefen – und blickte zum dunklen Fenster hinaus.

Der Porsche bog in die Einfahrt ein: ›Zu spät, meine Herren‹, dachte ich. Schließlich schlich ich in den Wintergarten. Pawel lag in der Hängematte und las. Wir kuschelten uns aneinander. Bis Tamerlan, der Türen öffnen konnte, vor uns stand und einen winzigen Laut von sich gab. Ich blickte auf und sah Alma im Spitzenhemd bewegungslos im dunklen Flur stehen.

Pawel ließ mich sofort los und sprang hoch. »Was ist, kannst du nicht schlafen?« fragte er ungeschickt.

Sie schaute uns mit einem weidwunden Ausdruck an und verschwand wieder, ich übrigens auch. Noch mit geschlossenen Augen sah ich die todtraurige Erscheinung vor mir.

Ein paar Stunden später – es mochte drei sein – wurde ich erneut geweckt. Der Kater sprang mir unsanft auf die Brust, was sonst nicht seine Art war. Ich strich ihm übers Fell. Im Grunde mochte Tamerlan keinen Besuch, außerdem übertrug sich meine Nervosität auf ihn. Er gab keine Ruhe, stupfte mich immer wieder an. Ich machte Licht und sah auf die Uhr. Plötzlich roch ich es und wurde putzmunter.

Im Flur war der Qualm wesentlich intensiver, ich hustete und rannte in mein Schlafzimmer. Alma fehlte. Unsanft rüttelte ich die schlafenden Kinder. »Zieht euch an, aber fix«, befahl ich und war schon bei Pawel, der in der Hängematte eingeschlafen war.

Er war sofort hellwach, hüllte die Kinder in Decken, brachte sie ins Auto und parkte es fünfzig Meter weiter auf der Straße. Inzwischen hatte ich über Notruf die Feuerwehr angefordert.

Wenige Minuten später trommelte ich an Levins verschlossene Tür. Ich hörte, daß in den Mansarden ein Feuer tobte, das sich die Holztreppe hinunterzufressen begann. Pawel schrie nach Alma.

Viel zu lange dauerte es, bis die Männer in Unterhosen an die Tür kamen. Alma war nicht bei ihnen. Ich brauchte nichts zu erklären.

Erstaunlicherweise blieb Levin ruhig. »Der Qualm schadet dir«, sagte er, »du mußt sofort ins Freie. Wir kümmern uns um alles.« Er fuhr zuerst den Porsche und Dieters Mercedes aus der Einfahrt, damit die Feuerwehr einrücken konnte. Dann warf er Kleidungsstücke und Schuhe aus dem Fenster.

Daß mein Schmuck, meine Fotoalben und sogar Bücher und einiges an Erinnerungsgegenständen gerettet wurde, verdanke ich Levins Reisefreund. Er hatte in unglaublicher Geschwindigkeit die richtige Wahl getroffen und alles in einer Plastikwanne und zwei Koffern hinausgetragen, noch bevor die Löschwagen eintrafen.

Die Feuerwehrmänner fragten, ob Personen vermißt würden, und betraten mit schwerem Atemschutzgerät das Haus. Die Paneele, das Parkett, die getäfelten Decken, die Einbauschränke, Gardinen, Teppiche und Betten brannten in allen Stockwerken, die Treppe hatte sich in einen Höllenschlund verwandelt. Nachbarn versammelten sich auf der Straße und sahen mit mir, wie sich leuchtende Fetzen aus dem grellen Haus leicht wie Seifenblasen erhoben und in die Glut zurückstürzten. »Wunderschön«, sagte Lene.

Falls Alma in der Mansarde sei, sagten die Feuerwehrmänner, die von der großen Drehleiter aus hineinzugelangen versuchten, sei sie kaum mehr zu retten.

Pawel stand unter Schock.

Unter der großen Tanne sah Levin die phosphoreszierenden Katzenaugen funkeln. Er wollte das verängstigte Tier auf den Arm nehmen und fand Alma. Sie hatte eine Rauchvergiftung und Brandverletzungen am ganzen Körper, war aber bei Bewußtsein. Pawel hielt sie ganz still im Arm. Die Feuerwehrleute forderten per Funk einen Rettungswagen an.

»Ich wollte mich umbringen«, sagte Alma.

Sie wurde nach Oggersheim in die Klinik gebracht, Lene und ich gingen zu Dorit, Pawel fuhr mit seinem Sohn zu einem befreundeten Kollegen. Wo Levin in jener Nacht blieb, weiß ich bis heute nicht. Mein Haus brannte restlos ab, es war nicht mehr zu retten. In der Mansarde war Benzin verschüttet worden.

Vielleicht werde ich es mit der Zeit verschmerzen, und vielleicht wird auch die Erinnerung an die Zwischenfälle, die sich in diesem Haus ereigneten, verblassen.

Später hörten wir von Alma selbst, daß sie nach ihrem nächtlichen Auftritt im Wintergarten hinauf zu den Männern ging, um sich zu verabschieden. Sie tranken gemeinsam eine Flasche Slibowitz. Levin machte ihr weis, daß mein Kind von Pawel sei.

Von meinem Vermögen und dem Geld der Feuerversicherung kaufte ich später ein Haus im Weinheimer Nibelungenviertel, wo Pawel und ich mit Kolja, Lene, Niklas und Tamerlan angenehm und ganz bürgerlich leben. Wie tausend andere Mütter reiße ich beim Füttern meines Kindes selbst den Mund auf, schere Koljas Wolle (die wie die seines Vaters zur Struppigkeit neigt) und lecke morgens die Marmeladenkleckse von Lenes Händchen ab. Für meine Doktorarbeit werde ich kaum jemals mehr Zeit haben. Gelegentlich erhalte ich eine Postkarte aus Norddeutschland, wo Levin und Dieter einen Handel mit gebrauchten Autos betreiben. Das Startkapital habe ich ihnen vorgestreckt.

»Wer ist denn nun der Vater vom kleinen Niklas?« fragt Rosemarie.

»Ich weiß es nicht und will es gar nicht wissen. Wichtig ist nur, daß Pawel der Vater von Mariechen ist.«

»Also fertig?« fragt Rosemarie, »Ende gut, alles gut?«

»Wie man's nimmt. Für meine Eltern bin ich unten durch, denn sowohl Pawel als auch ich sind weiterhin verheiratet, nur leider nicht miteinander.«

Rosemarie sagt nichts. Ist sie überhaupt bei der Sache? In einer Stunde kommt ein Taxi und bringt sie heim. Vorher will sie noch hier essen, damit sie es zu Hause einsparen kann, wie ich annehme.

Unser Mittagessen wird gebracht, und sie späht neugierig unter die Haube: Es gibt – wie bereits schon dreimal – Königsberger Klopse mit Kapernsauce. Ich stochere darin herum, ein bißchen mehr Salz, ein Lorbeerblatt und einige Tropfen Zitronensaft wären nötig, um das zu ertragen.

Rosemarie hat als Nichtköchin im allgemeinen wenig am faden Krankenfraß auszusetzen, aber sie mag keine Kapern.

Akribisch entfernt sie jene dunklen Kügelchen aus Sauce und Fleisch und fegt sie mit der Gabel an den Tellerrand.

»Sicher ist das Erbe deines Großvaters auch verbrannt?« fragt sie. Anscheinend hat sie besser aufgepaßt, als mir lieb ist.

»Die Grundmauern meiner Villa blieben stehen. Als Niklas gesund und problemlos geboren war, habe ich eines Tages eine Razzia im ehemaligen Keller gemacht und verschiedene wertlose Dinge evakuiert, unter anderem auch einen gewissen Blumentopf.«

»Hervorragend, Hella, dann verschaffe ich meinem Patenkind einen legitimen Vater...«

Von Patenschaft habe ich nicht gesprochen. Was will sie?

»Kannst du dich von Levin scheiden lassen?«

»Schon, er ist nicht scharf auf das zweite Kuckucksei; aber was nützt es? Pawel hat Skrupel, die kranke Alma zu verlassen.«

»Um Alma geht's ja. Sieh mal, sie liebt doch unsere Pfeffer-Streichwurst«, gedankenverloren schiebt Rosemarie die Kapern durch den soßigen Teller. »Ich hätte da ein Kochrezept: Mett aus der Pelle drücken, zwei Gewürzkörner ganz am Ende der Wurst durch Gift im Pfeffermantel ersetzen, Farce wieder einfüllen...«

Mir bleibt der Klops im Halse stecken.

Unbeirrt und mit Leidenschaft fährt sie fort: »Und dann nichts wie weg. Wegen der vier Kinder nehmen wir am besten ein Ferienhaus...«

Vor Abscheu würge ich den Klops auf den Schwenktisch. Mir wird plötzlich klar, daß ich nie mehr Fleisch essen werde.

„Erst Tage später wird Alma den letzten Rest der Wurst verzehren.«